DINASTIA AMERICANA

DINASTIA AMERICANA

TRACEY LIVESAY

Tradução de Karine Ribeiro

Copyright © 2022 by Tracey Livesay

Todos os direitos reservados. Nenhuma parte deste livro pode ser utilizada ou reproduzida sob quaisquer meios existentes sem autorização por escrito dos editores. Esta edição foi publicada mediante acordo com Avon, um selo da HarperCollins Publishers.

TÍTULO ORIGINAL
American Royalty

PREPARAÇÃO
Dandara Morena

REVISÃO
Iuri Pavan
Mariana Gonçalves
Thaís Carvas

DESIGN DE CAPA
Ploy Siripant

ILUSTRAÇÃO DE CAPA
Erick Davila

IMAGENS DE CAPA
© Shutterstock

DIAGRAMAÇÃO
DTPhoenix Editorial

CIP-BRASIL. CATALOGAÇÃO NA PUBLICAÇÃO
SINDICATO NACIONAL DOS EDITORES DE LIVROS, RJ

L761d

    Livesay, Tracey
        Dinastia americana / Tracey Livesay; tradução Karine Ribeiro. – 1. ed. – Rio de Janeiro: Intrínseca, 2022.

    Tradução de: American royalty
    ISBN 978-65-5560-401-6

    1. Romance americano. I. Ribeiro, Karine. II. Título.

22-80122	CDD: 813
	CDU: 82-31(73)

Gabriela Faray Ferreira Lopes – Bibliotecária – CRB-7/6643

[2022]

Todos os direitos desta edição reservados à
EDITORA INTRÍNSECA LTDA.
Rua Marquês de São Vicente, 99, 6º andar
22451-041 — Gávea
Rio de Janeiro — RJ
Tel./Fax: (21) 3206-7400
www.intrinseca.com.br

Para Ruth Eva Watson, minha falecida avó.
Sinto sua falta — do seu amor incondicional,
da sua sabedoria e da sua comida incomparável,
mais do que consigo expressar.

Capítulo Um

Duquesa na área! Se ajoelhem, vadias!
Todo dia é assim / Vêm me perguntar / Por que os caras enlouquecem
Quando mando pular? / Não preciso mentir / É só se ligar
A delícia entre minhas coxas / Eles querem provar...
— Duquesa, "Enlouquecer"

Virginia Beach, Virgínia

Sentada na poltrona de couro vermelho, Dani apoiou os cotovelos sobre os joelhos e balançou a cabeça, dublando a música alta que ecoava pelo enorme hangar do aeroporto. A batida ousada e o baixo pulsante — cortesia da famosa produtora de hip-hop SuzyQ — fluía por ela, e Danielle Nelson, a jovem obstinada que passou a vida inteira sendo jogada da casa de um parente para o outro, indesejada e desvalorizada, se transformava na Duquesa, uma das rappers de maior ascensão no cenário musical e que arrancaria suas bolas antes de deixar você tocar no coração dela.

É só o que eles veem
Minha feminilidade

Se acham donos da verdade
Mas são uns imbecis

Ela ficou de pé e jogou para trás seus cachos loiro mel, olhando para baixo, na direção da câmera na grua. Balançava os quadris, seduzindo as lentes, observando todos por trás do equipamento e encarando os caras que logo farão fila para assisti-la.
Que a desejarão.
Cedo ou tarde, eles vão fazer o download da música porque será a única maneira de estar próximo dela.
Ela filmara os close-ups desse verso pela manhã, cheia de atitude e sensualidade, inclinando a cabeça e arqueando a sobrancelha como de costume. Mas agora a gravação era focada nos movimentos e no corpo, que ostentava com perfeição um lindíssimo conjunto prateado de lantejoulas Alberta Ferretti da futura Coleção Limitada de Outono, emprestado pela estilista. Dani invocou todo o seu carisma e toda a sua sensualidade e sentiu o sucesso conforme o entusiasmo aumentava ao seu redor. O arrepio revelador contra a pele denunciava que todos estavam focados nela.

Você nunca vai ver
O que o meu destino é ser
Eu sou dona de mim
Duquesa até o fim

Ela sabia o que deveria fazer enquanto as estrofes do verso terminavam, mas se recusou a executar a coreografia. Em vez disso, fez alguns movimentos livres e terminou com uma poderosa pose de pé.
— Corta! Vamos repetir — gritou o diretor-assistente.
A música parou e, como se estivessem despertando de um transe, as pessoas no fundo mal-iluminado continuaram com

suas tarefas. O operador do dolly puxou o principal operador de câmera para o lado enquanto os assistentes ao redor do set tiravam o equipamento pesado dos ombros. Alguém usando fones de ouvido entregou a ela uma garrafa d'água enquanto o maquiador e o cabelereiro trabalhavam, aplicando mais pó em seu rosto e domando quaisquer cachos soltos que ousavam lutar contra os grampos e o spray fixador extra.

— Isso foi incrível, Duquesa — disse Amal, juntando as mãos. O diretor surgiu das sombras e entrou no set, que estava decorado como um luxuoso escritório de uma mansão.

— Obrigada. Acho que ficou ótimo — responde ela, entregando a água para um assistente que passava e dispensando o maquiador e o cabelereiro.

— Você estava intensa. Majestosa. Poderosa. Maaaaas — acrescentou ele, arrastando a sílaba —, o que aconteceu no final?

Lá vem...

Ela não ia facilitar para ele. Dani arregalou os olhos, fingindo inocência.

— Como assim?

Amal apontou para a pilha de notas de dólar empilhadas no tapete Aubusson.

— Era para você deitar no chão, rolar no dinheiro e esfregar as notas no rosto e no corpo. A ideia era equilibrar sua força com sua feminilidade, mas parecer ousada. Atrevida, sabe?

Se ela tivesse ferrado tudo ou se Amal fosse lucrar com aquela cena, seria um problema. Mas ele tinha adorado o que ela fez enquanto estava de pé, só estava irritado por não conseguir forçá-la a ficar de joelhos.

Dani fechou os olhos e se imaginou em um videoclipe no estilo da Missy Elliott, no qual ficava gigante e arrancava a cabeça do diretor com uma mordida.

Que tal isso para equilibrar, vadia?

Mas quando ela ergueu os dramáticos cílios postiços, Amal ainda estava ali, com a cabeça intacta, lambendo os lábios de maneira presunçosa, esfregando as palmas das mãos e esperando que Dani concordasse com suas demandas.

A ideia era equilibrar sua força com sua feminilidade, mas parecer ousada. Atrevida, sabe?

Dani sabia. Ela ouvira uma versão daquele pensamento estúpido várias vezes nos últimos dez anos. Toda vez que pediam que ela rebolasse enquanto usava um biquíni minúsculo dourado, ou que posasse sugestivamente e se tocasse enquanto estivesse quase nua, ou que se pendurasse em um mastro como se fizesse parte de um Cirque du Soleil erótico.

No entanto, o real motivo para Dani não querer ficar de quatro neste clipe era porque estava cansada de ter sua imagem ditada por homens. Ela não tinha vergonha de sua sexualidade: fazia parte dela, pertencia a ela. Mas também tinha consciência de que sua sexualidade era vista de maneira diferente pelos homens que controlavam sua carreira e dominavam a indústria.

Sem a menor disposição para simplesmente aceitar aquela ideia, Dani abraçou a cintura, inclinou a cabeça para o lado e permitiu que seus cachos caíssem sobre um ombro e descansassem contra a pele negra de seu decote. Os olhos escuros de Amal seguiram para onde ela conduzia, o pomo de Adão dele subindo e descendo.

Nossa! Por que os homens tinham permissão para governar o mundo? Eles *achavam* que eram poderosos, mas não era preciso muito para fazê-los pensar com o pau em vez da cabeça. Mesmo agora, sem dizer uma única palavra, ela fizera gotas de suor se formarem no lábio superior de Amal enquanto ele a olhava. Ele faria qualquer coisa que ela pedisse.

E não era aquele o verdadeiro poder?

Vai achando.

Porque os dois sabiam que Amal teria o que desejava. Havia hora e lugar para confrontos, e não era aquela. Enquanto o futuro de Dani e o seu sucesso estivessem ligados à indústria musical, ela tinha que entrar no jogo. E Amal era famoso demais para ela simplesmente considerar fechar essa porta sem levar em conta as consequências.

Dani pensou na época logo após o falecimento da avó. Desde que se entendia por gente, tinha sido Nana e ela. Dani não conhecera o pai e mal se lembrava da mãe. Nana a criara com muito amor e disciplina até que um infarto lhe tirou a vida. Dani ficara devastada e aterrorizada. Parecia que um tornado tinha passado e ela era apenas uma arvorezinha sendo violentamente arrancada da única floresta que conhecera. O que aconteceria com ela? Para onde iria? A família entrara em cena, jurando mantê-la fora do sistema de adoção e acolhimento. Mas essa promessa, feita com amor e generosidade, logo se transformou em ressentimento e obrigação.

Foi durante o período em que morou com o primo de terceiro grau de sua mãe, Pequeno Jessie, a esposa dele e seus dois filhos — a quarta casa naquele ano —, que Dani viu Eve no BET. A potência lírica tinha sido impressionante, dinâmica, tudo o que a Dani de catorze anos sonhava em ser. Ela tivera certeza de que, se pudesse invocar respeito e atenção como aquela rapper, poderia enfim ser dona da própria vida.

Chega de dormir nos sofás de parentes indiferentes, sem o direito de escolher onde estaria a seguir.

Chega de ralar em tarefas domésticas para "merecer o teto".

Chega de ter que se defender do assédio de parentes distantes do sexo masculino que deveriam ser melhores do que isso.

Embora não parecesse assim na época, a jovem Dani tinha mais autonomia do que a Dani adulta tinha agora.

Que *ironia*, não?

— Então, vamos fazer de novo e desta vez você vai parar, deitar e rolar, tá bom? — Amal cruzou os braços sobre a estilosa camisa rasgada.

A irritação esquentou o sangue de Dani, mas ela sabia que era melhor não deixar transparecer em sua expressão.

— Tá bom.

Amal ergueu o queixo e a encarou de cima pela linha do nariz, daquela forma arrogante e convencida que Dani odiava.

— Essa é a minha garota.

Sua garota porra nenhuma.

Mesmo assim, enquanto dublava a letra, esfregava as notas no corpo e fazia amor com a câmera, Dani se forçou a manter o foco. Não demoraria muito antes que sua sorte fosse definida por *suas* decisões, e ela não teria que lidar com Amal, com seu empresário, Cash, ou qualquer outro homem do tipo deles. Há três anos, ela lançara a Mela-Skin, uma linha de cuidados com a pele criada e pensada especificamente para mulheres negras. No início, Dani abordara várias pessoas em busca de investimento para o projeto, mas todas a rejeitaram, alegando que ela estava desenvolvendo uma linha de produtos inteira para um mercado nichado. Mais ou menos setenta milhões de mulheres era um "mercado nichado"? A falta de respeito e visão deles foi um incentivo para ela começar a investir sozinha.

Para a surpresa de todos, exceto de Dani, foi um sucesso imediato. Um ano antes, uma pequena empresa de cosméticos propôs incorporar a linha ao próprio portfólio. Eles queriam comprá-la totalmente, deixando-a sem poder de decisão nos futuros negócios da marca, então Dani rejeitou a oferta. Mas isso a fizera pensar. Comandar sua empresa e largar a carreira no rap poderia ser o verdadeiro caminho para o poder e a autonomia que ela buscava. E se uma empresa vira potencial naquilo que ela construíra, outras também poderiam ver, não é mesmo? As próximas reuniões marcadas com as quatro maiores empresas de cosméticos e beleza no mundo sugeriam que a resposta era sim.

A música no playback terminou e o diretor assistente gritou:
— Corta!

Amal se aproximou, a luz rosa tingindo a pele negra dourada dele.

— É disso que eu tô falando! Foi sexy pra caralho! Vai lá. Te vejo lá atrás daqui a pouco.

Ele gesticulou para o assistente, que adicionou:
— Em frente! Vamos montar a cena da boate.

Dani assentiu para agradecer, a expressão satisfeita sumindo enquanto se virava. Tentando não tropeçar nos cabos grossos e fios que passavam pelo chão de concreto, ela foi encontrar sua assistente, que lhe entregou um jarro cheio de seu chá gelado de baunilha preferido.

— Deus te abençoe — exclamou a rapper, dando um golinho no doce néctar.

Os lábios de Tasha tremeram e ela ajustou os óculos quadrados e pretos no rosto.

— Achei que precisaria.

— Acertou. Agora, por mais que eu ame estes sapatos, preciso me livrar deles o quanto antes — disse ela, erguendo um pé preso em um salto de dez centímetros vermelho Godiva de Sergio Rossi.

— Vou te ajudar. Em quatro. Três. Dois... — Tasha parou quando um carrinho de golfe branco dirigido por um enorme homem negro parou diante delas.

Dani sorriu. Ela conhecera seu guarda-costas, Antoine, quando participou de um evento no qual ele era segurança. Ele a impressionara ao demonstrar habilidades excelentes e confiança. Como as celebridades são constantemente fotografadas, guarda-costas em geral saem nas fotos, então muitos deles começaram a ligar mais para si mesmos e menos para as pessoas que deveriam proteger. Mas, nos quatro anos em que Antoine trabalhava para ela, ele não demonstrara esse tipo de comportamento. Ele protegia a pessoa e a privacidade dela.

Dani se sentou ao lado de Antoine.

— Ei, grandão. O que tem de bom?

— Você, gata — respondeu em sua voz grave. — Você *usando* este conjunto!

Dani riu e apertou-lhe o ombro enquanto ele manobrava o pequeno veículo para fora do hangar e pelo estacionamento, passando por mesas cheias de comida, e trailers de cabeleireiro, maquiagem, produção e figurino. Com tantas pessoas ali, parecia uma cidadezinha em vez da gravação de um vídeo.

Dani apoiou um braço no encosto do assento e perguntou à assistente:

— Tivemos notícias da Estée Lauder?

— Hoje mais cedo. Confirmaram a reunião para o mês que vem. Só precisam saber se você prefere o escritório de Nova York ou o de Los Angeles — respondeu Tasha por sobre o ombro.

Dani assentiu, a animação lhe dando um frio na barriga. Agora eram as *cinco* maiores marcas de cosméticos.

— Só quero que a reunião aconteça. Não me importo onde será. Como disse Janet, "qualquer hora, qualquer lugar" — cantou ela.

— Vou conferir sua agenda e ver onde você vai estar. — Tasha balançou a cabeça. — Você devia cantar mais nos seus álbuns. Sua voz é incrível.

— Verdade — concordou Antoine, parando diante do trailer de Dani.

Se as coisas ocorressem conforme o planejado, não haveria mais álbuns. Mas ela estava mantendo essa informação para si.

— Vocês dois têm que dizer isso. Estou pagando vocês — retrucou Dani, saindo do carrinho.

Ela subiu os degraus e entrou em sua casa temporária no set, com o piso de madeira, os móveis escuros, as superfícies de granito claro discretamente gritando luxo. O cheiro forte de óleos essenciais cítricos era a única parte personalizada do local. Dani sequer permitiu que seus olhos se ajustassem ao interior frio e escuro antes que tirasse os lindos mas tortuosos saltos e afundasse no sofá de couro, gemendo enquanto massageava a sola do pé direito.

— Levanta. Levanta. Levanta! — gritou Zoe, entrando pela porta que levava ao quarto, a expressão tomada de horror. — Não *se senta* usando Alberta Ferretti!

Merda! Dani se levantou e rapidamente tirou o conjunto, entregando-o para a stylist em troca de um robe de seda, que vestiu antes de se afundar no sofá. Ela tocou o cabelo.

— Posso tirar a peruca?

— Claro. Miss K só levou uma hora ajustando e fazendo o *baby hair* na sua testa parecer natural. Tenho certeza de que ele não vai se importar de fazer de novo.

Então não.

Dani franziu a testa.

— Seu sarcasmo não é nada atraente.

— É o que você pensa.

Ela apoiou a cabeça com cuidado na almofada.

— Você sabe quanto tempo eu tenho antes da última cena?

— Eles ligaram e disseram que você precisa voltar em duas horas — respondeu Zoe, colocando as peças de volta no saco de roupa e desaparecendo dentro do quarto.

O que significava que Dani tinha trinta minutos para relaxar. Talvez. Ela precisava entrar em contato com o diretor de marketing da Mela-Skin a fim de discutir um ensaio fotográfico para a nova bruma facial revitalizante. Também queria dar uma olhada nos feeds de suas influenciadoras de beleza favoritas e ver que tipo de produtos e posts estavam recebendo o maior engajamento. O que a fez lembrar... não tinha conferido as próprias redes sociais o dia todo! Seus sessenta e quatro milhões de seguidores no Instagram esperavam por notícias. Dani deveria entrar ao vivo, dar alguns detalhes do videoclipe que estava para sair e pedir para Tasha postar algumas fotos do set.

Foi só pensar na assistente para ela aparecer na porta.

— Você está com o meu celular? — perguntou Dani, sem se dar ao trabalho de suavizar a impaciência na voz.

O tempo era curto, e os pés dela ainda estavam latejando. A gladiadora de salto fino que tinha que usar a seguir com certeza não ajudaria em nada. Mas Dani não ia reclamar. Engoliria o choro e daria o seu melhor.

Como sempre fizera.

Em vez de responder, Tasha disse:

— Chegou nos blogs.

Dani ergueu a cabeça tão rápido que ficou aliviada por não ter provocado uma concussão. A notícia das reuniões vazara?

Embora houvesse uma estratégia óbvia na guerra de lances para que todos estivessem cientes das partes envolvidas, ela não queria que as empresas soubessem que ela estava jogando uma contra a outra tão cedo assim. Nada poderia afetar os termos do contrato e as concessões mais rápido do que a mágoa de um executivo ao saber que não era "o único".

Ela aprendera essa lição da maneira mais difícil em seu primeiro álbum.

— Qual delas vazou? Coty? Genesis? L'Oréal? — Ela mal conseguia falar com os dentes semicerrados.

— Samantha Banks.

— Samantha Banks? O que ela sabe?

— Não. Ela falou com o TMZ sobre aquele incidente na boate e está bombando no Twitter.

A sensação de alívio permitiu que Dani relaxasse a postura, fazendo-a tombar para trás antes que a irritação deixasse sua coluna tensa outra vez.

— Aquela vadia não podia surfar na onda de outra pessoa?

Imediatamente, ela se arrependeu das palavras. Não do sentimento, disso, nunca, mas do fato de ter permitido que justo Samantha Banks gerasse toda aquela emoção nela.

A sensação do pop de cabelo colorido neon havia entrado em cena dois anos antes, com uma canção chiclete dançante que se tornou o hit do verão. Todo mundo, incluindo Dani, esperava ansiosamente pelos novos lançamentos... e continuam esperando. Banks lançara vários remixes de seu sucesso, inclusive com DJs famosos, porém nenhuma música original nova. Isso não a impediu de tentar permanecer relevante, aparecendo em qualquer lugar em vez de tentar lançar um hit novo.

No VMAs do ano anterior, quando Dani recebera um prêmio por Melhor Videoclipe de Hip-Hop por "Você vai contar pra quem", a câmera cortou para a reação da plateia e flagrou Banks revirando os olhos. A imprensa se apegou ao incidente e, durante semanas, especulou sobre a relação das duas. Como a assessoria de Banks avisou a Dani que a cantora estava reagindo à pessoa ao lado, ela não se ofendeu. Então, ficou chocada quando Samantha foi ao Twitter falar sobre a "rixa" delas.

Quando perguntas surgiam sobre o lançamento de novas músicas de Samantha Banks, ela ressuscitava a "rixa" com Dani. Na vida pessoal, Dani não tinha problemas em expressar os seus sentimentos — "Se ela usasse o tempo que passa falando de mim trabalhando em música nova, ela teria a porra de um álbum vencedor do Grammy!" —, mas se recusava a comentar a situação publicamente. Como Nana costumava dizer, o cachorro pode latir para a lua, mas quando a lua late de volta, o cachorro se torna importante.

Dani teria sentido pena de Banks. A fama era viciante: convites para as melhores festas, muitas coisas de graça, pessoas sabem o seu nome e cantam suas músicas. Era difícil se tornar um fenômeno e, então, cair no esquecimento. Mas Dani não estava se acomodando nas *próprias* conquistas. Além da Mela-Skin, lançara um novo álbum, e a terceira música dele, "Enlouquecer", chegara ao topo das paradas, e por isso ela estava gravando aquele videoclipe.

Ela não tinha se esforçado tanto para tornar Samantha Banks famosa.

— Me deixa ver — pediu Dani, estendendo a mão para pegar o celular de Tasha.

A manchete do TMZ dizia: "A briga de Duquesa com Samantha Banks está fazendo os fãs da popstar quererem a cabeça da rapper!"

Espera, o quê?

Dani sabia de qual incidente eles estavam falando. Ela fora anfitriã de uma festa em uma boate em Nova York no final de semana anterior, e Banks conseguira chegar perto da área VIP de Dani. Antoine não a deixara entrar, então ela xingou Dani e fez uma cena.

— Mas ela está desesperada mesmo, hein? Ninguém se interessou pela história, então ela enviou um vídeo para o TMZ? Nada do que aconteceu vai ser bom pra ela.

Dani clicou no link do vídeo abaixo da manchete. A gravação estava cheia de ruído, o movimento da câmera causava náusea e o ponto de vista esquisito fez Dani passar os primeiros vinte segundos encarando a virilha das pessoas.

Ela estava gravando isso da bolsa?

A música estava alta, mas era possível ouvir a cantora e Antoine.

— *Você não pode entrar aqui* — avisa ele, calmo e profissional.

— *Este é um país livre.* — A resposta foi irritada e infantil.

— *Verdade. Então, sinta-se livre para ficar em outro lugar.*

A voz lamentosa de Samantha fora da câmera:

— *Olha, a Duquesa prometeu participar da minha música e agora o pessoal dela não está retornando minhas ligações. Meus fãs estão esperando por músicas novas. Só quero saber se ela ainda vai participar.*

Um corte brusco para Dani, se inclinando sobre a grade e gritando:

— *Você tá falando sério? Vai subir aqui e falar essa merda pra mim? Você é uma palhaça, porra. Dá o fora daqui.*

Antoine pegou o braço de Samantha.

— *Tá na hora de você ir!*

O vídeo é interrompido abruptamente.

Dani se virou para Tasha, de olhos arregalados.

— Mas. Que. Porra. Foi. Essa?

— A tentativa de Banks de lucrar com a sua fama?

— Não foi isso que aconteceu. Quando Antoine disse para Banks ir embora, ela basicamente o agrediu para tentar chegar até mim. Começou a gritar que eu não tinha talento, e que o único motivo de eu ter feito sucesso é porque abri as pernas para todos os grandes produtores de hip-hop. A segurança teve que escoltá-la!

Tasha mordeu o lábio.

— Infelizmente, ela divulgou a história primeiro. E está repercutindo.

— Eu não sabia que isso tinha virado uma competição.

Tasha pegou o celular, passou o dedão sobre a tela e o devolveu.

— *Bossip* tem uma visão melhor. Eles te defenderam.

Dani gostava das manchetes espertas do *Bossip*... quando não eram sobre ela.

— "Olha o perigo, Duquesa! Estrela pop colorida volta a atacar realeza do rap, desta vez com um vídeo manipulado!"

Pelo menos nem todo mundo estava comprando a história.

— Você quer postar no Insta sobre o assunto?

Dani pressionou os lábios em uma linha fina.

— Não. Isso seria dar a atenção que ela quer.

— Tem certeza?

— Tenho. As únicas pessoas que ganhariam com uma resposta minha seriam Banks e a imprensa. E já que isso não vai me fazer ganhar dinheiro, não vou participar. — Dani olhou para a foto de Banks. — Você tentou, garotinha.

Ela não ia deixar uma qualquer ditar suas ações. Só havia uma Dani "Duquesa" Nelson.

E quando ela deixasse o trono, seria nos próprios termos.

Capítulo Dois

Durante a minha infância, ficou evidente que eu era membro de uma família real com uma função em potencial no futuro. A pergunta era: quando, como e se?

— Pavlos, príncipe herdeiro da Grécia

Palácio de Buckingham
Londres, Inglaterra

No momento em que Sua Alteza Real príncipe Jameson Alastair Richard Lloyd, o duque de Wessex, cruzou a soleira da porta da sala de estar privada, um sentimento inexplicável de tristeza o inundou. Seu olhar passou pela área até pousar em um retrato a óleo de um parente distante que reconheceu.

Ah, aquela sala.

Embora parecesse luxuosa e ornamentada — com paredes e molduras de quadros pintadas de amarelo amanteigado, cortinas de seda cobrindo as janelas do chão ao teto e peças antigas e brilhantes espalhadas por todo o espaço —, ele secretamente apelidava o cômodo de Antro da Melancolia. Jameson foi até lá depois da queda de helicóptero que matara seu pai, príncipe Richard, quando tinha dezessete anos. Foi lá também que ficou sabendo que o avô, príncipe John, falecera. Por algum motivo, certos membros da família real escolhiam aquela sala para dar más notícias. Talvez acreditassem que a cor ensolarada equilibraria a melancolia.

Não equilibrava.

Ir ao palácio sempre trazia essa sensação familiar. Lembrava-o de sua perda. Do que o comportamento de seu pai custara à monarquia. Do que Jameson estava falhando em fazer.

Ele correu um dedo pelo colarinho de sua camisa branca impecável, buscando alguma folga no tecido. O terno azul fora ajustado à perfeição e viera de uma das melhores lojas da rua Savile Row, famosa por acomodar diversos estabelecimentos de alfaiataria, mas ele detestava se vestir formalmente. Sempre detestara. Esse era um dos benefícios de ser professor universitário de filosofia com ênfase em teorias ambientais. Seu uniforme costumeiro consistia em calças, moletons e tênis.

Mas sua avó, a rainha, o invocara ao Palácio de Buckingham. Roupas casuais não eram uma opção.

Como se fosse uma deixa, a porta se abriu e um funcionário anunciou:

— Sua Majestade, a rainha.

Jameson ergueu o olhar. Quem mais seria? Aquela era uma das salas de estar privadas *dela*. Mas o pensamento atrevido não o impediu de pôr-se de pé, postura ereta, com o peito estufado para fora e os ombros endireitados, do jeitinho que a mãe o ensinara.

Memória muscular.

A rainha Marina II entrou na sala, com a postura tão suntuosa quanto esperada por seu cargo. De altura mediana, ela sempre parecera mais alta, sua figura polida marcante em um vestido verde-menta que parava logo abaixo dos joelhos, o cabelo prateado ajeitado em cachos macios ao redor do rosto anguloso.

— Que bom te ver, Jameson.

— Obrigado, Majestade — disse ele, fazendo uma reverência.

Ele nunca pensava nela como sua avó. Apenas como a rainha. Sempre se ativera à formalidade presente em suas interações.

Diferente da camaradagem fácil que compartilhava com o avô.

Quando endireitou a postura, ela o olhou de cima a baixo, do topo de seu cabelo escuro ondulado até a ponta dos sapatos oxford John Lobb.

— Você está muito mais alto do que da última vez que te vi.

Improvável. Ele tinha parado de crescer dez anos antes e vira a rainha no mês anterior, durante o batismo do mais novo membro da família real.

Mas tudo o que ele respondeu foi:

— Talvez sejam os sapatos.

— Talvez — concordou ela. — Sei que as aulas do próximo semestre começam semana que vem, e agradeço por você ter vindo a Londres tão rápido.

Jameson pigarreou.

— Bem, quando a rainha chama...

Ela assentiu, totalmente consciente de que ele não poderia ter recusado o convite para vê-la.

— Só tenho alguns minutos. Vou me encontrar com os novos embaixadores indicados na sala de audiência hoje — informou ela, se empoleirando na beirada de uma poltrona amarela ornamentada.

Quando Sua Majestade se sentou, Jameson fez o mesmo em uma poltrona parecida diante dela. O fato de não haver ninguém servindo chá confirmava a afirmação de que seria uma visita breve.

Jameson fechou a mão em punho sobre a coxa. Tinha dirigido por duas horas para uma conversa de quinze minutos? Por que não? Ao menos ele estava perdendo apenas reuniões, em vez de aulas. Odiava perder aulas. Por sorte, ele não era convocado com tanta frequência. Ouviria com paciência o que a rainha queria lhe dizer, e então voltaria para o anonimato seguro de seu mundinho recluso.

— Como você e grande parte do mundo sabem — começou Marina —, foram... alguns anos difíceis para a Companhia.

Apesar do sentimento expresso, Jameson sorriu com o nome que a família real usava de verdade para se descrever. O público pensava que era "a Firma", graças a uma piada atribuída à filha mais jovem da rainha, a tia dele, princesa Bettina. Agora, a imprensa acreditava ter informação "de dentro" e usava o termo em cada história ou documentário em que a realeza era mencionada.

— Isso seria um eufemismo — concordou ele.

— Entre o divórcio de Calliope, a crise de Alcott e as crianças estando mal... tem sido difícil.

A princesa Calliope, irmã da rainha, havia acabado o casamento de trinta anos com o marido depois de as cartas que ele escreveu para a amante de vinte e três anos de idade serem publicadas no *Daily Mail*. De acordo com a mãe de Jameson — e das senhoras da realeza que amavam uma fofoca —, Calliope poderia ter perdoado o caso. Mas tinha sido demais para ela saber que todos tinham lido o velho lorde Fulham escrever extasiado sobre a "suavidade" do cabelo e da pele da mulher muito mais jovem.

O irmão da rainha, príncipe Alcott, embora ainda casado, estava envolvido em escândalos financeiros. Ele estava sendo investigado por fraude, e a Instituição da Fofoca dizia que Alcott acreditava estar nessa situação por culpa de sua irmã, que assumiu o trono em vez dele, graças às cartas-patentes do rei George V, que estabeleciam a lei da primogenitura absoluta.

— Não ousariam fazer isso se eu fosse rei — ouviram ele dizer.

O termo "as crianças" se referia à prole adulta da rainha: Julian, Catherine e Bettina. Entre predileções por festas, boatos constantes de infidelidade e graves falhas de julgamento — caçar espécies ameaçadas, oi? —, parecia que a nova geração não estava se saindo melhor do que a anterior em lidar com a vida na realeza.

Jameson sabia que a maioria das pessoas comuns não tinha simpatia por essas gafes públicas. Eles pensavam que a vida na realeza era cheia de roupas incríveis, pessoas famosas e eventos glamourosos, tudo a um estalar de dedos.

Ele não negava que havia vantagens, mas sabia que grande parte de sua família concordaria que esses benefícios eram um alívio para uma vida cheia de exigências. Câmeras disparando a todo momento, documentando tudo, mesmo quando a atenção era indesejada; pessoas se sentindo à vontade para comentar sobre as escolhas deles, mesmo sem serem perguntadas; e a constante necessidade de comparecer a eventos, não importando pelo que estivessem passando ou como se sentiam.

Pode parecer algo sem consequências, porém, dia após dia, ano após ano, as insignificâncias iam se acumulando em uma rotina sem fim. Afinal de contas, uma gaiola de ouro ainda era uma gaiola.

— Fiquei sabendo que há novos pedidos para a abolição da monarquia — dizia Marina.

Jameson franziu a testa.

— Isso não é novidade.

— Não. Mas esse sentimento antimonárquico tem ganhado força desde que pedimos dinheiro para renovar o palácio anos atrás.

A dissolução da monarquia era o maior medo de Marina. Desde o momento em que ascendeu ao trono, ela levava suas responsabilidades a sério e realmente se considerava a administradora de uma dinastia que perdurava um milênio. A ideia de perdê-la enquanto estava sob seu comando era insustentável.

— Outros países se livraram de suas monarquias por referendo público, mas estou bem certo de que a nossa não vai a lugar nenhum tão cedo — garantiu ele.

A pele pálida entre as sobrancelhas da rainha se enrugou.

— A opinião pública mostra um forte apoio pela monarquia como instituição, mas pouco para membros específicos. Na verdade, houve sugestões de que Julian e Bettina desvalorizam a solenidade do monarca.

Jameson reprimiu a satisfação instintiva que sentiu com a declaração dela. A rainha estava prestando atenção e fazendo referência a pesquisas? A situação devia ser mais complicada do que ele imaginava.

— Houve um tempo em que a família real gozava de considerável aprovação do público. Quando John estava vivo e as crianças eram pequenas...

Embora a postura dela tenha permanecido tensa, Marina desviou o olhar. Uma onda de luto pareceu tomar conta dela com a menção do falecido marido e avô de Jameson, príncipe John, que morrera em decorrência de um ataque cardíaco dez anos antes. Jameson desviou o olhar, oferecendo a privacidade que ela precisava.

Depois de um momento, a rainha pigarreou e prosseguiu.

— Há dezesseis anos, quando Julian se casou com Fiona, mais de um bilhão de pessoas ao redor do mundo assistiram o casamento ao vivo. O herdeiro do trono e sua linda noiva. A imprensa substituiu a cobertura sarcástica de sempre por um tom incrivelmente positivo, e as fotos de Julian e Fi foram impressas por toda a parte, de xícaras de chá a tapetes.

Jameson ficou impressionado com a melancolia na voz dela.

— Pensei que odiasse tudo isso.

— Odeio. Não somos celebridades. Como rainha, sou a chefe de Estado e minha família tem que me apoiar nos meus muitos deveres. Mas... é importante quando as pessoas que você representa têm uma opinião positiva sobre você. Na verdade, eu diria que é essencial. Temos que ser vistos como ideais e além de qualquer reprovação. Se não, o que nos diferenciaria de uma família privilegiada qualquer? E o público se perguntaria por que estão gastando conosco.

É por isso que ela me chamou? Para discutir suas dúvidas sobre o que o público sente em relação à monarquia?

Jameson pensou que a rainha devia estar ocupada demais para tais pensamentos. Ele estava.

Marina retesou a mandíbula, os olhos azuis resolutos.

— Acho que o país, não, o mundo precisa ser relembrado de nosso valor, nossas contribuições globais.

Ele não tinha motivo para discordar. Soava como um objetivo fidedigno. Isso explicava a nostalgia dela sobre Julian e Fiona? Um casamento real teria sido ideal. A pompa e as circunstâncias envolvidas nessas ocasiões sempre uniam a nação. Infelizmente, ninguém na família estava noivo. Ele se perguntou o que Marina tinha em mente.

E o que isso tinha a ver com ele.

O coração de Jameson parou. Marina não o tinha chamado até ali para forçá-lo a se casar, tinha?

Não era improvável. A rainha havia forçado os pais dele a se casarem trinta e dois anos antes, quando o filho mais jovem dela, o príncipe Richard, que na época tinha dezoito anos, engravidara lady Calanthe, na época com dezessete.

E veja no que *aquilo* resultara.

Jameson sentiu a bile revirar no estômago. Mais de uma década e meia depois, o mundo ainda estava fascinado pela morte do príncipe Richard e de sua amante, a estrela de *reality show*, Gena Phillips, durante uma viagem romântica para os Alpes Suíços. O escândalo abalara a monarquia por anos. Não apenas por causa da infidelidade, mas também por Richard ter abandonado completamente os seus deveres no período em que começaram a se divertir publicamente.

Depois da morte de Richard, Jameson deveria ter assumido o lugar do pai e começado a realizar compromissos em nome da rainha. Como neto dela, o dever e destino dele era viver sua vida sob o olhar público. Mas a mãe dele intervira, pedindo que ele tivesse permissão para não exercer os deveres reais e se dedicar aos estudos. Talvez fosse o momento certo ou a imprensa maldosa, ou o fato de que era improvável que ele ascendesse ao trono ou se tornasse uma pessoa ativa na realeza, mas a rainha concordara. Ele sempre fora grato à mãe pelo ato sem precedentes. E à rainha, por reconhecer que a vida acadêmica funcionava melhor para ele do que o St. George's Hall. Essa concessão e a sensibilidade da mãe possibilitaram a Jameson ter uma vida normal.

Bem, se ser constantemente cercado pela imprensa e ter tabloides documentando cada parte de sua vida contasse como normal.

A rainha respondeu à pergunta dele com as próximas palavras.

— Vamos oferecer um show de celebração!

— O quê?

Ele engoliu de forma errada, o que desencadeou uma tosse. A rainha não o teria surpreendido tanto se tivesse ficado de pé e começado a dançar diante dele.

— Vamos oferecer um show de celebração — repetiu ela.

— Um show? — Como isso ajudaria a melhorar a imagem da família? — Essa é a ideia que você arranjou?

— Com a ajuda de Louisa.

— Louisa?

Agora ele soava como um papagaio.

— Sim. Louisa Collins, nossa coordenadora de eventos. Você não a conhece? O marido dela é o mestre do estábulo em Primrose Park.

Jameson não conseguia se lembrar do nome de seu mestre do estábulo, muito menos o nome da esposa dele. Primrose Park, a casa de campo onde Jameson residia, consistia em setecentos acres mantidos por um quadro com quase cem funcionários. Ele deixava que seu confiável administrador cuidasse da propriedade.

— Contratamos Louisa ano passado para gerenciar uma longa temporada de eventos oficiais e cerimoniais — disse Marina.

Ela pressionou um botão na mesa ao lado. Segundos depois, a porta se abriu, e um funcionário entrou, seguido por uma mulher jovem e bonita. Jameson se pôs de pé, o movimento automático.

A mulher fez uma reverência breve.

— Sua Majestade.

Louisa Collins era alta e seu cabelo ruivo liso estava torcido em um coque baixo. Usava um vestido tubinho azul-marinho na altura dos joelhos e saltos confortáveis e elegantes, que combinavam com sua roupa. Ela estava vestida como a rainha gostaria que todos os funcionários sêniores do palácio se vestissem: sob medida, sóbria e profissional.

Marina sorriu.

— Louisa, conheça meu neto, príncipe Jameson.

Louisa fez outra reverência, dessa vez na direção dele, a luz do sol refletindo em seus brincos de pérola.

— Sua Alteza Real.

A formalidade desconcertou Jameson, já que não era algo com o qual ele lidava diariamente. Dentro da bolha da academia, na Universidade de Birmingham, seu título mais cerimonioso era "Professor".

No começo, o corpo docente e os estudantes ficaram fascinados pela ideia de ter um membro da família real no campus. Mas não levou muito tempo para que percebessem que, na verdade, Jameson planejava ensinar *filosofia*, não ficar por ali de roupão, *filosofando*, enquanto bebia uísque de malte, e deixava escapar segredos de parentes e famosos que conhecia. Estar no campus dava a ele algum senso de normalidade. Era por isso que odiava sair de lá.

Marina tocou sua aliança de casamento de diamantes antes de retorcer as mãos no colo.

— John faria setenta e nove anos em junho, se estivesse vivo.

Louisa assentiu.

— A rainha e eu estávamos discutindo maneiras de homenagear Sua Alteza Real.

Os lábios de Marina curvaram suavemente.

— Ele acreditava de verdade na filantropia ambiental.

Jameson sabia de tudo isso muito bem, considerando que era um dos interesses que os unira. Eles sempre foram próximos, mas, depois que o pai de Jameson faleceu, o príncipe consorte se esforçara ainda mais para se conectar com o neto. John sugerira almoços semanais, planejando os encontros em benefício do príncipe, como forma de ele se lembrar do filho e ficar a par do pensamento da geração atual. Foi só depois da morte de John que Jameson percebeu que o tempo que passavam juntos tinha significado muito para o avô. John sentira a perda de Jameson, sua raiva sem direção, e entrara no abismo emocional do neto.

Ele aprendera muito com o avô. Houve tempos em que Jameson parecera ter mais em comum com ele do que com o próprio pai. Na verdade, foram as conversas com John que desenvolveram o interesse de Jameson na ética do ambientalismo e no estudo da relação do homem com a natureza e sua responsabilidade com o meio ambiente.

— Mencionei os norte-americanos e seus shows de homenagem — explicou Louisa. — Eles sempre estão atraindo atenção a uma causa ou outra.

Marina assentiu.

— Um show para John poderia atrair atenção para as questões nas quais acreditamos.

— O príncipe John ainda se sai muito bem nas pesquisas, e agora aceitamos como fatos muitos dos princípios que ele endossava enquanto vivo — disse Louisa.

— O show pode acessar esses sentimentos — afirmou Marina. — Dar a todos nós algo positivo que nos una.

E se a imprensa estivesse ocupada se lembrando de John e cobrindo o evento, teria menos tempo e "espaço" para expor outros membros da realeza se comportando inadequadamente.

— Podemos trazer os artistas favoritos do príncipe John e também alguns nomes populares da atualidade, para atrair o público jovem.

Jameson pensou que John teria gostado da ideia. Ele não só amava o avô: ele o respeitava. John era inteligente, engraçado e extremamente gentil. Nutriu o amor de Jameson pela filosofia e pela leitura, e o encorajou a ser ele mesmo, ainda que isso fosse um pouco diferente da vida de outros membros da realeza com a sua idade.

E John amara a rainha Marina. Com uma lealdade, profundidade e aceitação que Jameson não acreditava que a realeza era capaz de demonstrar. Ele não vira isso no casamento dos pais. Ou no casamento de quaisquer outros parentes.

John tinha sido o pilar emocional da família, e Jameson sabia que a morte dele e a falta de aconselhamento influenciaram os muitos comportamentos escandalosos expostos recentemente.

— Um show parece incrível — respondeu ele por fim, apoiando a ideia.

Mas Jameson ainda estava confuso e não sabia porque sua presença havia sido requisitada. Talvez a rainha pensasse que ele estivesse por dentro do "público jovem" por conta do trabalho em Birmingham. Jameson supôs que poderia perguntar por aí. Ou, quando a data estivesse definida, ele podia conseguir permissão para divulgar no campus.

— Que bom que concorda — disse Marina. — Porque você será o representante da família real nesse evento.

O sangue inundou a cabeça dele e retumbou em seus ouvidos, e Jameson foi imediatamente bombardeado com a lembrança aterrorizante do peso de corpos o pressionando, flashes intensos de câmeras, repórteres chamando seu nome e o da mãe, e sequências de perguntas inapropriadas. De fotógrafos batendo de forma imprudente na traseira de seu carro e de quase ser atropelado por um repórter que perdeu o controle da bicicleta ao tentar tirar uma foto dele e da mãe depois que seu pai morreu.

A rainha queria expô-lo a isso?

Por livre e espontânea vontade?

Ou talvez ele tivesse entendido errado.

— Desculpe, como é?

— Quando Louisa organizar o evento, você será o principal representante da família real.

A rainha querer dar um show era uma coisa, mas querer que Jameson se envolvesse?

Ele estava surpreso.

A ansiedade fez o estômago revirar.

— Mas... eu tenho um emprego. Vou estar ocupado.

— Louisa disse que o semestre termina no meio de junho. A celebração não seria antes disso.

Jameson olhou com firmeza para a coordenadora do evento antes de dizer:

— Embora aprecie que esteja pensando em mim, senhora, tenho planos para as férias.

E nenhum deles incluía trabalhar em um evento para a Coroa.

— Louisa e a equipe dela vão cuidar da logística. No máximo, ela pode precisar da sua ajuda com os artistas — falou Marina.

Ele se remexeu na cadeira.

— Artistas?

— Das apresentações musicais — explicou Louisa.

Desde quando consultavam a opinião musical dele? Seu gosto estava mais para Bach que Beyoncé, Chopin que Céline. Na verdade, ele não conseguiria nomear as músicas no topo das paradas nem se a própria vida dependesse disso.

Jameson não saía muito, preferia estar sozinho ou em companhia de poucos amigos. Ele não era de farra. Essa era a área de especialidade de seus tios.

E do pai.

— Julian e Bettina não seriam mais adequados para isso? — perguntou, se referindo aos tios. Quando tinha dezenove anos, Bettina seguira uma banda de rock durante a turnê mundial deles.

Marina pressionou os lábios em uma linha fina, praticamente gritando seu desagrado.

— A última coisa de que eles precisam é estar sob os holofotes... ou perto de músicos.

Jameson teria rido se não estive preocupado com o aperto em seu coração.

— Eu só acho que eles podem ter uma ideia melhor...

— Louisa, poderia nos dar licença?

— Sim, senhora — respondeu a jovem, fazendo uma reverência breve antes de desaparecer pela porta que o funcionário mantinha aberta.

— Isso é mais do que um show, Jameson — afirmou Marina quando ficaram sozinhos... exceto pelos funcionários sempre presentes na casa. — Embora eu esteja animada por homenagear o legado de John desta forma, preciso mudar nossa reputação e a visão do público sobre nós. Bem, literalmente, a monarquia pode estar em jogo.

— Senhora...

— É hora de novos rostos — interrompeu Marina. — O público te ama.

E odeia Julian.

Ela não precisava dizer. Todo mundo estava consciente da opinião pública a respeito do próximo na linha. E a completa indiferença de Julian.

— O público mal me conhece!

Não por falta de tentativa.

— Antes de seu pai... falecer, ele deixou os inúmeros deveres importantes que desempenhava para a Coroa expirarem. Responsabilidades que vieram com o título. Após a morte dele, havia muito trabalho a fazer. Você deveria ter assumido essas responsabilidades. Mas sua mãe veio até mim e implorou por mais tempo. E John... John concordou com ela. — A expressão da rainha endureceu. — Mas sempre houve um entendimento de que em algum momento você assumiria a posição e as responsabilidades do seu pai. A hora chegou.

Rangendo os dentes, Jameson tentou mais uma vez.

— Não acho que sou adequado para o que a senhora...

— Isso não importa — respondeu Marina. — Hoje pela manhã rascunhei um anúncio para nomeá-lo oficialmente conselheiro do Estado.

Ele arfou. Os conselheiros do Estado eram membros mais velhos da família real, que podiam conduzir deveres oficiais em nome da rainha. Eles eram geralmente o cônjuge do soberano e os quatro primeiros na linha de sucessão que tinham mais de vinte e um anos. Quando a nomeação era feita, não era possível rejeitá-la.

Os conselheiros da rainha tinham sido Julian, Catherine, Bettina e o irmão da rainha, Alcott.

— Você já tem conselheiros.

— Nunca substituí John depois que ele faleceu. Indicar você resolve essa brecha. Eu poderia dizer que tomei minha decisão e você *será* o rosto público da família real para o evento. — Ela cruzou as mãos sobre o colo. — Mas não quero fazer isso. Não quando essa situação pode ser benéfica para nós dois.

Jameson não conseguia entender como essa função poderia ser interessante para ele, o integrante da realeza que passou a vida inteira evitando estar sob os holofotes.

Até que Marina disse:

— Pelos últimos dez anos, as instituições de caridade de John ficaram abandonadas, quase em ruínas.

Jameson inspirou fundo bruscamente. Cada membro da família real era ligado a numerosas organizações de serviço público, para as quais emprestavam seus nomes e, se quisessem, seus esforços. O dinheiro era essencial, mas ter o envolvimento de um patrono real fazia toda a diferença. Uma instituição de caridade que era apenas mais uma na multidão ganhava exposição de alto nível, atraindo outros doadores bem relacionados e levando milhares, até milhões de libras aos cofres a cada ano. John era apaixonado por seu fundo, e dedicou tempo e atenção a uma lista cuidadosamente selecionada de instituições de caridade ambientais valiosas, mas menos conhecidas.

— Elas receberam o dinheiro que ele destinou, mas a orientação, o conselho, os eventos que continuariam a reunir a atenção e as doações... — Marina o olhou com firmeza. — Se eu não encontrar um patrono, talvez tenha que dissolver o fundo.

Jameson ficou nervoso com a possibilidade de ver todo o trabalho do avô acabar. Durante os almoços deles, John falava com grande entusiasmo sobre as novas instituições de caridade que descobrira fazendo trabalhos nas áreas de conservação ou sustentabilidade urbana. Ele praticamente irradiava entusiasmo.

Marina suspirou.

— Pensei em dar a Julian. Ele tem pedido há anos.

Dar o fundo adorado e reverenciado de John ao filho dele? Aquele cuja ideia de ambientalismo era jogar as roupas ensanguentadas na lata de reciclagem depois de atirar em um rinoceronte ameaçado de extinção?

Merda.

Apesar da raiva que sentia, Jameson sabia que Marina estava apostando na afinidade dele com o avô. Ele não tinha obrigação de assumir o fundo, mas como ele poderia ficar de braços cruzados vendo o trabalho do homem que o mentoreara e o aconselhara — que o influenciara mais do que o próprio pai —, ser colocado nas mãos de um irresponsável?

Se participasse desse show por vontade própria, Marina lhe daria o fundo de caridade de John. Se relutasse de alguma forma, ela o obrigaria a aceitar... ou o obrigaria a vê-la dissolver o fundo, ou pior, dá-lo a Julian.

Engolindo em seco, Jameson aceitou seu destino.

— Ficarei honrado em representar você e a família na celebração do príncipe John e do trabalho da vida dele. Mas, quando acabar, retornarei para Birmingham e ao meu trabalho.

— Sabia que podia contar com você, Jameson. — Com um sorrisinho de satisfação, a rainha se levantou e passou as mãos na frente do vestido. — O embaixador da Dinamarca está esperando por mim, mas você não precisa se apressar. Fique o quanto quiser.

Ela saiu radiante, levando a aura de realeza consigo.

Jameson queria jogar algo.

Chutar algo.

Gritar.

Ele se contentou em afrouxar a gravata, desabotoar o botão de cima da camisa e passar uma das mãos pelo cabelo.

A avó dele estivera certa. Aquilo *era* mais que um show. Era a porta da vida normal que ele amava para a vida real que odiava. Mas ao menos uma coisa permanecia igual.

Aquela sala ainda era o Antro da Melancolia.

Capítulo Três

Tô ocupada contando a minha grana...
— Duquesa, "Uma estrada difícil"

Manhattan, Nova York

Dani parecia inquieta enquanto o elevador subia os muitos andares do arranha-céu no Upper West Side com uma velocidade vertiginosa.
Tasha apertou o braço dela.
— Não fique nervosa.
Dani franziu a testa.
— Não estou nervosa. Por que você acha que estou nervosa?
— Ah, não sei. Talvez pelo fato de você estar mordendo o lábio da mesma forma que minha tia Gladys ataca costeletas?
Tasha era a única que percebia esse hábito, já que Dani se esforçava para manter uma imagem impecável. Quando precisava estar em espaços públicos ou em qualquer outro lugar onde uma câmera pudesse focar nela, Dani se assegurava que não seria pega de surpresa. Especialmente naqueles dias. Ela não podia comer fora, fazer compras nem viajar sem um monte de paparazzi cercando-a e causando problemas.

Quando saiu de seu salão de beleza favorito e tentou entrar no carro, eles a cercaram, mantendo a porta dela aberta para conseguirem o máximo de fotos possível. Ela enfim se livrara deles, gritando:

— Soltem a porra da minha porta!

O fotógrafo dera um sorrisinho triunfante.

— Por que está tão agressiva, Duquesa? Foi assim que tratou a Samantha?

Que merda!

Afastando as lembranças, Dani parou de morder o lábio e agarrou o batom que Tasha lhe estendia. Ela inspirou fundo enquanto corrigia a maquiagem.

— Agora é pra valer, Tasha. Não podemos perder isso.

— Não vamos perder.

Dani colocou a mão em sua barriga, que se revirava.

— Não tem como você saber isso. As outras quatro empresas deram o fora. Genesis é a nossa única chance.

— Está preocupada que eles façam a mesma coisa? — perguntou Tasha baixinho.

— Lógico! Mas eles são uma empresa de trinta e cinco bilhões de dólares. Devem ter coisas mais importantes para fazer do que ler blogs de fofocas de celebridades.

Diferentemente das outras quatro marcas.

Embora, para ser justa, a história alcançou proporções épicas, saindo dos blogs de fofoca para as grandes mídias. Quando o vídeo chegou ao "Hot Topics" no *The View*, as menções ao nome dela explodiram. Fora de contexto — e graças a edição da Banks Spielberg —, o vídeo não era favorável para Dani. A impressão era de que a Duquesa não queria ajudar outra artista feminina em ascensão. A grande mídia foi rápida em ficar ao lado da pop star. Mulher negra vulgar supersexualizada *versus* jovem branca de aparência inocente?

Fácil.

Quando a primeira empresa de cosméticos cancelou a reunião, Dani desconversou, aceitando a desculpa de conflito de agenda. Quando a segunda empresa ligou, ela ficou um pouquinho mais apreensiva, porém disse a si mesma que a história seria esquecida quando o próximo casal de celebridades terminasse. Quando as empresas três e quatro cancelaram, ela aceitou o que estava enfrentando.

Graças à necessidade de atenção de Banks, a indústria do entretenimento encontrara suas mais novas gladiadoras para o Coliseu. E, aos olhos da indústria de beleza, Dani não era a aposta vencedora.

Por sorte, as pessoas na indústria da música e os fãs dela sabiam a verdade. Como gostavam de afirmar no Instagram e no Twitter. Diariamente.

— Vai dar tudo certo. Todo mundo quer que este acordo funcione — garantiu Tasha.

Dani esperava que sim.

As portas do elevador se abriram, e elas entraram em uma iluminada e organizada recepção. O piso de cerâmica cinza e o interior branco brilhante combinavam com as espreguiçadeiras laranja e um enorme tapete colorido.

Uma jovem estava esperando, era bonita e tinha uma aparência profissional. Usava uma camisa branca e saia preta básica, com tranças presas em um coque no topo da cabeça.

— Bem-vinda, Duquesa.

Hora do show.

Dani endireitou a postura e sorriu.

— Obrigada.

— Posso trazer alguma coisa? Água, café? Champanhe?

Seu amor por tudo que borbulhava sempre a precedia.

— Estou bem, obrigada.

— Eles estão esperando você na sala de reunião. Pode me acompanhar, por gentileza? — A jovem começou a descer o corredor, então parou e se voltou para Dani. — Não devemos incomodar você, mas queria dizer que sou uma grande fã.

Alguns de seus colegas artistas faziam pouco caso dessas interações. Mas Dani nunca fez isso. Talvez porque se lembrava de estar do outro lado quando começou na música. O início de sua carreira na indústria começara com um trabalho de meio-período em um estúdio em Norfolk. Ela nunca se esqueceu do dia em que viu uma de suas cantoras preferidas passando pelo corredor acarpetado. Dani fora até ela, expressara sua admiração e gratidão, e confessara que o trabalho da artista a ajudara a superar momentos difíceis. A mulher a olhara de cima a baixo, suspirara e dissera "Leve mais gelo para o estúdio" antes de se afastar, murmurando algo sobre "vadias jovens tentando roubar o lugar dela".

Dani ficara chocada com a atitude da mulher e mencionara o incidente a uma colega do trabalho.

— Ah, garota. Se acostume. Mulheres não colocam outras mulheres sob suas asas. E com certeza não são gentis com a gente. Você sabe quantos namorados e maridos largaram tudo pela mulher que você pensava ser sua amiga?

Aquela experiência marcou Dani. A decepção que sentira ao encontrar uma artista que admirava moldou sua maneira de interagir com os fãs. Ela sempre tirava tempo para conversar com eles, principalmente com as jovens. E se elas expressassem interesse na indústria, Dani as encorajava a seguir seus sonhos. Foda-se aquela crença de merda de que só pode haver um no topo.

Esse era mais um motivo para Dani estar tão irritada com Banks por propagar o boato de que ela tentaria ferir de propósito outra artista feminina.

Dani lutou para voltar ao presente.

— Obrigada. É sempre bom encontrar fãs que apoiam mulheres no hip-hop.

A recepcionista recuou.

— Não, não de sua música. Embora seja boa — gaguejou quando percebeu o que disse, a cor tingindo suas bochechas.

— Quis dizer da sua linha de cosméticos. Amo seu esfoliante.

Presunções, Dani!

Mas ela se recuperou rapidamente.

— Não é ótima? Também uso todos os meus produtos. Na verdade, vamos lançar esse esfoliante em algumas opções diferentes de fragrância. Dê seus dados para Tasha e vou garantir que receba alguns.

— Sério? — A mulher arregalou os olhos. — Posso postar isso no Insta?

— Com certeza! Me marca, tá bom?

— Vou marcar. Obrigada, Duquesa.

Dani sorriu, e Tasha entregou à jovem um cartão.

— Isso está acontecendo cada vez mais — comentou Tasha enquanto elas desciam o longo corredor até a sala de reunião.

— Ser abordada por fãs? Acontece o tempo todo.

— Não só fãs. Fãs da Mela-Skin. Costumava ser raro. Agora está acontecendo com a mesma frequência com que você é abordada por fãs da sua música. E a maioria dos fãs dos seus cosméticos são mulheres.

No começo da carreira, muitas das pessoas que abordavam Dani e pediam por fotos eram homens. Mas nos últimos anos, ela se deu conta de que estava sendo mais abordada por mulheres, e o comentário de Tasha a fez perceber pela primeira vez que suas fãs também falavam da sua linha de cuidados com a pele. Tudo isso parecia confirmar a decisão de focar as energias no empreendimento que a ajudaria a alcançar a verdadeira independência.

— A Mela-Skin deixou você mais acessível — disse Tasha. — Melhorou a sua imagem.

Quando elas alcançaram a porta de vidro da sala de reunião, Andrea Thompson, a presidente da Mela-Skin, as esperava.

— Está pronta?

— Estou sempre pronta — respondeu Dani.

— Tire tudo o que aconteceu da cabeça. Lembre-se: eles querem sua empresa — afirmou Andrea.

— Eu sei. Então, vamos entrar aí e fazer o que for necessário para não perder esse negócio.

Andrea abriu a porta e deu um passo para deixar Dani entrar. Quando cruzou a soleira, Dani escondeu o nervosismo que sentia por detrás da imagem despreocupada que queria projetar.

A sala era grande, e as janelas do chão ao teto ofereciam uma vista deslumbrante do centro de Manhattan e do One World Trade Center, o sol brilhando no rio Hudson. Três mesas de madeira de formato retangular foram colocadas em um U estreito que dominava o espaço, e uma grande tela digital estava embutida na parede oposta. Uma variedade de homens e mulheres, a maioria brancos, estava sentada em várias cadeiras ao redor das mesas.

De modo instintivo, Dani fez contato visual com a única mulher negra da equipe da Genesis. Nenhuma das duas jamais externaria isso, mas a leve inclinação de cabeça era o suficiente para confirmar que eram aliadas, um momento rápido que a maioria das pessoas na sala não notou.

Na cabeceira da mesa, Henry Owens, o representante da empresa, pôs-se de pé para cumprimentá-la, abotoando o blazer de seu terno azul-escuro.

— Duquesa. Bem-vinda. Prazer em enfim te conhecer.

A familiar sensação de olhares em seu corpo fez Dani ficar arrepiada enquanto atravessava a sala para chegar a Henry. Ela queria projetar seriedade enquanto ainda usava o charme a seu favor. Por isso, estava vestindo o conjunto Tom Ford preto de listras que abraçava suas curvas, a saia terminando logo acima dos joelhos, top de renda branca e saltos altos Jimmy Choo preto e branco de dez centímetros.

Dani manteve os olhos treinados à frente, então sentiu, mais do que viu, cada uma das cadeiras virar discretamente enquanto passava.

Assim como tinha planejado.

Controle a imagem. Controle a narrativa.

— Obrigada, Henry. Espero que você esteja bem — respondeu ela, oferecendo a bochecha para um beijo de longe em vez de um aperto de mãos.

Ao se afastar, sorriu, e percebeu as bochechas dele corarem, e a forma como o olhar do homem se demorou em seu decote. Dani se sentou com graciosidade em uma cadeira que ele puxou para ela, e olhou nos rostos impassíveis.

— Até que enfim vamos fazer isso!

— Estamos de olho em você faz um tempo — afirmou Henry mais alto do que as risadas, tomando o assento à esquerda dela.

— Você e todo mundo — rebateu Dani.

— Correto. Você e sua empresa apareceram e deixaram uma impressão e tanto.

— A Mela-Skin é tudo — disse Andrea, entrando no assunto. — Estamos honradas por uma empresa de seu tamanho reconhecer o que a Duquesa criou.

— Reconhecemos. E é por isso que ficamos animados em trazer a Mela-Skin para a família Genesis.

Dani sentiu o peito apertar e dificuldade para respirar.

Ficamos?

Andrea viu o olhar dela e assentiu imperceptivelmente:

— É uma combinação ótima. E estamos dispostas a fazer o necessário para garantir que o processo aconteça da melhor forma possível e para que não haja surpresas.

— Excelente — retrucou Henry. — Então, vamos começar.

Quase como se fosse uma coreografia, todos se viraram para encarar a grande tela na parede. Henry pressionou um botão e as luzes diminuíram, e o logotipo da Mela-Skin, uma letra M maiúscula com uma coroa em cima, apareceu.

— A Mela-Skin fez o que outras empresas não fizeram: se especializou em uma área e a aperfeiçoou. Outras empresas que adquirimos na área da beleza negra tentam ser tudo para todos. Podem ser boas com cabelo, mas seus produtos para pele não são excelentes. Ou têm uma ótima linha de maquiagem, mas tentaram entrar cedo demais no ramo de cuidados com a pele. Sua empresa começou com esses produtos e aí ficou. Para isso, é necessário sabedoria e paciência, que reconhecemos e apreciamos.

A ansiedade de Dani foi atenuada com as palavras.

Dani fundou a Mela-Skin porque uma de suas marcas favoritas havia feito a jogada malsucedida que Henry mencionara. Ela queria que os cuidados com a pele fossem seu único foco. Sempre que um investidor ou executivo tentava convencê-la a se ramificar, ela se recusava.

Mas Dani entendia por que algumas dessas empresas fizeram as escolhas que fizeram. As mulheres negras têm sido um mercado carente há muito tempo. Ninguém chega até elas. Essas empresas viram uma oportunidade de atender a uma demanda e ganhar dinheiro. Ela não iria julgá-los por isso.

— Financeiramente, sua empresa parece segura. Algumas parecem ótimas por fora, mas ao serem inspecionadas de perto, se mostram uma coleção de disfunções e caos. Por sorte, esse não é o caso da Mela-Skin — continuou Henry, seu sorriso testando os limites da condescendência.

Por sorte?
Não era sorte, era trabalho duro. Ponto final. Fim da sentença.
Dani não se considerava uma empresária de verdade. Ainda. Mas era inteligente. Quando começou a empresa, foi honesta ao reconhecer o que podia ou não fazer. Aquelas coisas nas quais não era boa? Contratou pessoas para fazer por ela. Mas isso não significava que ela abdicara de sua responsabilidade. A Mela-Skin era sua empresa. Dani era dona de oitenta e quatro por cento. Sempre se certificava de saber o que estava acontecendo.
Ela segurou a língua, assentiu e sorriu, mantendo os olhos no futuro e tentando não soltar uma ofensa antes que o acordo estivesse assinado.
— Quando finalizamos nossa diligência prévia, decidimos marcar essa reunião para ver se poderíamos fazer negócio.
Dani cruzou as pernas.
— Parece que você acredita que sim.
— Sim, bem... — A expressão de Henry começou a se desfazer. — Isso foi antes.
Dani colocou a mão no peito.
— Antes do quê?
Andrea franziu a testa e se inclinou à frente.
— O que está acontecendo?
Henry pigarrou e assentiu para a mulher negra que Dani notara ao entrar na sala.
— Vou deixar Barbara lidar com essa parte.
Barbara? Sério?
Dani virou a cadeira e viu a irritação resignada no rosto de Barbara antes que a executiva a disfarçasse com um semblante profissional.
Já passei por isso, irmã.
Barbara juntou as mãos sobre a mesa.

— Estamos preocupados com seu recente conflito com Samantha Banks.

Dani ficou tensa, e o calor da frustração substituiu a apreensão que sentiu mais cedo. Ela trabalhara duro, pagara o que devia e estabelecera uma boa reputação na indústria. Até dois anos atrás, não fazia ideia de quem era Samantha Banks. Agora, era como se estivessem interligadas.

Mentalmente, ela tentou manter a paciência.

— Não tenho conflitos com Samantha Banks.

— Aquele vídeo diz o contrário.

Dani revirou os olhos.

— Alguém se deu ao trabalho de realmente assistir ao vídeo? Dá para ver que foi editado, certo?

Barbara olhou rapidamente para Henry antes de responder.

— Pessoalmente, posso entender por que você foi levada a dizer o que disse. Mas a rixa atraiu atenção.

Dani queria enfiar suas unhas recém-feitas no cabelo pranchado da mulher e arrancar as mechas lisas.

— Não tenho *rixa* com ela.

— O público acredita que tem.

— O público está errado! Ligar meu nome ao dela é loucura. Antes desse incidente, eu sequer a conhecia. E minha resposta não teve nada a ver com alguma promessa maluca de estar na música dela. Ela atacou meu segurança e praticamente me chamou de puta. Nunca disse nada negativo sobre ela na internet. Sequer reconheci sua existência. E mesmo assim temos uma rixa?

— A essa altura, é uma questão de semântica — disse Henry.

O calor tomou conta do corpo de Dani. O suor se acumulou sob os seus braços e desceu por entre os seios. Ela queria poder tirar o blazer, porém focou em ficar calma. Afinal de contas, a última vez em que perdera a compostura foi exatamente o episódio que motivou esta conversa.

— Ganho dinheiro com palavras — respondeu Dani. — Elas importam. Se vão me acusar de algo, as palavras que usam importam.

Alguns dos executivos na mesa começaram a se remexer no assento, como se estivessem desconfortáveis com o assunto.

Bem-vindos ao clube, porra.

— Ninguém está acusando você...

Barbara ergueu a mão para evitar que Henry continuasse.

— Você está certa. Mas a percepção está aí e, como todos sabemos, a percepção é a realidade.

Dani sabia. A própria persona dela fora construída sobre essa ideia.

— O que quer dizer? — perguntou Andrea.

— Tudo o que Henry mencionou é verdade. Nós te amamos. Amamos sua empresa e seus produtos. O que você fez é mostrar que é mais do que uma garota bonita que canta palavras sugestivas. Queremos fazer negócio com você. Te trazer para o portfólio da Genesis. Queremos levar a Mela-Skin para outro patamar.

Embora as palavras soassem boas, Dani esperou.

— Mas... não podemos manchar nossa marca. Empresas estão sendo canceladas o tempo todo hoje em dia. Samantha Banks tem muitas seguidoras jovens, e elas não gostaram da forma como você a tratou. Não podemos nos dar ao luxo de estar nessa lista crescente.

Dani ouviu direito? Iam usar a cultura de cancelamento como desculpa para ficar ao lado da pop star?

Aquilo, *sim*, era uma merda.

Henry entrou na conversa.

— Na internet, a coisa não está boa. Parte do motivo para querermos comprar a Mela-Skin era os seus produtos. A outra era você. Pegue a Rihanna e a Fenty como exemplo. A imagem dela está atrelada à marca. Tem mais valor comercial por conta dela. E a Mela-Skin é mais valiosa por conta de quem você é. Por conta da sua imagem. Sensual. Destemida. Glamourosa.

Bom saber que todo o seu esforço em projetar essa imagem estava dando frutos.

— Sabemos que pessoas criativas são movidas por emoções. Isso não precisava ser nada demais. Mas a grande mídia comprou a história, e garotas jovens, nosso público-alvo, estão vendo você de maneira diferente. E isso está afetando a forma como nós vemos também. Você e sua empresa.

Dani leu o continente de espaço nas entrelinhas.

O público-alvo deles.

Garotas jovens *brancas*.

O mesmo público que estava ficando do lado de Samantha Banks nas redes sociais.

Então, um grupo que não tinha nada a ver com sua empresa e que nunca compraria seus produtos, porque não eram o público-alvo *dela*, podia ditar se o acordo ia ou não acontecer?

Um nó se formou no fundo de sua garganta, dificultando sua fala. Dani abriu e fechou a boca.

— O que isso quer dizer? — perguntou Andrea.

Dani olhou a presidente com gratidão.

Henry tamborilou o dedo indicador na mesa.

— Você vai precisar de algo incrível para virar o jogo e trazer as pessoas para o seu lado outra vez. A única forma que vemos isso acontecendo é se você se desculpar.

Dani tinha certeza de que não o ouvira direito.

— Como é?

— Isso é um absurdo! — exclamou Andrea, confirmando que Dani tinha mesmo ouvido certo.

— Não precisa ser nada demais. Poste algo nas suas redes sociais dizendo que se arrepende do que aconteceu. Tente suavizar a parada. É assim que você fala, não é? — disse Henry com um sorriso.

Dani não via graça na situação.

— Por que eu me desculparia? Não fiz nada de errado. Nada disso é culpa minha.

Henry se reclinou na cadeira.

— Não importa. É você quem está sendo vista como errada. É a sua imagem que está prejudicada. Você precisa se desculpar. Com certeza não somos as únicas pessoas te dizendo isso.

Aquilo era um pesadelo!

— E se eu não me desculpar?

A expressão de Henry endureceu, e ele deu o golpe final.

— Então esta reunião acabou e você terá um problema. Esta é uma indústria pequena. Sabemos que outras empresas estavam interessadas na Mela-Skin e sabemos que desistiram. Me escute. Peça desculpas. Agora. Ou não haverá acordo. Com ninguém. Você vai se tornar um exemplo para empresas menores saberem que não devem desperdiçar oportunidades.

Apesar da apreensão de mais cedo, Dani não se permitira imaginar que isso ia mesmo acontecer. O destino não seria tão cruel a ponto de torná-la mais uma vez uma marionete em sua própria vida, vendo o sucesso de seus planos e a realização de seus objetivos serem ditados pelos caprichos de pessoas que não davam a mínima para ela, não é?

No momento, parecia que o destino seria mesmo esse filho da mãe.

Capítulo Quatro

Não posso ensinar nada a ninguém. Posso apenas fazê-los pensar.

— Sócrates

Universidade de Birmingham
Birmingham, Inglaterra

Jameson ficou diante da enorme estrutura do auditório enquanto oitenta pares de olhos o encaravam dos assentos que se erguiam e se espalhavam ao redor, quase como o Coliseu. Uma analogia apropriada, já que, no início, cada aula parecia um espetáculo romano público, com ele explicando o conteúdo e esperando os aplausos ou as vaias que determinariam se ele os entreteve o suficiente. Infelizmente, se fosse o Coliseu de verdade, ele teria sido sentenciado à morte.

No começo de cada semestre, o curso de Introdução à Filosofia dado por Jameson sempre ficava cheio, pois havia se tornado um rito de passagem para os estudantes que chegavam a Birmingham. Eles queriam ver o príncipe dar aula. Não demorava muito para aprenderem que era "professor Lloyd", não "príncipe Jameson" ou o "duque de Wessex". Ele tinha muito conhecimento, estava ansioso para compartilhá-lo, e isso, combinado com seu estilo nitidamente pensado para não parecer alguém da realeza, levava a altas taxas de desistência.

Jameson logo aprendera a adaptar sua técnica de ensino. Ele notou que os alunos novos costumavam prestar menos atenção que os mais antigos, e precisavam de tempo para processar o conteúdo. Eles tendiam a absorver mais do assunto se tivessem a oportunidade de participar da aula, em vez de sentar e ouvi-lo despejar informações. Essa mudança na técnica de ensino o ajudara a melhorar a cada semestre, o que aumentou a sua satisfação — que já era grande — com o trabalho.

Alguns semestres eram melhores do que outros. Ele contava como uma vitória pessoal aquela turma com noventa por cento das vagas preenchidas. Se eles fizessem sua parte e aparecessem, Jameson podia garantir que o conteúdo iria atrair e manter o interesse deles.

Ele olhou para a esquerda, para os três alunos sentados em cadeiras viradas para a parede dos fundos.

— Coloquem as máscaras cobrindo os olhos. Prontos?

Quando eles colocaram as máscaras de cetim preto e lhe deram o sinal de pronto que haviam combinado, Jameson se virou para encarar o resto da classe.

— O livro sete da *República* nos dá a Alegoria da Caverna de Platão, uma das imagens mais famosas em toda a filosofia.

Ele pressionou o botão do controle em sua mão e as luzes diminuíram. Risos nervosos encheram o ar, e Jameson sorriu.

Mesma reação toda vez.

Jameson pegou uma lanterna industrial e caminhou até estar do outro lado da sala, diante das costas dos alunos sentados nas cadeiras.

— Tirem as máscaras — ordenou a eles, antes de começar. — Um grupo de prisioneiros está confinado em uma caverna desde que nasceu, sem qualquer conhecimento do mundo externo.

Eles estão acorrentados, virados para uma parede, presos pelos pés e pescoço, incapazes de virar a cabeça, com um fogo atrás deles que fornece uma luz fraca.

Ele acendeu a lanterna. As sombras dos estudantes foram projetadas na parede diante deles.

— De vez em quando, formas passam pelo fogo, lançando na parede sombras de animais e outros objetos. Os prisioneiros nomeiam e classificam essas silhuetas, eles acreditam que são entidades de verdade.

Jameson gesticulou para os dois estudantes sentados na fileira da frente, que estavam de pé e caminharam diante da lanterna, segurando as mochilas e livros acima da cabeça.

— Obrigado — disse ele quando os estudantes voltaram aos assentos. Ele continuou a história. — De repente, uma prisioneira é libertada e arrastada para fora da caverna pela primeira vez. E já que aqui nós não incentivamos a violência física, e se eu te enviar lá para fora, você provavelmente não voltará — eles riram —, todo mundo, exceto Isla, coloque a máscara de volta. Isla, fique sem a sua, mas se levante e fique diante da turma.

A garota sentada na cadeira na extremidade fez o que foi pedido. Jameson tornou a acender as luzes.

— A luz do sol fere seus olhos, e ela acha o novo ambiente desorientador. Quando fica sabendo que as coisas ao redor são reais, enquanto as sombras são meros reflexos, não acredita. As sombras parecem muito mais nítidas para ela. Mas, gradualmente, seus olhos se ajustam, até que possa olhar para os reflexos na água. Aqui, esses reflexos são seus colegas, e então ela olha para os objetos diretamente. E, por fim — ele apontou para cima —, para o sol, cuja luz é a fonte de tudo o que ela viu.

Jameson olhou para Isla, que piscava rapidamente.

— Agora, quero que volte e fique diante de seus companheiros prisioneiros.

Quando Isla chegou à sua posição, Jameson desligou as luzes outra vez e instruiu os outros estudantes a removerem as máscaras.

— A prisioneira volta à caverna e compartilha tudo o que aprendeu, mas ela não está mais acostumada à escuridão e tem dificuldade em ver as sombras na parede. Os outros prisioneiros acham que a jornada a tornou ignorante e cega, e violentamente resistem a quaisquer tentativas de serem libertados. De novo, para o propósito desta aula, um simples balançar de cabeça de vocês será suficiente.

Mais risadas.

— Vamos aplaudir nossos participantes.

Ele desligou a lanterna e acendeu as luzes enquanto os estudantes, com alegria, voltavam aos assentos.

— Platão usava essa alegoria para explicar como é o trabalho de um filósofo tentando educar o público. E mais de dois mil anos depois, ainda está sendo usada. Na verdade, e se eu dissesse que um filme popular usa a mesma narrativa simbólica?

— Qual filme? — perguntou uma estudante lá do fundo.

Jameson sabia a reação que sua resposta iria causar.

— *Matrix*.

— De jeito nenhum!

— Sério!

— Esse é aquele filme velho que meu pai adora.

Jameson apontou para o meio da sala.

— Quem fez esse comentário vai ganhar nota zero neste semestre! *Matrix* não é velho! Não é *Casablanca*.

— O que é *Casablanca*?

— Agora você está exagerando.

Mais risadas.

Jameson continuou.

— Pessoas interessadas em filosofia já assistiram a esse filme muitas vezes e podem discuti-lo por horas. Pensem em Neo, seguindo a vida, trabalhando em uma empresa de computadores, vendendo discos contrabandeados, até que alguém surge e "o arrasta para fora". No filme, essa pessoa é Trinity. Ela o leva para ver Morpheus, que lhe oferece a pílula vermelha ou a azul. Quando Neo toma a pílula vermelha, é como se seus olhos se ajustassem à luz. Ele agora está consciente da Matrix. De que o mundo é diferente do que ele achava que era. Então imagine se Neo encontrasse as pessoas para quem vendia os discos no começo do filme e tentasse explicar a Matrix para elas?

— Melhor ainda, Cypher traindo a equipe...

— Spoiler! — gritou alguém.

Jameson assentiu, mas continuou.

— Você precisa se perguntar se está mesmo confortável em relação a tudo o que conhece. À medida que vive sua vida guiado por um certo sistema de crenças e algo se mostra diferente do que é conhecido, você seria corajoso o suficiente para ir atrás disso? Ou ficaria com as ilusões confortáveis e familiares? Quem determina qual conhecimento é valioso? Quem determina o que é loucura? Qual é a origem do conhecimento? E quando o conhecimento é adquirido, é seu dever compartilhar com os que não o tem, mesmo que exista um risco de morte?

O alarme no celular dele soou, e Jameson pressionou a tela.

— Este é um bom ponto para pararmos. Na terça, espero que vocês tenham completado o questionário e tragam quaisquer perguntas que tiverem. Em algumas semanas, começaremos a revisão para as provas.

A sala se encheu de resmungos e barulhos de estudantes juntando seus pertences, e Jameson fez o mesmo. Ele tirou a caixinha de som presa à sua calça e o pequeno microfone em sua camisa azul-marinho. Precisava encontrar alguns orientandos em quinze minutos, logo depois tinha uma reunião de departamento e mais tarde iria para o pub beber alguma coisa com Rhys.

Pegando o celular e a bolsa da prateleira, ele seguiu para fora do prédio, cruzando o pátio. Chovera mais cedo, mas o sol estava se esforçando para brilhar através das nuvens. Em vez de passar pela grama, Jameson seguiu pelo caminho de concreto.

O exercício da Alegoria de Platão era um dos favoritos dele. Jameson sabia que havia muitos equívocos sobre filosofia, incluindo a crença de que não era muito relevante para o mundo moderno, porém, pela própria natureza, a filosofia era um campo de estudos que resistia. Estudantes que se dedicavam a ela aprendiam a escrever de maneira objetiva, pensar criticamente e identificar raciocínios ruins, habilidades bastante procuradas no mercado de trabalho atual. Não havia nada que ele gostasse mais do que ficar na frente de uma classe e discutir, às vezes debater, sobre as grandes questões do dia. Era um dos muitos motivos de amar seu trabalho.

Bem diferente de seus *outros* deveres. A ideia de assumir o papel como membro da família real, tornando-se o foco de milhões de olhares e opiniões, o fez começar a ter urticária.

Jameson estava tão absorto nos pensamentos que não percebeu o aluno vindo em sua direção até que esbarrassem um no outro.

— Desculpe — pediu ele, saindo da frente.

O rapaz imitou seus movimentos. Usando um boné que cobria grande parte de seu rosto, ele sacou o celular.

— Príncipe Jameson, a rainha nomeou você um dos conselheiros de Estado.

O choque o deixou paralisado.

— Ela o indicou para diminuir a crescente insatisfação do público com o trabalho dela?

Apertando a alça da bolsa com os dedos, Jameson notou os estudantes diminuírem o ritmo para observar, de olhos arregalados, o espetáculo que se desdobrava.

— Agora que está mais velho, tem uma nova perspectiva sobre o relacionamento de seu pai com Gena Phillips?

Aquilo pareceu ter durado muito tempo, porém, na realidade, o rapaz fizera a pergunta rapidamente. Jameson mal teve a chance de reagir antes que os seguranças agarrassem o homem. O boné dele voou, e Jameson percebeu que não era um estudante, e sim um homem mais velho.

Seu peito se apertou, o constrangimento queimando a nuca e a ponta de suas orelhas. Jameson se esforçara tanto para ser como as outras pessoas. Para manter a indesejada vida real longe de sua sagrada vida profissional. E depois desse paparazzo, o primeiro, mas certamente não o último, os esforços de Jameson se mostraram inúteis.

Relatos desse encontro se espalhariam mais rápido pelo campus do que um escândalo real noticiado pela imprensa.

— QUE MERDA, CARA. Lamento que tenha passado por isso.

Rhys Barnes, amigo e colega de trabalho, mirou seu dardo no alvo circular e o atirou.

Jameson se remexeu no banquinho de couro do bar, seus dedos agarrando a segunda cerveja.

— Valeu.

O encontro com o paparazzo acabou com a concentração dele. Jameson remarcou as reuniões e mandou mensagem para Rhys, esperando persuadi-lo a ir tomar uma bebida mais cedo.

Não foi necessário muito para convencê-lo.

Jameson conhecera Rhys durante o período deles em Oxford. Alto, loiro e musculoso, o amigo parecia mais confortável em um campo de rugby do que em uma sala de aula. Mas, como professor no Departamento de Engenharia, sua abordagem ativa e "mãos na massa" o tornara muito popular entre os estudantes.

Eles se sentaram nos fundos de seu bar favorito, o Bell and the Crown. Era perto do campus e muito frequentado por estudantes, pelo corpo docente e pelos funcionários da universidade. O que era o motivo para Jameson gostar tanto dele. Além de alguns olhares dispersos, os clientes, na maioria, davam-lhe espaço. Era um dos poucos lugares em que Jameson não precisava olhar por cima do ombro, onde se sentia um pouco normal.

Menos naquele dia.

Naquele dia, todos estavam falando sobre o que acontecera. E, embora ele evitasse o olhar das pessoas, podia senti-las o encarando como uma dúzia de pequenos lasers em sua direção.

Desde o anúncio do Palácio sobre sua nomeação como conselheiro de Estado, a especulação da mídia disparou: por que a rainha fizera isso? O que seria esse novo cargo? Ele enfim ia assumir o lugar do pai?

E isso fazia com que todos relembrassem do caso extraconjugal e da morte do pai.

Jameson não foi o único afetado pela declaração da rainha. A imprensa começara a cercar sua mãe outra vez. Não com a intensidade dos anos após o acidente, porém com mais fervor do que nos últimos tempos. Infelizmente, apesar do choque dos eventos do dia, não era a primeira vez que Jameson tivera que lidar com o peso invasivo da imprensa nas últimas semanas. Mas era a primeira vez que um repórter tinha sido ousado o suficiente para entrar no perímetro da universidade.

Rhys pegou os dardos.

— O que será que teria acontecido se os seguranças não estivessem lá?

Já que Jameson não era um membro da realeza "ativo", ele não tinha direito à proteção vinte e quatro horas por dia. Quando era mais novo, a família tinha segurança garantida, que permaneceu por um tempo após a morte de seu pai. No entanto, depois do anúncio, dois guardas discretos apareceram na universidade. Eles não se deram ao trabalho de sequer interagir com ele. Mantinham vigilância a distância. Até mais cedo naquele dia.

— Ele provavelmente teria me seguido até o escritório.

— Você é um cara grande. Poderia ter dado conta dele.

— Não seja burro. O vídeo de trinta segundos da abordagem já viralizou. Você sabe o que aconteceria se eu tivesse reagido? Quantas viagens ao palácio eu teria que fazer?

— Ser seu amigo estraga toda a ideia do que é ser sofisticado.

— E eu não sei?

Rhys bebeu o resto da Guinness.

— Uma galera vai à casa do Jasper para a noite do pôquer. Você vem? Estão perguntando sobre você.

— Fica para a próxima.

Jameson estava grato pelo convite, e geralmente se dava bem com Jasper e os outros, mas não estava no clima.

— Sua Alteza Real.

Um calafrio percorreu a espinha de Jameson, e ele ergueu o olhar para ver Louisa fazendo uma breve reverência. Embora não tivesse falado alto, um súbito silêncio se instaurou no local e as palavras pareceram ecoar por todo o espaço. A multidão parou o que estava fazendo e ficou boquiaberta.

— Não me chame assim — sibilou ele.

— Por quê?

— Porque não é quem eu sou aqui!

— Tem certeza? — perguntou ela, encarando os olhares curiosos que os tornavam o centro das atenções.

— Isso é por sua causa, com sua linguagem e cortesia. — Jameson se virou para os clientes e tentou em vão contornar a situação. — Não há nada para ver aqui.

Eles continuaram olhando.

Jameson bufou. Não havia espaço para ele ser simplesmente normal?

— Olá, moça bonita — cumprimentou Rhys, dando um sorriso radiante que funcionava tão bem agora quanto na época da universidade.

— Nem começa. Ela é casada.

— E é feliz? — perguntou Rhys, o lado engenheiro dele olhando a questão por outro ângulo.

Os lábios de Louisa se curvaram.

— Bastante.

— Ah. — Rhys deu de ombros.

— E ela trabalha para a minha avó.

— Você trabalha para a rainha!

Mais cabeças se viraram na direção deles.

Merda!

— Um pouco mais alto, por favor. Aquele casal na entrada não te ouviu.

— Foi mal, cara. Isso vai exigir outra rodada. Posso te pagar uma bebida, hã...

E agora Jameson se sentia um babaca que se esquecera os bons modos.

— Esta é Louisa Collins, coordenadora sênior de eventos da Casa Real. Louisa, este é o professor Rhys Barnes, que às vezes chamo de amigo.

— Um prazer — disse Rhys. — Agora, sobre aquela bebida...?

— Não, obrigada. Espero não demorar muito — respondeu ela, com um olhar fixo em Jameson.

— Sente-se. Eu já volto.

Rhys se afastou, erguendo o braço para chamar a atenção do barman. Ele sequer precisava se dar ao trabalho. O homem já estava servindo.

— Lamento que você tenha vindo até aqui, mas desperdiçou seu tempo.

Louisa se sentou graciosamente na beirada do banquinho de madeira.

— Aula interessante.

Ele se surpreendeu.

— Você assistiu?

Ela assentiu.

— Só os últimos dez minutos, mais ou menos.

Jameson não notara a presença dele na sala de aula. O constrangimento o ruborizou, embora ele não soubesse por quê. De repente, sentiu-se muito consciente de si mesmo.

— Obrigado. Então, também viu o que aconteceu depois?

— Vi. Ainda bem que os seguranças estavam lá.

Não teria sido necessário se a rainha não tivesse interferido na vida dele.

— Isso faz mais de uma hora. Você fez um tour pelo campus?

— De certa forma. — Louisa colocou a bolsa sobre a mesa. — Estou curiosa. Onde você se vê, em relação a seus deveres reais? Como aqueles na caverna, olhando para as sombras? Ou como aqueles lá fora, olhando para o mundo real?

Jameson lançou um olhar para Louisa. A verdade era que, por vezes, ele sentira que toda a família real morava em uma enorme e opulenta caverna que eles mesmos tinham construído. Mas não eram prisioneiros observando as sombras na parede. Eles tinham luz e se revezavam, indo para a frente e para trás a partir dela, projetando-se como seres maiores que a vida. Quando o pai dele faleceu, a mãe empurrou Jameson para fora da caverna, permitindo que vivesse e interagisse com o mundo como realmente era, e Jameson não tinha interesse em voltar para dentro, como a rainha tanto desejava.

Mas ele não estava interessado em discutir a vida, então disse simplesmente:

— É só uma aula.

— Certo. — Era óbvio que ela ainda não acreditava em Jameson, mas era uma funcionária leal da Coroa e não podia expor a mentira dele. Em vez disso, mudou de assunto. — Você tem ignorado minhas ligações.

— Estou ocupado.

O que era verdade.

Em grande parte.

Porém, desde sua visita à rainha, Jameson teve tempo e espaço para pensar com calma. O Palácio de Buckingham tinha a melhor vantagem: na presença de sua avó e cercado pela majestade do edifício, ele acreditava que não tinha escolha a não ser obedecer. Mas ele não queria participar da celebração e achou difícil acreditar que Marina arriscaria o fundo de caridade de John por sua cooperação. Ela sabia o valor que seu avô tinha colocado nisso. Entregá-lo a Julian era como dar um fim aos feitos de John. Ela não poderia fazer isso e, simultaneamente, apresentar um show para celebrar a ele e seu trabalho.

Então, Jameson evitou as propostas de Louisa, esperando que a falta de respostas levasse Marina a esquecer do envolvimento dele. Ou melhor, que a fizesse decidir deixá-lo em paz de uma vez por todas.

Parecia que ele havia julgado mal a situação.

— A rainha tomou sua decisão — afirmou Louisa. — Esse evento vai acontecer.

— Se é o que ela quer, tenho certeza de que será um sucesso.

— Então por que você não tem respondido às minhas ligações e mensagens?

— Porque você não precisa de mim — respondeu Jameson em voz baixa, esperando que ela o imitasse. — Você consegue planejar um excelente show e homenagear o príncipe John, como a rainha quer. Não preciso me envolver.

— Mas Sua Majestade o quer envolvido — afirmou Louisa em um tom *retumbante*, não entendendo a deixa dele, ou escolhendo desconsiderá-la.

Olhos arregalados dispararam na direção dos dois, e Jameson se encolheu. Ela tinha mesmo que falar alto assim?

— Por que meu envolvimento é tão importante para ela?

— Não sou sua confidente. O *motivo* não importa. É o que ela deseja e é meu trabalho garantir que seja feito.

Jameson se irritou.

— Desculpe. Não posso fazer isso. Não tenho tempo.

— Minha equipe e eu cuidaremos da maioria dos detalhes.

— Você devia entrar em contato com a Catherine. Ela vai ser mais adequada para isso do que eu.

Louisa fechou os lábios em uma linha fina.

— Senhor, não tenho intenção de pressioná-lo, mas a rainha queria que eu informasse que ela não vai mudar de ideia. Você vai fazer isso. Se não for porque se importa com seu avô e acredita que a vida e o trabalho dele merecem ser homenageados, então vai ser porque ela é sua soberana e está exigindo.

A última parte da afirmação encerrou o assunto. Jameson suspirou.

Ele faria pelo príncipe John. Por conta da dívida de gratidão e lealdade que tinha com o homem que nunca pensaria em cobrá-lo.

Levando em consideração que seu avô sempre foi uma companhia prazerosa, dando conselhos altruístas e mostrando como um marido e pai amoroso deveria ser, fazer algumas entrevistas e apresentar alguns atos musicais não era o mínimo que Jameson poderia fazer? Ele lidaria com a imprensa, com o julgamento da família e com os escândalos de seu pai sendo desenterrados.

Mas ele tinha as próprias exigências.

— Quero que a segurança da minha mãe seja reforçada e quero um anúncio oficial me nomeando sucessor do fundo de caridade do meu avô. *Antes* do evento.

— Tenho certeza de que não será problema.

Jameson passou a mão no cabelo.

— O que precisa que eu faça?

A expressão dela nunca se alterou, embora seu alívio fosse evidente.

— Um projeto dessa magnitude geralmente levaria dezoito meses, ou pelo menos um ano, para ser planejado. Me deram *seis* meses. Então, o tempo é, literalmente, essencial. — Louisa pegou um tablet de sua bolsa preta. — Consegui uma lista de artistas dos outros membros da família real. Gostaria de receber o mesmo de você.

— Uma lista de artistas?

— Sim. De atos musicais para o show.

Como é que ele saberia?

Jameson balançou a cabeça.

Louisa suspirou.

— Que tal alguns?

Ele só a encarou.

Rhys voltou e colocou duas cervejas espumantes sobre a mesa.

— O que eu perdi?

Louisa agarrou o tablet com mais força.

— Um.

— Um o quê? — quis saber Rhys.

— Preciso que o príncipe Jameson recomende um espetáculo musical.

Rhys balançou a cabeça.

— Ah, ele não conhece música, ou pelo menos nada popular.

O amigo não estava errado.

— É melhor você perguntar a um cliente aleatório — brincou Rhys, estendendo a mão para os salgadinhos na tigela.

Ah, até que não era uma má ideia...

Louisa pressionou os lábios.

— Para que o evento aconteça na data que a rainha escolheu, preciso enviar os convites amanhã. Terei minha reunião semanal com ela quando voltar ao palácio, e ela não ficará feliz.

Rhys parou à beira de jogar um pretzel na boca.

— Isso é para a rainha?

Jameson analisou a multidão até ver um rapaz que reconhecia. *Perfeito!* Gesticulou para ele.

— Preciso da sua resposta — insistiu Louisa.

O estudante se aproximou, arrastando os pés e alisando a mão na frente de seu suéter.

— Desculpe, professor. Eu não estava ouvindo...

— Não, não, Alfie — disse ele, agradecendo silenciosamente a Rhys por sua brilhante ideia. — Está tudo bem. Você escuta música? Sabe quais artistas são populares com os jovens?

Assim que as palavras saíram de sua boca, Jameson ficou bem ciente de que soava como um idoso e não um homem na casa dos trinta. Mas era tarde demais para retirar o que dissera, e ainda precisava saber a resposta.

Os lábios de Alfie se curvaram.

— Sei. Gosto de pensar que sei.

Louisa ficou boquiaberta.

— Só pode estar brincando.

— Quais são seus favoritos?

— Assisti a um show do Of Men and Guppies faz alguns meses. Eles foram incríveis.

— Jameson — começou Rhys —, eu estava brincando...

Jameson dispensou o amigo com um aceno e pressionou Alfie.

— Mais alguém?

Alfie olhou para o rosto dos três adultos.

— Hã, meus amigos gostam de Rock Apple Brigade, mas são um pouco barulhentos e indies demais para o meu gosto.

Jameson não fazia ideia de quem eram esses artistas. Mas importava? Ele só precisava dar alguns nomes para Louisa, para que ela pudesse ir embora.

— Minha namorada está escutando a Duquesa. Ela é legal. E arrasa — continuou Alfie, um sorrisinho se espalhando no rosto.

Duquesa? Jameson se endireitou no assento.

— Ela é cantora?

Rhys interrompeu.

— Eu não acho que...

As sobrancelhas de Alfie se ergueram de uma vez.

— Ah, é sim. Muito popular.

A avó dele *ia* gostar daquilo. Ia ser meio engraçadinho. Duquesa.

Provavelmente uma cantora pop. Jameson pensou em pesquisar mais tarde.

— Obrigado, Alfie. Te vejo na aula amanhã. — Jameson ergueu uma sobrancelha para Louisa. — Então, terminamos?

— Terminamos?

— Sim. Duquesa. É quem eu quero que se apresente. Se ela estiver indisponível, uma das outras duas bandas vai servir. Você disse que eu só precisava te dar um nome — respondeu ele, ciente de que não estava conseguindo esconder a soberba.

Louisa estreitou os olhos.

— Tem certeza?
— Total.
Ela assentiu uma vez, fechou o tablet e ficou de pé.
— Obrigada por seu tempo. Enviarei o convite para ela o quanto antes.
— Ótimo — disse Jameson, feliz que a reunião enfim tinha acabado. Ele olhou para o barman. — Uma rodada para todo mundo, por minha conta.
Um rugido de apreciação balançou a sala, limpando a energia da realeza e restaurando a ordem. Jameson assentiu para o coro de agradecimento e para as cervejas erguidas em sua direção. As conversas retornaram e foi quase como se os últimos dez minutos nunca tivessem acontecido.
Rhys o encarou, de olhos arregalados e boquiaberto.
— Você sabe o que está fazendo?
— Lógico.
Ele não sabia. Mas Louisa era um lembrete indesejado de sua outra vida, e ele queria que ela fosse embora o quanto antes e levasse o espectro da rainha consigo, só assim poderia voltar para a vida que levava ali na universidade o mais rápido possível.
Bem longe da caverna real.

Capítulo Cinco

Juntos, unidos / Querem nos separar / Mexendo com a gente / Mas vencemos e vamos em frente...

— Duquesa, "Revolução"

Los Angeles, Califórnia

— Levanta a cabeça, gata.

Irritada, um estado de espírito quase constante naqueles dias, Dani inclinou o queixo e deixou Rhonda, a maquiadora, aplicar uma camada de rímel em seus cílios postiços. Assim que a mulher terminou, Dani voltou a atenção para a mensagem de Tasha.

Está ganhando mais atenção. Lembre, fique de boa.

Inspirando fundo, Dani clicou no link que a levou para um post no Instagram de uma conta que ela não seguia.

Contra a paisagem do centro de Los Angeles — ela sabia disso graças a marcação de localização abaixo do nome —, Samantha Banks estava sentada em uma meia-parede, olhando para o horizonte. Seu cabelo arco-íris estava vívido contra o vestido branco de verão que ela usava, o decote tomando conta de grande parte da foto.

A legenda dizia: "A única coisa que supera a má sorte é o trabalho duro. Raiva é uma fraqueza em uma personalidade insegura. Não deixem ninguém roubar sua luz, Samanthinhos Brilhantes!"

Não, essa piranha não ousou fazer isso!

Que audácia.

Acho que trabalhar duro significa se escorar no meu trabalho.

Além disso, a mulher já estava dando apelido para os fãs? Mesmo só tendo uma única música e nenhum lançamento em vista?

Miss K saiu do caminho para que ele e Rhonda pudessem trabalhar em Dani sem se esbarrarem.

— Estou amando esses cachos suculentos, longos e cheios de movimento. Vão ficar lindos com o vestido Marchesa sem alças que você vai usar.

— É lindo, não é?

Quando Dani chegou à mansão em Hollywood Hills para fotografar a capa da revista *Vibe*, tinha ficado maravilhada com a roupa que eles escolheram. A criação floral delicada, em tons variados de vermelho — sua marca registrada — era um visual diferente, algo que alguém veria na capa da *Vogue* ou da *Harper's Bazaar*. Um visual que ela estava ansiosa para usar.

Um ronco atrapalhou a vibe.

— Caramba! O que foi isso? — perguntou Dani, olhando ao redor.

Rhonda pousou a mão na barriga.

— Desculpe. Eu estava atrasada esta manhã e não tomei café.

Dani olhou no espelho, virando a cabeça de um lado para o outro enquanto observava seu reflexo. Depois de anos nesse meio, ela conseguia fazer a própria maquiagem habilmente, e às vezes mais rápido, porém não tinha problemas em deixar os profissionais trabalharem.

— Está ótimo. Vai comer.

— Tem certeza? Eu queria adicionar iluminador no canto do...

— Pode fazer isso depois. — Dani riu e apontou para a barriga da mulher, que emitia outro ronco. — Preciso que você resolva isso. Como vou relaxar com o som dos caminhões de lixo de Nova York no meu ouvido?

Rhonda balançou a cabeça e deu uma risadinha constrangida.

— Obrigada. Espero que a chefe tenha feito um pouco daquela jambalaia incrível de novo.

— Você sabe que ela fez. É o meu prato favorito — respondeu Dani, recostando-se na cadeira.

Agora que o rosto estava livre, e Miss K podia trabalhar e deixar o cabelo deslumbrante, Dani voltou a atenção para o celular.

O post de Banks tinha sete mil curtidas!

Dani mordeu o lábio.

Não faça isso. Não vai resultar em nada bom. Você sabe que vai ver haters...

Ela clicou nos comentários.

Havia o de sempre:

"Adorei a foto!"

"Amo o seu cabelo!"

"Você está tão linda!"

Mas eles não permaneceram tranquilos por muito tempo.

"Fique firme, Samantha!"

"Não liga pra ela. Você é bem mais talentosa. Ela nem consegue fazer rap."

"Arrasa, Samantha, arrasa!"

"Duquesa? Você quis dizer rainha! Curve-se!"

"Por que vocês estão implicando com a Duquesa? Ela não fez nada. Nem foi mencionada. CAIAM FORA!"

"Vadia, por favor, você acha que não estamos vendo o que você está fazendo? Os verdadeiros fãs vão amar a Duquesa pra sempre!"

"Ela é um lixo. Só sabe balançar o rabo e mostrar a boceta."

Dani ergueu a mão para cobrir a boca, parando pouco antes de tocar o lápis e o gloss que Rhonda tinha acabado de passar em seus lábios.

Fazia dois meses desde que Banks postara o vídeo, duas semanas desde a reunião com a Genesis. Dani quisera acreditar que Henry Owens estava errado e tudo aquilo ia passar, porém, a presença consistente dos paparazzi e inúmeros segmentos do Hot Topics no *Wendy Williams Show*, diziam o contrário.

No entanto, por mais que a atenção significasse mais downloads e vendas, a imagem dela ainda estava sofrendo desgastes em certas mídias. O que significava que a Mela-Skin ainda não era bem-vinda. E posts como aquele continuavam a pôr lenha na fogueira.

O calor tomou conta de sua pele. Dani conseguia ouvir a voz de Tasha em seu ouvido: *Não alimente os haters, Dani.*

Foda-se aquilo.

Pressionando os lábios, ela entrou em sua conta falsa e abriu o post.

Digitou e murmurou:

— Que boca, hein?! Você estava preocupada com as letras dela quando v…

— Ah, na-na-ni-na-não! — exclamou Nyla Patterson, arrancando o celular de Dani e olhando para a tela. Seus olhos castanhos se arregalaram. — Uau.

Dani esticou o braço.

— Me dá meu celular.

Nyla a ignorou.

— Não acredito que você ia responder... espera... quem é @boycotttheD? Você tem uma conta falsa? — perguntou na voz escandalizada e ultradramática que tinha usado essa semana na série de TV que estrelara.

— Por que não? Funcionou para o Kevin Durant.

Nyla franziu seu lindo rosto.

— Funcionou mesmo?

— Posso ter meu celular de volta, por favor?

Nyla tocou na tela várias vezes antes de devolvê-lo.

— Você apagou o aplicativo do celular? Você conversou com a Tasha? Posso instalar de volta, sabe?

— Com certeza, mas até reinstalar, a vontade de fazer alguma coisa da qual com certeza vai se arrepender vai ter passado.

Dani largou o celular na bancada e suspirou.

— O que está fazendo aqui? Achei que estivesse em Nova York para os Upfronts.

Upfronts são os eventos que apresentam os próximos programas de outono das redes de televisão. Em geral, são frequentados por executivos, por estrelas de TV, pela imprensa e por grandes anunciantes — que aproveitam a chance para comprar espaço publicitário nos intervalos dos programas com antecedência, antes do início da temporada. Por ser uma das estrelas de um programa de televisão popular, a presença de Nyla havia sido exigida nos últimos três anos.

— Garota, um produtor antigo parou na nossa suíte, ainda com raiva de ter sido demitido depois da investigação por assédio sexual. Quando ele começou a falar tudo o que tinha feito para incluir mais diversidade na televisão, eu soube que tinha que ir embora antes que dissesse algo que me fizesse ser demitida. Então, peguei o último voo para casa ontem. Vi sua mensagem sobre o ensaio fotográfico e pensei em aparecer e fazer uma surpresa. Ainda bem que vim.

— É — disse Dani, um pouco mais calma agora. — Valeu.

Nyla era a amiga dela que dizia "Nem inventa, garota", e encontrar alguém assim, principalmente na indústria do entretenimento, era raro. Elas tinham se conhecido havia muitos anos, quando as duas apresentaram o Kids' Choice Awards. Nyla sempre dizia a verdade a Dani, mesmo se ela não quisesse ouvir. Ela era quem sempre a apoiava, fosse para vetar a roupa que ela quisera usar para o Soul Train Music Awards porque a fazia ficar com cara de sofá floral de vó, fosse para impedir Dani de PQTP (Postar Quando Tá Putassa).

— Disponha. E sabe que estou falando sério. Quanto tempo mais vai demorar?

— Só estamos terminando o cabelo e a maquiagem. Não fiquei na frente da câmera ainda.

— Odeio ensaios fotográficos.

A beldade alta e de cabelo preto usava uma blusa branca de gola baixa com diamantes e acessórios dourados que cintilavam contra sua pele brilhante e bronzeada, e jeans que alongavam as pernas compridas e chamavam a atenção para os dedos dos pés, que ostentavam um cintilante anel de diamantes entre as tiras de seus saltos altos sensuais.

Dani revirou os olhos.

— É, você parece alguém que não quer ser fotografada.

Nyla fez cara feia, mas colocou a enorme bolsa da Chanel na penteadeira ao lado e se sentou na cadeira.

— Como está Liam?

— Quem?

— Liam Cooper!

Liam Cooper tinha sido o vocalista da popular *boy band* Three Seconds from Running. Com seu cabelo loiro encaracolado e voz surpreendentemente emotiva, ele fez com facilidade a transição para estrela pop solo. Eles foram apresentados muitos anos antes em um evento promovido por sua gravadora e desde então tinham se apresentado juntos em alguns eventos.

Dani deu de ombros.

— Não sei.

— Planeja vê-lo em breve?

Dani franziu a testa diante do tom inocente demais de Nyla.

— Por que eu planejaria?

— Ele não é seu namorado?

— Não é, não!

Nyla tocou a tela do celular e entregou para Dani.

— De acordo com a revista *In Touch*, vocês estão namorando faz um mês.

Dani encarou a foto dela e de Liam abraçados do lado de fora da Crypto.com Arena.

O que é isso?

Então ela se lembrou. Os produtores do Grammy os uniram para apresentar um medley de músicas de hip-hop das antigas para a transmissão. Eles estavam fazendo uma passagem de som vários dias antes da cerimônia. Ela saiu para atender uma ligação, Liam a seguiu para tomar um ar fresco, e eles começaram a conversar sobre suas influências musicais. Antes de entrarem, eles se abraçaram, não romanticamente, mas como amigos.

Porém, uma imagem pode dizer mais do que mil palavras... quaisquer mil palavras, dependendo de qual foto fora usada. Naquela, um abraço amigável foi retratado como um encontro íntimo entre amantes. A legenda, "Quem são Jay & Bey? A Duquesa e o Príncipe do Soul de Olhos Azuis estão formando uma nova dinastia da realeza da música?" só colaborava para vender a ideia.

— Ah, pelo amor de Deus! Liam e eu não estamos namorando. Nem vi nem falei com ele desde a festa do Clive Davis depois do Grammy.

Como um dia ela tinha acreditado que ser famosa resolveria seus problemas? Aquele era o oposto da situação de Samantha Banks. Milhões de pessoas veriam essa foto e leriam a história, e então, ela se tornaria verdade. Não importava que fosse mentira. E não importava quantas vezes ela negasse, nunca acreditariam nela.

Era irritante pra caralho.

Embora tivesse alcançado um nível de sucesso, viver sob os holofotes poderia corroer a alma. Era preciso ser uma pessoa forte para permanecer fiel a si mesma diante da atração gravitacional do estrelato. Não definir o seu valor pelo o que os outros diziam.

Dani estava tentando, porém ainda estava em evolução. Prova A: o comentário escrito pela metade de antes.

Como se lesse a mente dela, Nyla perguntou:

— O que você vai fazer?

Ela não precisava perguntar do que Nyla estava falando. Elas trocaram mensagens e conversaram sobre um único assunto desde a reunião de Dani em Nova York.

O suspiro de Dani pareceu saído das profundezas da alma dela.

— Não sei.

— Vai se desculpar?

— De jeito nenhum.

— Vai falar disso na internet?

Se ela reconhecesse a situação de alguma forma, estaria nas mãos de Banks e daria à cantora o que ela queria.

— Mas isso é o mesmo que se desculpar, e não vai acontecer.

— Mas se não fizer isso, vai perder a oportunidade de trabalhar com a Genesis.

Ou com qualquer uma das outras empresas. Recentemente, ela recebera uma ligação de Andrea para dizer que uma empresa queria investir na Mela-Skin, mas Dani não ficou animada. Não precisava de mais investidores, precisava de ajuda para chegar a outro patamar.

— Talvez eu deva me afastar por um tempo. Eu poderia tirar uns meses, ir para uma ilha particular. Trabalhar em novo material, inventar novos produtos...

Ela não podia entregar mais munição para Banks. Se não estivesse por perto, Banks não poderia persegui-la, a imprensa não poderia tirar fotos e a história esfriaria.

— Isso pode funcionar. Mas também pode ter o efeito oposto. Banks não hesitaria em falar de coisas antigas para se manter relevante. Ou continuar postando coisas como essa — retrucou Nyla, apontando para o celular de Dani e fazendo referência ao post no Instagram.

— Por que ela não vai cuidar da própria vida, porra?

Nyla riu.

— É o que ela está fazendo. Só que ela está tentando ter a *sua* vida. Você precisa de boas notícias. O estúdio sempre faz a gente fazer caridade. Você pode fazer comigo.

Dani não era contra trabalho voluntário, mas respondeu:

— Parece tão forçado.

— É forçado, mas pode ajudar.

Era hora de Dani cair na real. Ela não tinha muitas escolhas. Não podia perder aquela oportunidade. Ou arranjava um jeito de neutralizar a história de Banks ou, apesar do que dissera, teria que se desculpar.

— Tenho uma relações-públicas muito boa — afirmou Nyla. — Ela trabalha para mim, não para o estúdio, e é bem legal. Mesmo se você não a contratar, tenho certeza de que ela não vai se opor em te dar uns bons conselhos.

Dani franziu os lábios, mas assentiu.

— Isso parece ótimo, Nyla. Obrigada.

— Vou mandar uma mensagem pra ela.

E se isso não funcionasse, Dani ia ter que levar a sério o negócio da ilha.

— E por que você está lidando com isso sozinha? — perguntou Nyla, os dedos voando na tela do celular. — Cash não devia estar cuidando disso?

Dani revirou os olhos.

— Ele acha que não tem nada de errado. Jay e Nas, Lil' Kim e Foxy Brown, Biggie e Tupac... Rixas são importantes no hip-hop. Faz álbuns venderem.

Dani assinou com seu empresário, Cash Hamad, depois que ele a descobriu no SoundCloud. Ele elogiou seu potencial e jurou que, se ela trabalhasse duro e seguisse suas orientações, ele a transformaria em uma estrela. Àquela altura, fazia anos que ela estava postando suas músicas, então chamar a atenção de alguém como Cash foi gratificante. Ele era bem conhecido no ramo e altamente respeitado por pessoas de dentro da indústria. Assinar com ele significava levar sua carreira para outro patamar.

E ela havia conseguido, se "outro patamar" significasse participar de um monte de músicas dos clientes de Cash (leia-se: homens), que não eram bons como ela. E essas participações sempre estavam atreladas a um vídeo em que ela aparecia de fio dental e rebolando enquanto um homem, usando grossas correntes de ouro e fumando um charuto, apontava os dedos para ela. Porque tinha sido *muito* original nas mil e quinhentas vezes anteriores. Como uma rapper desconhecida, ela não tinha sido tratada de maneira diferente das garotas que estavam no vídeo só para servir de colírio para os olhos, exceto pelo fato de que ela também tinha que cantar seu verso.

Quando um de seus *freestyles* se tornou viral no YouTube, Cash a "promoveu", tornando-a primeira-dama do Dirty Junky, seu grupo de rap multiplatinado. Dani contribuiu com mais músicas, onde seus versos receberam maior atenção. Em seguida, veio o contrato de gravação solo com a Sick Flow Records, e agora seu segundo álbum estava subindo rapidamente nas paradas. Cash, como o nome sugeria, queria lucrar com as conquistas de Dani, e estava planejando uma turnê durante o inverno, antes de voltar ao estúdio no próximo ano.

Ela deveria estar emocionada. Era famosa, popular e bem-sucedida financeiramente. Tudo o que a jovem Dani queria. Mas não estava tomando as próprias decisões; a carreira não lhe pertencia. Era de Cash, e ele pretendia surfar até que a onda acabasse.

— Mas está ferrando com a Mela-Skin — disse Nyla.

— Ele não liga.

Cash não era fã do "bico" dela, sobretudo porque não estava envolvido. Então, reclamava o tempo todo que a empresa tirava a atenção de Dani da música.

— Muito bem, Duquesa, estamos prontos para você — gritou um dos assistentes.

Dani afastou a cadeira e conferiu o reflexo no espelho.

— O dever me chama.

Nyla também se levantou.

— Enquanto você lida com isso, vou me servir dessa jambalaia que está cheirando tão bem.

Dani riu e seguiu para o vestiário, onde o lindo vestido Marchesa... *estivera* esperando por ela. Tinha desaparecido, e no lugar dele estava um top de couro vermelho e uma minissaia que combinava.

— Ei, Shaunie? O que aconteceu com o vestido?

A stylist franziu os lábios.

— Seu empresário ligou. Ele trocou.

As mãos dela se fecharam em punhos. Merda!

Dani já tivera que alterar a agenda porque o local no qual iam filmar, o Franklin Canyon Park, fora vetado devido aos paparazzi que pairavam em torno dela como a infame camada de poluição atmosférica de Los Angeles. Infelizmente, a única data em que aquela casa estava disponível era o dia em que Dani havia planejado estar em Nova York para reuniões sobre o lançamento da mais nova bruma facial revitalizante da Mela-Skin. Ela vinha alimentando sua irritação desde que acordara, porém, entrar e ver o lindo vestido tinha aliviado seu humor. E agora aquilo!

Nyla apareceu ao seu lado com uma tigela de arroz fumegante.

— Você precisa largar o Cash e arranjar um empresário de verdade. Alguém que vai trabalhar pensando nos *seus* interesses, e não nos dele.

— Ah, espera sentada — irritou-se ela, entrando atrás de uma longa cortina branca.

— Ele não quer que você feche o acordo com a Genesis — expôs Nyla. — Só a sua música dá dinheiro para ele.

Dani expirou. Nyla não estava dizendo nenhuma novidade. Ela sempre soube.

Mas para onde poderia ir?

Cash tinha ótimos contatos na indústria. Ele a apresentara para todo mundo. E havia uma longa e célebre história repleta de carcaças de músicos fracassados que trocaram os primeiros empresários por uma grama mais verde. Dani era grata pela administração inicial de Cash, porém estava ficando nítido que eles queriam coisas diferentes para a carreira dela. E, no fim das contas, a visão de Dani deveria prevalecer.

— Sei de uma agente que seria perfeita para você — continuou Nyla. — Ela é da minha agência.

— Não, obrigada. Eu escuto quando você reclama. Você odeia a sua agência.

— Aquela não. Saí de lá ano passado para entrar na MBP. Eles são a maior agência de entretenimento do mundo. Representam geral: atores, músicos, autores, atletas. Os melhores dos melhores.

— Não sei.

— Ela está querendo te conhecer.

— Não estou pronta.

— Então isso vai ser esquisito, porque a convidei para se juntar a nós e ela está aqui.

Como é que é?

— Nyla!

De pé de roupa íntima, Dani agarrou a cortina, prestes a mandar a amiga se danar, quando ouviu uma nova voz entrar no espaço.

— Olá, pessoal!

— Bennie! Obrigada por vir.

— Nyla, você está adorável. Ouvi coisas maravilhosas sobre aquela comédia romântica que você filmou ano passado. A trilha sonora vai ser sucesso.

— Você é muito gentil.

Dani espiou pelo tecido fluido e viu uma mulher de pernas longas com um cabelo loiro comprido que mais parecia modelo do que executiva.

— Fiquei animada ao receber sua ligação — disse Bennie. Ela olhou ao redor. — Ela está aqui?

— Está — respondeu Dani. Ambas as mulheres se viraram para ela. — Me deixe vestir um robe e já vou.

— Fique à vontade — retrucou Bennie. — Está uma loucura lá fora. Não estou com pressa para voltar.

Alguém alertara os fotógrafos da presença de Dani, e uma dúzia deles apareceu uma hora depois que ela chegara.

— Não acredito que ainda estão aqui — disse Nyla.

Um pensamento súbito passou pela cabeça de Dani.

— Eles te viram?

— É óbvio que não! — A voz de Bennie soava muito ofendida. — Peguei um carro para chegar aqui, e garanti que as janelas fossem escuras.

— Graças a Deus.

A última coisa de que precisava era jogar lenha na fogueira criando rumores sobre um rompimento com o empresário.

Pelo menos não até que estivesse pronta para fazer o anúncio.

Dani rapidamente enfiou os braços na roupa de seda e foi encontrar sua "convidada".

— Esta é a Duquesa — apresentou Nyla.

— Sei quem ela é. — Bennie tirou os óculos de sol Prada de seu rosto perfeito e sorriu para Dani. — Você é inteligente, sexy e ofuscou todo mundo com seu rap. Por que não está dominando o mundo?

Dani inclinou a cabeça.

— Não quero dominar o mundo, só uma partezinha dele.

— E estou pronta e preparada para te ajudar com isso. — Bennie estendeu a mão. — Jane Benedict, mas todos me chamam de Bennie.

Dani olhou para Nyla antes de responder:

— Não tenho certeza do quanto Nyla te contou…

— Não precisei que ela me contasse muito. Todo mundo está falando da situação entre você e Samantha Banks.

— Não aguento mais essa merda! — Dani expirou, e gesticulou para um sofá próximo. — Vamos sentar. Mas sério, estou prestes a me exilar em algum lugar por aí até que isso passe.

— Não, não, não! A ideia é neutralizar as consequências negativas.

— Ainda não superei como as pessoas estão tomando lados em uma rixa que nunca aconteceu! Não dá pra acreditar nessa merda! — Dani estalou os dedos. — Ah, espera, isso é exatamente o que eles fizeram!

— No momento em que expõe algo ao público e pede dinheiro, você está sujeita ao julgamento deles. De fato, você pode tentar ser do tipo "minha vida particular é particular", mas em uma era com celulares gravando tudo e dominada por redes sociais, a vida de ninguém é particular. Ainda mais a de uma pessoa cujo último álbum vendeu 195 mil unidades na primeira semana e estreou no topo da Billboard 200 dos Estados Unidos.

Dani não demonstrou como ficou impressionada com a facilidade com que Bennie falou seus números.

Ela apertou a faixa do roupão e cruzou os braços.

— Então o que eu faço?

— Com o objetivo de mostrar o que você pode oferecer, sondei algumas pessoas e há algumas opções disponíveis.

— Tipo o quê?

Bennie conferiu o celular.

— Apresentar um novo reality show.

Dani arqueou a sobrancelha.

— O quê?

— Nicki participou do *American Idol* há alguns anos e Cardi julgou aquela competição de rap para a Netflix — exemplificou Nyla.

— Que tipo de programa seria?

— Uma das principais redes de TV a cabo está querendo criar o próprio programa de namoro. Eles querem fazer isso, hã — um leve rubor tingiu as bochechas de Bennie e ela pigarreou —, em um ambiente urbano. Estão chamando provisoriamente de *Amor no Gue...*

— Não! — Dani interrompeu.

— Ah, vai — disse Nyla, as palavras quase não saindo através do riso. — Gangsters e vadias do gueto precisam de amor também.

— Pare — pediu Dani, apontando um dedo para a amiga. — Você está colocando essa energia no mundo, mesmo quando está só brincando.

— Imaginei que fosse negar, mas acredito que devo levar todas as ofertas aos meus clientes, a não ser que especificamente me digam o contrário.

— Não sou sua cliente.

— Por enquanto.

Dani estava sentindo a confiança de Bennie.

— Próximo?

— Harper Bissette quer que você seja o novo rosto da campanha publicitária deles.

Dani estremeceu. Ela sempre considerou Bissette o epítome do luxo, e a bolsa com o logotipo clássico deles foi sua primeira grande compra. No ano em que seu EP de estreia foi lançado, ela pediu a sua stylist para abordá-los e pedir roupas emprestadas para uma premiação, mas ficou sabendo que eles reclamaram dizendo que não sabiam como vestir alguém tão "curvilíneo e étnico". Ela vendeu a bolsa e nunca se arrependeu, e agora eles queriam a bunda curvilínea e étnica dela para ajudar a vender suas merdas?

Próximo.

— É só isso?

— Por enquanto. Eu estava trabalhando a curto prazo. Tenho outras ligações pendentes.

— Não estou pronta para assinar nada — avisou Dani.

— Entendo. Me dê uma chance e vou mostrar o que consigo fazer.

— Nyla pode te dar meus dados. Estou livre no começo da semana que vem.

— Perfeito. — Bennie abriu a boca para dizer mais alguma coisa, porém em vez disso mordeu o lábio.

Cautelosa, Dani a encarou.

— O quê?

— Tenho que perguntar... você recebeu a oferta de uma oportunidade perfeita para ajudar com o seu caso, mas recusou. Por que fez isso?

Dani franziu a testa.

— Como é? Se alguém tivesse me abordado com o que preciso para encerrar essa situação com a Banks, acredite, estaria resolvido.

— O show real em homenagem ao príncipe John. Conheço vários artistas que fariam qualquer coisa por um convite.

— Não faço a mínima ideia do que você está falando.

— Você foi convidada para se apresentar no show real em homenagem ao príncipe John — explicou Bennie, pronunciando cada palavra como se Dani não entendesse o idioma.

— O quê? — Dani arregalou os olhos.

Até Nyla se endireitou.

— O príncipe John da família real britânica?

Dani ficou chocada. Ela teria se lembrado de ter sido contatada pela família real. Sua avó era uma grande fã, principalmente do príncipe John. Ela costumava dizer que ele tinha um rosto gentil, e comprava todos os jornais que mostravam a família real. Só de pensar na devoção da avó causou uma dor no coração de Dani.

— A rainha está organizando um show grandioso para homenagear o príncipe John e seu trabalho com causas ambientais. Ela está convidando vários dos artistas favoritos do príncipe.

Um show real? Puta merda.

— Não fiquei sabendo de nada a respeito de um show real. Ninguém me contatou.

— Ainda é segredo. Eles pediram que mantivéssemos um sigilo rigoroso até que anunciem a lista final. Só sei sobre o assunto porque a nossa agência representa o Rock Apple Brigade, e eles foram contatados depois que você recusou.

— Eu não recusei! Nem sabia disso!

— Quem teria respondido em seu nome?

Ela já sabia antes mesmo de Bennie terminar a pergunta.

Cash, aquele filho da mãe.

Ele sequer a perguntara. Será que sempre fez isso? Se Bennie não tivesse mencionado, Dani nunca saberia. Para quantos outros eventos ela tinha sido convidada, quantas outras oportunidades tinham surgido, apenas para Cash dispensá-las sem informá-la?

— Teria sido perfeito — disse Nyla. — Vai ter muita cobertura da mídia. Mas não faz muito tempo que o príncipe John morreu? Como ele era fã do trabalho da Duquesa?

Aquilo era inaceitável. Cash tinha apostado em Dani, e ela era grata por tudo o que ele fizera, mas perceber o controle que ele tinha sobre ela e sua carreira foi um momento revelador.

— Pelo que entendi, foi um pedido de um dos membros reais mais jovens.

— Entendi — disse Dani.

Embora não entendesse. Ela não conseguia se imaginar cantando para a família real. Qual de seus sucessos devia escolher? "Analisando"? "Grita pra mim"? "Pega na minha raba"?

Apresentar aquele reality show não era nada bom, mas o show real? Aquilo era... intrigante. A perspectiva de fugir um pouco, fazendo algo que ninguém esperava? Uma oportunidade única na vida, capaz de fazer todos esquecerem essa história da Samantha Banks?

Ela havia perdido a chance?

— Você acha que eu ainda conseguiria participar?

— Até hoje de manhã, o Rock Apple Brigade não tinha aceitado. As negociações pararam porque eles pediram por honorários. Por quê? — Um sorrisinho apareceu nos lábios de Bennie. — Mudou de ideia?

Dani não tinha mudado de ideia, porque nem fora avisada do convite, para começo de conversa. Mas agora que sabia a respeito...

— Me bota dentro e te dou uma chance como minha agente. — Dani se levantou e forçou um sotaque britânico. — E aí, temos um acordo?

Capítulo Seis

Você é um membro da família real britânica. Nunca nos cansamos, e todos amamos hospitais.

— Maria de Teck

Duas visitas em dois meses.
Antes daquela nova realidade, fazia dois *anos* que ele não pisava no Palácio de Buckingham.

Jameson foi levado a uma sala diferente daquela vez, e reconheceu os móveis estofados de seda azul e dourado e o papel de parede creme, a decoração da sala privada da família. Desabotoando o paletó que desejava não ser obrigado a usar a cada visita, ele se acomodou à beira de um sofá de seda cor damasco e pegou o celular para verificar rapidamente os e-mails de trabalho.

Vinte minutos depois, a porta se abriu, e Louisa entrou, carregando o tablet de sempre e um fólio de couro com o logotipo do Palácio em relevo. Estava impecavelmente vestida, como de costume, embora seus lábios em uma linha fina e sobrancelhas franzidas mostrassem seu ressentimento.

— Peço desculpas por não estar aqui para recebê-lo, Sua Alteza Real. Acabaram de me informar da sua chegada.

Fazia tempos que a irritação apertara o peito dele e aquecera sua pele. Jameson se pôs de pé, reabotoando o paletó.

— A reunião estava marcada para as dez da manhã.

— Certo. A pontualidade me surpreendeu.

Da sua família.

As palavras não foram ditas, mas o sentido fora óbvio.

— *Eu* — disse ele, com ênfase — não acredito em desperdiçar o tempo das pessoas.

— Você seria o primeiro membro da família real a acreditar nisso — murmurou ela, colocando seus objetos na mesa de topo de mármore redondo no meio da sala. Então, como se tivesse se lembrado de com quem falava, o rosto dela ficou violentamente vermelho, contrastando com o cabelo. Louisa abaixou a cabeça.

— Por favor, perdoe minha impertinência, senhor.

Ele dispensou o pedido de desculpas. Ela estava certa. A família dele se importava pouco com a maneira como incomodava outras pessoas. Para a maioria, não era algo maldoso, apenas o resultado natural de crescer com as necessidades sempre atendidas por outros.

E ela teve que correr atrás de você há algumas semanas.

— Podemos começar ou estamos esperando pela rainha? Preciso voltar para o campus. Dirigir até aqui está acabando com o meu cronograma.

Louisa o encarou.

— Deve ter havido um mal-entendido. Sua reunião não é com a rainha.

Ele paralisou.

— O que estou fazendo aqui então?

— Pensei que estar aqui fosse decisão sua. Eu precisava falar com você, mas poderia ser por telefone.

Ele não sabia como conseguiu resistir a jogar a cabeça para trás e gritar de frustração para o teto impressionantemente alto.

Teve que encontrar outro professor para assumir sua aula e reagendar vários compromissos. Ajustes que ele relutava em fazer.

— Tive o privilégio de ser adicionada ao cronograma da rainha às dez e meia da manhã para os resumos diários — disse Louisa em um tom que expressava que ela considerava a inclusão tudo, menos um privilégio. — Isso me dá vinte minutos. Para ser breve, vou direto ao assunto. A rainha não acha que o show será suficiente. Ela decidiu estender a celebração para uma semana.

— Uma semana? — A surpresa embargou a garganta de Jameson. — Quantos eventos ela está planejando?

— Cinco, incluindo o show.

— O show é em três meses! Como você vai planejar isso?

— É a família real — declarou Louisa, perplexa, como se isso respondesse à pergunta.

E ele supôs que respondia. Proprietários de espaços e fornecedores moveriam qualquer coisa para fazer negócios com a Coroa. Especialmente para um evento daquela magnitude com uma audiência mundial.

— É por isso que estive tão ocupada — prosseguiu Louisa. — Preciso finalizar alguns detalhes de última hora. Recebi permissão para informar que todos que convidamos aceitaram. Vamos divulgar o evento semana que vem e anunciar os artistas. Para garantir, fizemos com que assinassem um contrato com uma cláusula de sigilo. Assim, podemos controlar o anúncio.

— Você vai anunciar tudo?

— Sim, e a rainha quer que você esteja presente.

Jameson passou a mão pelo rosto. Ele tinha ido de falar a respeito e participar de um evento para estar envolvido em uma celebração de uma semana! As responsabilidades dele — e o estresse — tinham aumentado exponencialmente nos últimos minutos.

Engole isso. Você não tem escolha.

— Os ingressos vão começar a ser vendidos duas semanas depois da divulgação. Marcamos entrevistas e você estará na frente e no centro da maioria delas. Não precisa fazer as menores, mas as maiores, as internacionais, são obrigatórias.

Jameson enfiou a mão no cabelo.

— Ainda tenho um emprego.

— Quando estivermos no meio disso, seu semestre terá acabado, mas farei o melhor para considerar seu trabalho. Por enquanto. A rainha queria que eu te lembrasse que fora seu compromisso com as aulas, isso deve ser sua prioridade.

A porta se abriu, surpreendendo os dois. Sua Alteza Real, Julian, príncipe de Gales, o mais velho dos filhos da rainha e o próximo na linha de sucessão ao trono, entrou na sala como se fosse a sua coroação.

Jameson muitas vezes pensou que devia ser difícil crescer apreciando a incrível responsabilidade que estava à frente. A vida de Julian nunca foi dele. Desde sempre, ele soube que um dia seria rei, e as expectativas deviam ser esmagadoras. Julian respondeu fazendo todos ao redor sofrerem tanto quanto ele.

— Fiquei sabendo que meu sobrinho, o acadêmico, estava aqui para uma reunião sobre a homenagem que teremos — disse Julian, sua atitude pomposa irritante. — Como está o aquecimento global? Já resolveram?

Ele deu um tapa no ombro de Jameson e foi direto para o serviço de chá montado em um carrinho. Ainda era de manhã, mas o rosto corado e os olhos injetados de Julian confirmaram que a camisa social e a calça que estava usando eram resquícios da noite anterior.

Jameson se recusou a morder a isca. Seu tio sempre agiu como aquele parente valentão de quem você prefere se esconder a ter que lidar em reuniões de família. Só que muitas das reuniões aconteciam diante da imprensa, então evitá-lo não era uma opção.

Considerando que Julian um dia seria rei, acabar com a monarquia talvez fosse a melhor decisão. Instituições eram mantidas porque os responsáveis as respeitavam. Julian já havia mostrado a todo mundo que não se importava com os costumes de seu país.

— Não seja tão idiota — disse princesa Catherine, entrando atrás do irmão e se jogando em uma cadeira. Ao contrário do traje de Julian, a calça cinza e a blusa rosa de Catherine estavam imaculadas. Uma pena ela não ter nascido primeiro. Ela era a mistura perfeita da firmeza da mãe e da inteligência e compaixão do pai. Teria sido uma monarca estelar.

— E você não seja tão puxa-saco, Cat — retrucou Bettina, a mais nova dos irmãos, ao entrar usando um vestido amarelo e pérolas, uma roupa inspirada na própria rainha Marina. Embora semelhante a Catherine na aparência, Bettina estava mais próxima de Julian em atitude. — Estamos na casa dos cinquenta. Você não está cansada de ser perfeita?

Rugas aparecendo ao redor da boca de Catherine foram o único sinal externo de que o ataque de Bettina havia atingido o alvo.

— Se perfeita significa não fazer de mim mesma um espetáculo público, então não — rebateu Catherine, referindo-se às fotos recentes de Bettina tomando sol de topless no sul da França, lambendo chantilly dos dedos de seu ex-guarda-costas.

— Mas — Julian olhou para Louisa — gosto de contemplar a adorável Louisa. Você está absolutamente maravilhosa hoje. Não está?

— Arrebatadora — concordou Bettina. — Tenho certeza de que Fiona concordaria. Devemos chamar sua esposa e perguntar a ela?

Louisa pigarreou.

— A rainha informou a todos vocês que ela não precisava ou queria que se envolvessem na homenagem, além de algumas aparições públicas.

— Ele era nosso pai! — exclamou Julian.

— Você não consegue suportar a ideia de uma celebração em que você não seja o centro das atenções — acusou Catherine.

— Eu deveria ser o centro das atenções. E com frequência. Sou o próximo na linha de sucessão. Eu deveria ser o rosto disso. Não ele! — Julian olhou com desprezo para Jameson. — O que você ganha com isso?

— Não lhe interessa — respondeu Louisa. — É assim que a rainha quer, e só isso importa.

Julian semicerrou os olhos.

— Você usou muito tempo e energia para fingir ser diferente do seu pai. Mas olha só quem está buscando destaque agora. Vocês são farinha do mesmo saco.

O sangue de Jameson ferveu, e a raiva o deixou cego com a menção ao pai. Quanta audácia. Julian era a prova de que a farinha poderia sair de outro saco. Naquele momento, Jameson lamentou qualquer conexão com o tio, incluindo a tradição da família paterna que exigia que os filhos mais velhos compartilhassem a primeira inicial, J. Ele não sabia como um homem tão decente como John poderia ter gerado Julian.

Julian fez beicinho.

— Talvez o povo deva saber que seu futuro rei está sendo tratado assim.

— Pesada é a cabeça que sustenta a coroa — disse Catherine, servindo-se de uma xícara de chá.

— Estou falando sério. Esse é o tipo de história que a imprensa adoraria.

Embora os tabloides fossem um grande problema para a família real, isso não impediu que certos membros utilizassem a imprensa a seu favor. Alguns vazavam notícias para seus jornais favoritos quando precisavam reforçar a própria imagem ou sabotar a dos outros. Jameson sabia que a história sobre Julian caçando animais na África do Sul não tinha virado notícia por acaso, principalmente porque a bomba tirou das primeiras páginas a escapada francesa de Bettina.

Louisa já devia estar tão acostumada a lidar com a rainha que olhou para o futuro rei e disse:

— Eu não aconselharia isso.

Os olhos azuis de Julian se endureceram.

— Como é?

Tranquila, Louisa continuou:

— Essa celebração é extremamente importante para a rainha. Na verdade, ela me disse que será sua prioridade nos próximos meses. Se alguém está planejando atrapalhar, deve pensar duas vezes. Eu a ouvi mencionar que vai anular deveres reais de quem escolher não agir de acordo com a ocasião.

Jameson compartilhou um olhar perplexo com Catherine. Ele sabia que era importante para a avó. Mas, até aquele momento, não sabia o quanto.

Pelos queixos caídos e sobrancelhas arqueadas de Julian e Bettina, ficou nítido que eles entendiam também. Reconheciam a importância de ter seus deveres. E a mensagem que passaria a eles, e ao público, se a rainha publicamente os removesse de suas responsabilidades.

— Bem, devo pelo menos saber quem vai se apresentar — disse Julian, baixando o copo e se aproximando de Louisa. Ele reposicionou o tablet dela para poder ver. — Lester Stone, Trebles of Sheltered, Kay Morgan, Carl Page. Esse vai ser o show mais chato de todos os tempos. A maioria dessas pessoas são velhas.

— Eram os favoritos do seu pai — rebateu Catherine. — O que esperava, as Pussycat Dolls?

— Você está se envelhecendo — comentou Bettina, maliciosamente.

— Onde estão os shows sugeridos? Pensei que mamãe queria algumas pessoas mais jovens. Ah, espera... Zoey Tanner, Liam Cooper...

— Ele é meu — exclamou Bettina. — Não acredito que aceitou.

— Achou que ele não aceitaria porque você o assediou nos últimos anos? — perguntou Catherine.

— Vá se foder, Cat.

Catherine arqueou a sobrancelha.

— Não quer dizer Liam?

— Quem é Duquesa? — perguntou Julian.

Os olhos castanhos de Bettina, tão parecidos com os do príncipe John, arregalaram-se.

— A rapper?

Isso atraiu a atenção de Catherine.

— Uma rapper? Quem a escolheu?

— O príncipe Jameson — respondeu Louisa.

Julian virou a cabeça para Jameson.

— *Você* a escolheu? Uma rapper? Para um show em homenagem ao nosso pai? Seu *mentor*?

Ele praticamente cuspiu a palavra.

— E não é só uma rapper qualquer — afirmou Catherine, horrorizada, tocando a tela do celular. Um baixo retumbante soou do aparelho, e ela o entregou a Julian. — Essa é ela.

— Falando em bu... Pussycat Dolls. — A indignação pudica de Julian se transformou em algo parecido com curiosidade e luxúria. — Eu definitivamente me ofereço para fazer parte do comitê de boas-vindas dela.

Jameson piscou. Ele pretendia pesquisar no Google sua escolha no dia após a aparição de Louisa no bar. Mas depois de muitas bebidas com Rhys, ele se esqueceu da ideia completamente. Nunca mais pensara em sua escolha ou no show.

A julgar pela expressão de Julian, ele gostava do que estava vendo.

Muito mesmo.

E não hesitaria em agir de acordo com seu desejo repentino. Boatos cercaram o casamento de Julian desde o início. Aparentemente, o conto de fadas durou apenas o tempo da cerimônia e a realidade era que a vida do casal estava longe disso. Fora do casamento, o gosto de Julian parecia ser por mulheres que eram o oposto de sua esposa. De alguma forma, uma rapper chamada Duquesa se encaixava nessa categoria.

O que significava que Jameson havia cometido um erro.

— Não seja vulgar — disse Bettina com desgosto.

— Não seja invejosa — retrucou Julian, os olhos ainda grudados na tela.

— Inveja? De uma norte-americana? De uma rapper? — O rosto dela se contorceu de forma grotesca a cada adjetivo. — Você deve estar brincando.

Julian bateu palmas, todos os sinais de sua petulância anterior sumiram milagrosamente.

— Estou muito ansioso por esse show. Boa sorte, Jameson. Vai precisar. Vou manter minha agenda livre caso precisem de mim.

Ele foi embora um pouco mais alegre do que entrara na sala.

Catherine e Bettina também já não estavam mais interessadas na reunião, e, minutos depois, Jameson e Louisa ficaram sozinhos novamente.

Louisa tocou a tela do tablet.

— Isso não pode acontecer.

— O quê?

— O príncipe Julian e a rapper. Você não pode permitir que aconteça — enfatizou ela.

Jameson se irritou. Ele tinha que adicionar "empata-foda real" à sua lista de tarefas?

— Não sou babá dele.

— Ela vai estar aqui para se apresentar. Se ela se envolver com o príncipe e a imprensa ficar sabendo, isso vai desviar toda a atenção da causa da rainha. Seria um desastre!

Jameson expirou alto.

— Não sou babá. Além disso, ela vai estar muito ocupada para se meter com Julian.

— Você se surpreenderia com as confusões que o príncipe arruma.

O calor se espalhou por sua nuca, e Jameson a massageou, enquanto pensamentos sobre as confusões do pai surgiam em sua mente como anúncios indesejados.

— Na verdade, eu não me surpreenderia — murmurou ele.

Louisa conferiu o relógio.

— Tenho mesmo que ir. Preciso passar no meu escritório antes da reunião com a rainha. Você tem alguma outra pergunta para mim?

Por que estou fazendo isto?

Por que a rainha não pode usar os próprios filhos?

Eu tenho escolha?

— Não.

— Perfeito. Nos falaremos em breve — disse ela, saindo da sala.

Sozinho, Jameson soltou o ar depois que a tensão deixou seu corpo. Essa celebração, e seu envolvimento nela, estava se transformando em uma produção grandiosa. E, além disso, agora ele precisava garantir que seu tio e sua convidada musical ficassem longe um do outro.

Falando nisso...

Ele pegou o celular e buscou por "Duquesa". Um clipe da música "Ferver" foi o primeiro resultado que apareceu.

Ele clicou no link.

A mesma batida soava do dispositivo, desta vez com imagens de tirar o fôlego e de arregalar os olhos. Não era surpresa que Julian não tivesse conseguido tirar os olhos da tela.

Ela era hipnotizante.

Um calor invadiu o corpo dele e se instalou entre as coxas. A umidade inundou sua boca enquanto o coração batia forte no peito.

Duquesa usava dois pedaços de tecido branco, disfarçados de uniforme de enfermeira, que mostravam uma abundância de pele negra retinta. Inclinando-se para frente, enquanto simultaneamente arqueava as costas, ela deslizou os dedos com unhas douradas pelas pernas finas envoltas em meias brancas até a coxa, o movimento dando a ele uma visão perfeita do topo arredondado de seus seios.

Você olha pra mim e sou tudo o que quer ser
Essa cintura
Grande/fina
Rosto cheio de melanina

Ela jogou o longo cabelo preto para trás e cílios grossos se ergueram para revelar grandes olhos castanhos, delineados de preto, que o seduziram e se recusaram a deixá-lo ir, mesmo quando ela passou o polegar sobre o lábio inferior brilhante e começou a girar o corpo ao som da música.

Estou pegando fogo, sei que me quer pra você
E esse rebolado
Viu?
Minha bunda te faz ferver

— Caralho.

Sua própria voz o tirou do transe em que havia caído.

Deus do céu!

Aquela era quem ele escolhera para se apresentar no show beneficente em homenagem ao avô?

Jameson pausou o vídeo e colocou o celular virado para baixo ao seu lado, como se até a tela desligada pudesse tentá-lo a pegar o aparelho de volta e assistir mais.

O que tinha feito?

O prazer e o desejo se foram, deixando apenas raiva em seu rastro.

Não foi ideia dele participar do maldito evento. Sua agitação e sua relutância em se submeter à chantagem emocional de Marina foram as únicas razões pelas quais ele se colocou nessa situação, escolhendo alguém que não havia analisado antes. Ele sempre analisava tudo. Sempre. Era algo de que se orgulhava. Nunca fez um movimento sem considerar todas as consequências possíveis.

E a única vez que o fez, não foi um erro bobo, como comprar um carro sem os recursos de segurança ou aceitar um convite para uma festa e descobrir que era uma armação para juntá-lo com a filha de um dos membros do Tea Trust. Não, foi um erro enorme: ele basicamente convidou uma stripper para se apresentar em um evento promovido pela família real!

E enquanto Duquesa estivesse por perto, ele teria que manter Julian longe dela.

A perspectiva revirou suas entranhas, deixando sua mente confusa. Exceto por uma preocupação nítida e cristalina.

Esquece o Julian. Depois do que acabou de ver, quem vai manter você longe dela?

Capítulo Sete

Bração, e aquilo / Bolso cheio / E estilo / Dois metros / Tanquinho / Tem que ter...

— Duquesa, "Analisando"

A viagem de quarenta e cinco minutos era um ótimo exemplo de mudança de ares. A paisagem se transformava de urbana para mais interiorana conforme o destino final se aproximava. Embora a maioria das viagens anteriores de Dani tenham sido apenas pela parte central da cidade, o cenário não era muito diferente de quando ela viajava de Washington, D.C. para a Virgínia.

O interior parecia tranquilo, exatamente o que precisava. Nos meses desde que aceitara o convite para se apresentar no Tributo Real em Homenagem ao príncipe John, a vida dela virara de ponta-cabeça. Ela ficara animada quando o Palácio informara que o show seria estendido para uma celebração de uma semana com uma série de eventos, incluindo um baile real.

Nyla não tinha superado.

— A Duquesa vai para um baile real de verdade!

Mas, se os holofotes e as críticas estavam num nível oito antes da situação com Banks, o anúncio da celebração e da participação dela elevaram a confusão para o nível vinte.

A revelação ganhou cobertura de imprensa mundial, assim como a surpresa com o show da Duquesa. Havia manchetes óbvias relacionando o nome dela à realeza, mas o *Bossip* fizera sua favorita: "Todos saúdem a Duquesa do Povo enquanto críticos flopados reclamam!" Apresentadores de talk-shows não se cansavam de fazer piada com a surpresa de que ela era a artista favorita do príncipe John.

— Se surgir um vídeo do príncipe John fazendo o passo de dança "nae nae", eu me mudo para Londres — dissera um.

A equipe dela fora contatada por todos, de estilistas que queriam vesti-la para os eventos até marcas de acessórios que queriam que ela usasse ou mencionasse seus produtos. Cash tinha ficado furioso por ela aceitar a oferta.

— Você agiu pelas minhas costas? Que merda é essa, Dani?

Ela encarara o homem negro grande do outro lado da mesa, um boné do New York Yankees cobrindo sua cabeça careca, um colar de cifrão brilhando no pescoço, a raiva dela emergindo.

— Eu não teria que agir pelas suas costas se você tivesse me informado da oferta!

— Porque você não tem tempo pra essa merda! Precisa voltar para o estúdio, trabalhar no terceiro álbum. Precisamos atacar enquanto você está em alta, meu bem.

Era sempre assim. Cash só ligava para as contribuições dela que se relacionavam a ele.

— Você não confia em mim? Não é verdade que sempre tomei as melhores decisões por você?

Isso era parte do problema. Dani não queria mais que ele tomasse as decisões *por* ela. Ela podia tomar as próprias decisões.

Cash apontou um dedo para ela.

— E depois de tudo o que fiz por você, você mete aquela agente de merda nisso?

Tudo o que *ele* fizera...

Foi a gota d'água. Dani pegou sua mochila da Gucci e se levantou.

Cash inflou as narinas.

— Aonde você vai?

— Tô fora.

— Não acabamos ainda!

— Acabamos sim, Cash.

Algo no tom dela deve ter feito o empresário perceber que Dani não estava falando apenas sobre aquela conversa.

— Temos um contrato!

— E é pra isso que pago meus advogados — respondeu ela, encerrando a conversa enquanto saía.

Dani não era burra a ponto de acreditar que seria tão simples assim. Ele estava certo sobre o contrato, e ela podia enfrentar sérias consequências se Cash decidisse falar mal dela pela indústria. Quando tudo acabasse, Dani marcaria uma reunião com os advogados e Bennie, e veria as opções que tinha. Mas não se arrependeu de sua escolha. Estava cansada de ser controlada por ele. Era hora de ela e Cash se separarem.

Dani só queria poder dizer o mesmo sobre a imprensa.

A intromissão dos paparazzi chegara a níveis épicos. Em vez de apenas segui-la como sombras irritantes, eles montaram acampamentos do lado de fora das casas dela em Los Angeles e na Virgínia.

— Está praticando sua reverência à rainha?

— Vai ficar no Palácio de Buckingham?

— Vai pedir à rainha que a nomeie uma duquesa de verdade?

Com Dani no centro de tanta atenção, o escândalo inicial não ficara para trás; em vez disso, aumentara, e os fãs continuaram a escolher lados. E, como numa brincadeira de telefone sem fio, a mensagem se distorcera. As pessoas estavam debatendo e apoiando declarações que ela nunca fizera.

Samantha Banks não estava muito atrás, publicando no Twitter: "Bullying não é apenas um problema dos Estados Unidos. É um problema mundial. Não devíamos recompensar mau comportamento. As pessoas não devem ser enganadas por títulos chiques. Amo vocês #SamanthinhosBrilhantes!"

Agora era uma *hashtag?!*

A imprensa se aproveitara desse "novo" ângulo para apimentar a cobertura quase diária da celebração. De novo, Banks conseguira se infiltrar na vida de Dani, e o evento que um dia ela pensou ser a salvação do seu acordo com a Genesis, de repente se tornou um problema ao fazer uma pequena rixa ser a grande atração no palco internacional.

Dani estava muito nervosa. Quando começou a ficar mais impaciente com os paparazzi e a postar de sua conta falsa no Instagram, Tasha deletou o aplicativo — de novo — e sugeriu que ela fugisse por uns dias.

— Eu vou. Se eu conseguir segurar por mais três semanas até ter que ir...

— Não três semanas. Agora.

— Enlouqueceu? — perguntou Dani, embora devesse estar fazendo aquela pergunta a si mesma. — Não posso ir agora. Tenho mil coisas pra fazer. Temos que trabalhar no show...

— Você consegue planejar um ótimo show enquanto dorme.

— Mas esse show...

— Esquece o show! Você tem outros eventos para se preocupar: um jantar formal, vários compromissos sociais, o baile. — Tasha os contou nos dedos. — Tudo pelo que você trabalhou, tudo o que você quer, depende de como você vai se apresentar, e você está perdendo tempo debatendo com haters. Acorda!

Graças a Deus o que Dani mais valorizava em sua equipe era a competência e não a habilidade de baixar a cabeça e dizer apenas o que ela queria ouvir. Mas saber que Tasha estava certa não acabou com o problema.

— E pra onde devo ir? Pra Lua? — Dani jogou os braços para o alto. — As redes sociais estão por toda a parte, a cobertura da imprensa é global...

— Não sei. Algum lugar desconectado. Vamos descobrir. Mas você não pode ficar aqui. Explodir no Twitter ou gritar com fotógrafos não é nada bom.

Uma semana mais tarde, Dani estava em Londres. Não era a Lua, e com certeza não era desconectado, mas serviria ao seu propósito. Tudo estivera parecendo descomunal e fora de controle. Ela precisava de tempo e espaço para ter outra perspectiva.

Dani sempre ficava em seu hotel favorito quando viajava para Londres, e sua equipe já reservara a suíte dela até as festividades começarem, mas ela não precisava da versão inglesa do que estava enfrentando nos Estados Unidos. Secretamente, planejara alugar uma casa em algum lugar fora da cidade. Quando Tasha mandou e-mail para Louisa Collins, o contato dela no palácio e a pessoa central para o evento, a fim de avisá-la que Dani estaria no país antes do previsto e disponível para sessões de fotos promocionais ou entrevistas adiantadas, Louisa as informara de que conhecia a acomodação perfeita, e prometera cuidar de tudo.

— Meu marido é o mestre do estábulo em Primrose Park, uma das residências reais, localizada em uma vila fora de Londres. Confirmei com ele, e uma casa de campo na propriedade estará disponível durante esse tempo. Você pode ficar lá.

Dani imediatamente imaginou um bangalô pequeno e charmoso como aquele no filme *O Amor Não Tira Férias*, com Kate Winslet. Algo aconchegante e cheio de personalidade, com vigas expostas e lareira. Ela teria tempo para assistir à nova temporada da série de Nyla e poderia enfim cozinhar. Poderia até usar um disfarce e andar de bicicleta até o mercado da vila.

Mas... quando fora a última vez que andara de bicicleta? Provavelmente quando era criança. Será que tinha esquecido? Não era essa a ideia do ditado: "É como andar de bicicleta, a gente nunca esquece!"?

Ou era andar a cavalo?

De todo modo, se ela caísse, podia ser salva por um aldeão alto, negro e sexy que viera em seu resgate... e ter alguns orgasmos de revirar os olhos.

Você está querendo um momento de A Nova Paixão de Stella, né?

Por que não? Se ela precisava ser discreta antes das festividades, era melhor ver um lado positivo nisso.

— Chegamos, senhora.

As palavras do motorista a fizeram parar de pensar em Cash, Banks e Tasha, e voltar a prestar atenção aos arredores. Eles passaram por uma portaria vigiada por seguranças e desceram uma longa estrada privativa. Momentos depois, Dani não conseguiu conter o arfar com a visão diante de si.

Ladeada por um lago de um lado e por árvores altas do outro, a "casa" consistia em três estruturas: um enorme prédio de pedras cinzas de três andares flanqueado por duas alas redondas de um andar. Degraus levavam para uma porta dupla de entrada, que parecia guardada por quatro pilares.

O motorista parou o carro ao lado da fonte ornamentada no centro da entrada, onde uma mulher atraente e ruiva os esperava.

— Duquesa, olá. Sou Louisa Collins, a coordenadora sênior de eventos da Casa Real. Bem-vinda a Primrose Park.

Louisa era apenas uma funcionária, porém poderia facilmente ser parte da família real. Sua voz e postura gritavam elegância, mas ela projetava competência e acessibilidade, diferente dos membros da realeza, algo que Dani gostou logo de cara.

— É bom ligar o rosto ao nome. E por favor, me chame de Dani.

Louisa sorriu.

— Dani então.

Dani protegeu os olhos do sol reluzindo na água e contemplou a paisagem.

— Que lindo.

— É um dos meus lugares favoritos. Além da casa principal na propriedade, há várias casas de campo, estábulos, um celeiro e até uma pequena pista, que quase não é usada hoje em dia. Você pediu por privacidade — ela pronunciou a última palavra com um sotaque carregado — e aqui tem de sobra.

Dani estava impressionada.

— Qual é o tamanho da propriedade?

— A casa principal tem onze mil metros quadrados, as casas de campo têm mais ou menos três mil. Tudo está em um pouco mais de setecentos acres.

As casas de campo tinham três mil metros quadrados? Incluindo aquela em que ela ficaria? A família de Dani vivia em casas com um terço desse tamanho.

— Estou ansiosa para a minha estadia.

— Que bom. Porém — Louisa juntou as mãos —, tivemos algumas mudanças.

Dani sentiu um arrepio na nuca. Ela semicerrou os olhos.

— Que tipo de mudanças?

— Quando os funcionários foram preparar a casa de campo para a sua visita, descobriram um vazamento enorme. Infelizmente, deixou o lugar inabitável.

Não! Dani passou a mão pelo cabelo.

— E as outras casas?

— Já estão ocupadas.

A fantasia de férias rústicas durou pouco. Dani só queria que Louisa tivesse contado isso *antes* da longa viagem.

Abafando um suspiro que teria mostrado toda a sua exaustação e irritação, Dani pegou o celular de sua bolsa Dior Book.

— Não se preocupe. Vou pedir para a minha assistente reservar uma suíte.

A compostura de Louisa pareceu vacilar.

— Não! Você não pode!

Outra pessoa dizendo a Dani o que fazer? Depois daquele voo longuíssimo e da viagem de carro desnecessária?

— Como é?

— Desculpe. — Louisa fechou bem os olhos por um momento. — É importante para a rainha que nada prejudique a celebração, e se os tabloides descobrirem que você está aqui, perderemos o controle sobre uma narrativa cuidadosamente orquestrada. Precisamos que seja discreta.

— Esse era o meu plano — disse Dani. O que eles achavam que ela faria? Desfilaria pelada pela Oxford Street? — Só quero paz e tranquilidade. Não tenho intenção de fazer nada além de relaxar pelas próximas duas semanas.

— Ótimo. Porque o que você passou nos Estados Unidos não é nada comparado ao massacre da mídia aqui. Além disso, se eles descobrirem que está aqui, você não terá um único momento de paz. Os tabloides já interrogaram vendedores e pessoas locais por informação "de dentro". A única forma de garantirmos a discrição do evento, e sua paz — apressou-se ela para adicionar — é manter você longe de Londres.

— O que devo fazer? Você disse que não posso ficar na casa de campo.

— Correto. Mas... pode ficar aqui. — Louisa gesticulou para a estrutura gigantesca atrás de si.

Naquele castelo?

Dani olhou novamente. Então não seria como *O Amor Não Tira Férias* e sim como *Downton Abbey*?

— Você recebeu a lista que minha assistente enviou?

Louisa assentiu.

— Recebemos. E esperando que você concordasse com as mudanças, tudo o que pediu está aqui. Se precisar de mais alguma coisa, há um mercado charmoso a mais ou menos oito quilômetros ao sul. Amos estará à sua disposição. A não ser que prefira dirigir?

— Hã, não. Não passei tempo suficiente na Inglaterra para me acostumar a dirigir do lado esquerdo da estrada e não acho que me envolver em um acidente semanas antes do evento seja uma boa ideia.

Louisa sorriu.

— Você está certa. Não seria.

— Então aqui será perfeito.

— A casa tem funcionários vinte e quatro horas por dia, mas eles não vão te incomodar. A governanta preparará as refeições. Se quiser algo específico, informe a ela.

— Os funcionários moram aqui? — perguntou Dani, olhando ao redor.

Embora a propriedade fosse linda, também era...

Isolada.

Ainda mais do que imaginara. Como seria sair por ali sozinha à noite? Sem os sons da cidade, as luzes dos postes. E o lago que ela achara charmoso alguns minutos antes de repente estava emanando a energia de Jason Voorhees.

— Alguns. A governanta, o mordomo e algumas pessoas da equipe de limpeza moram em acomodações no andar superior — respondeu Louisa, apontando para as trapeiras no topo da casa. — Meu marido e eu moramos mais perto da cidade, mas os jardineiros, outros funcionários e assistentes, moram em casas menores na propriedade ou em vilas próximas.

— Ufa — retrucou Dani, rindo e subitamente liberando a tensão. — E os donos da propriedade? Estão aqui? Vão se importar com a minha presença?

Louisa brincou com a pequena pérola no lóbulo de sua orelha.

— Não se preocupe. Estamos contentes que esteja aqui.

Um membro da equipe saiu da casa e pegou as malas que Amos tirou do porta-malas.

— Eu meio que esperava que você trouxesse mais — disse Louisa com um sorrisinho.

— Pelas próximas duas semanas, sou Dani, e isto é tudo de que preciso. O guarda-roupa da Duquesa virá quando minha equipe chegar.

— Excelente. Você tem meu telefone caso precise de algo. Mas como espero estar trabalhando freneticamente na celebração, por favor, tente usar apenas se for necessário. — Louisa olhou para o relógio e suspirou. — Eu estava esperando que ele estivesse aqui.

— Ele?

— Sim, Sua Alteza Real príncipe Jameson, duque de Wessex. Esta é...

Ela parou de falar enquanto um sedã preto de luxo acelerou pela entrada e parou do outro lado da fonte. A porta abriu, e um homem saiu.

Dani encarou o recém-chegado, seus batimentos cardíacos retumbando nos ouvidos como uma tempestade que se formara de repente. Um arrepio de puro desejo reverberou pelo seu corpo.

Uau.

Os passos longos e determinados dele logo o trouxeram para perto delas, e Dani mordiscou o lábio inferior.

Ele era alto, e ela tinha uma... queda por homens altos. Não excessivamente alto, como o jogador da NBA que ela namorou por alguns meses. Não, um alto normal. Os saltos plataforma de dez centímetros da Duquesa significavam que ela raramente tinha que erguer a cabeça para ver alguém. Porém, em calças de corrida cinza-escuras da Adidas, um cropped branco e tênis,

Dani teve que inclinar a cabeça para absorver por completo o homem bonito e de estrutura definida à frente.

Um metro e noventa. Talvez um metro e noventa e três.

O calor se espalhou pelo seu âmago.

O vento balançou os fios escuros do cabelo ondulado dele. Sombras cobriam seus olhos, atraindo a atenção de Dani para o nariz reto, para as bochechas magras, para o maxilar esculpido que formava uma pontinha provocadora de sombra e para os lábios firmes, bem moldados e muito beijáveis.

Calças cor ferrugem cobriam as longas pernas, seus ombros largos estavam cruelmente escondidos por uma camisa branca de botões e cardigã azul-escuro. Todo abotoado, é lógico. Os punhos da camisa estavam arregaçados sobre as mangas do cardigan, revelando o pulso esquerdo adornado por um Rolex clássico. Os outros acessórios eram tão impecáveis quanto: sapatos de couro marrom brilhantes com cinto combinando — a qualidade visível mesmo na sutileza.

Ele parecia um deus do sexo tentando se disfarçar como um professor mortal.

E aquele refinamento acadêmico, aquela aparência de pesquisador, a deixava louca para corrompê-lo. Bagunçá-lo um pouco. Correr os dedos pelo seu cabelo, morder o queixo dele, com a barba por fazer, rasgar aquela camisa — um Super-Homem invertido — e passar suas unhas, logo seguidas pela língua, por aquele peito amplo e a barriga plana.

Louisa fez uma reverência breve.

— Sua Alteza Real. Eu estava mostrando a convidada os arredores. Permita-me apresentá-lo à Duquesa.

Dani sabia que não estava transparecendo sua avidez interna. Ela fazia parte da indústria do entretenimento há quase uma década. A autopreservação exigia que aprendesse a esconder as emoções. Mas era necessário muito esforço.

Mesmo assim, isso não significava que ela não podia se arriscar.

Dani agarrou a ponta de seu rabo de cavalo macio e o colocou sobre o ombro. Botando as mãos nos bolsos da calça, ela se balançou de um lado a outro.

— Quando me disseram que o príncipe tinha me convidado, não imaginei alguém como você.

Ele retirou os óculos de sol e os prendeu na gola do suéter.

Dani sentiu os joelhos fraquejarem.

Nossa, não era justo.

Os olhos dele eram de uma cor azul brilhante de centáurea com cílios tão escuros e grossos que parecia que Rhonda tinha voado até ali só para passar rímel nele.

Caramba.

— Louisa...

Dani inspirou.

A voz dele.

O que tinha em certos sotaques estrangeiros? Ela não sabia, mas o dele poderia ser engarrafado e vendido como afrodisíaco. Retire a tampa, solte o conteúdo e observe calcinhas caírem e coxas se abrirem. Sua voz era comedida, profunda e tinha um tom grave que lhe dava um ar de sofisticação. Benedict Cumberbatch misturado com Idris Elba e uma pitadinha de James Bond.

Ou ainda melhor...

Ela estava na presença do seu próprio Sr. Darcy.

Macfadyen, não Firth.

Ele continuou e, como a maioria dos homens, quando abriu a boca, estragou tudo:

— ... se achou que isso seria engraçado, você precisa rever seus conceitos!

Capítulo Oito

Considero mais corajoso aquele que supera os desejos do que aquele que conquista os inimigos; pois a vitória mais difícil é sobre si mesmo.

— Aristóteles

*Q**uando me disseram que o príncipe tinha me convidado, não imaginei alguém como você.*

A voz dela, doce e áspera com um pouco de sotaque sulista, derramou-se sobre Jameson como um banho quente em uma noite fria depois de um longo dia.

Ela estava lá.

A mulher que estrelara suas fantasias inúmeras vezes nos últimos dois meses estava bem ali, na entrada da casa dele.

Em carne e osso.

Era surreal. A mente dele a conjurara e a manifestara.

Ela, mas não ela.

A irritação tinha sido sua companheira constante desde o momento em que recebera o áudio de Louisa informando que Duquesa estava chegando em Primrose Park. Ele estava terminando uma pesquisa no escritório, mas pulou no carro e dirigiu o mais rápido possível para casa, tentando ligar para Louisa o caminho todo. Ele não sabia o que a mulher — ou sua avó — tinha planejado, porém queria deixar evidente para elas que sob circunstância alguma deviam esperar que ele entretivesse a rapper.

A reação inicial e continuamente explosiva dele significava que precisava manter distância. Ela era deslumbrante demais, tentadora demais... inapropriada demais.

Jameson não ia ser o segundo príncipe em sua linhagem direta a perder a razão por causa de uma mulher.

Ao estacionar, percebeu que era tarde demais. Louisa estava lá com uma pessoa que obviamente era familiar, mas que parecia diferente do que ele esperara.

Ah, era ela. Duquesa. A mesma pele negra aveludada que ele acariciara em seus pensamentos. Os mesmos olhos castanhos enormes em que se perdera. O mesmo corpo que podia colocar um homem de joelhos. E tinha colocado. Em uma das fantasias dele, Jameson estava prostrado atrás dela, as mãos agarrando a cintura pequena, os lábios pressionados a um traseiro redondo que o deixava ávido para ser conhecido como um homem que prefere bundas.

Mas se a persona da Duquesa na internet era onze, pessoalmente era mais contida. Como um oito. Não tirava nada da sua beleza. Na verdade, ela era mais sedutora sem a distração do figurino.

O sangue correu para o pau dele e Jameson torceu que a costura de sua calça escondesse com sucesso sua falta de controle. Ele tensionou o maxilar e se forçou a ignorar esses pensamentos. Aquilo não se importava com a aparência dela ou com o quanto era vibrante. Não mudava o fato de que era uma rapper norte-americana que o excitava mais do que qualquer uma e não podia estar ali.

— Com licença. — Jameson se blindou contra a chateação súbita de Louisa e gesticulou para que ela o seguisse. Ele se afastou e manteve a voz urgente, mas baixa. — O que está acontecendo? Pensei que ela fosse ficar em uma das casas de campo.

— Um vazamento. E como você é o anfitrião dela...

— Para a celebração — explicou Jameson. — Anfitrião dela *para a celebração*. Ela chegou mais cedo.

— Eu sei. Mas ela precisava fugir.

Precisava fugir? Soava como férias, e Primrose Park não era hotel nem pousada.

— Falta três semanas para a celebração.

— Sim. Mas se ela ficar em Londres, quanto tempo acha que vai levar para a imprensa, sem mencionar o príncipe Julian, descobrir onde ela está?

Jameson enfiou as mãos nos bolsos e olhou para o lago.

Seria menos de um dia. E quando Julian soubesse da presença dela...

O tio mencionara Duquesa com frequência, dizendo à imprensa que estava "muito animado" com a apresentação dela. A chegada antecipada da Duquesa mudaria o foco da celebração. E essa era a última coisa que Marina ia querer.

E Jameson também.

John fizera um trabalho importante, durante uma época em que os outros não estavam interessados. Ele merecia tudo o que essa celebração prometia e não devia ser ofuscado por uma artista norte-americana e seu possível caso com um herdeiro casado.

Duquesa se juntou a eles, de olhos semicerrados e expressão contorcida, substituindo a provocação explícita de momentos atrás.

— Algum problema?

— Não...

— Sim... — respondeu Jameson, irritado por não conseguir ignorar o balanço sedutor dos quadris dela. — Isto não vai funcionar. Não concordei com você e sua comitiva tomando conta da minha casa por três semanas!

Duquesa ergueu as sobrancelhas.

— Comitiva? Cara, você age como se eu estivesse aqui com dez minas. Olhe ao redor. Sou só eu aqui. E, pra sua informação, estou tão surpresa quanto você!

Cara? Ela me chamou de cara?

Os lábios cheios dela se comprimiram, a cor floresceu em suas bochechas, e ela apoiou as mãos naqueles quadris deliciosos.

Caramba, ela era sexy!

Jameson odiou ter percebido.

E teve que responder.

— Sua Alteza Real. — Ele cruzou os braços sobre o peito.

Duquesa fez um gesto de desdém.

— Não precisa me chamar assim.

— Você não. Eu. Você deve se dirigir a mim como "Sua Alteza Real".

Jameson ignorou o rosto incrédulo de Louisa, assim como o arrepio de desconforto em sua nuca. Ele não costumava exigir que as pessoas se dirigissem a ele formalmente. Caramba, ele costumava se esforçar para evitar isso. Mas algo nela estava despertando desejos profundos dentro dele, perturbando sua serenidade costumeira. Pelo menos, se ela estivesse irritada, manteria distância, e isso faria com que fosse bem mais fácil para ele manter também.

Duquesa inclinou a cabeça para o lado.

— É mesmo?

— Sim — respondeu ele, assentindo graciosamente, confundindo de propósito a declaração dela.

A expressão de Duquesa não mudou, mas os olhos? Caralho, estavam incríveis. De um castanho escuro rico e derretido, eles brilharam, ganhando vida. Ela estava furiosa. Jameson imaginou todas as coisas que ela lhe diria, a energia irradiando dela o suficiente para iluminar a pequena vila ali perto.

E como se fosse a droga de um masoquista, consciência e calor tomaram conta de seu já crescente e latejante pau.

Um sorrisinho curvou os cantos da boca dela, embora ele soubesse que não havia qualquer traço de simpatia ali.

Vai, Duquesa. Me dê o seu melhor.

— Sua Alteza Real — começou ela, as palavras saindo truncadas, como se ditas entredentes.

Ele esperou, a antecipação subindo e descendo por sua coluna.

— Eu... — Duquesa fechou os olhos. Soltou o ar. E os abriu novamente. — Eu... entendo. Não gostaria que alguém aparecesse na minha porta sem avisar e pedisse para ficar por duas semanas. Vou pegar minhas malas e ir embora. Tenho certeza de que minha equipe ainda vai conseguir a suíte no Baglioni.

Ela foi em direção aos degraus que levavam à casa.

Jameson ficou parado. Aquilo foi... inesperado.

Louisa o olhou com bastante urgência.

— Faça alguma coisa!

Jameson deu de ombros, tentando decifrar a própria decepção por ela ter cedido tão facilmente.

— O que você quer que eu faça?

— Amos, preciso de ajuda — Duquesa falou com o motorista de pé ao lado do carro.

Amos olhou de Jameson para Louisa em busca de orientação. Aparentemente, Duquesa confundira todos eles.

— Deixa pra lá — disse ela, pegando a grande mala Louis Vuitton e voltando para o carro.

— A rainha não vai ficar feliz com isso — garantiu Louisa.

Jameson suspirou. Ela estava certa. Se Louisa tinha feito os preparativos para que Duquesa ficasse ali, tinha feito com o conhecimento e aprovação da rainha.

Ele gesticulou para Amos, que pegou a mala de Duquesa e começou a subir os degraus da casa.

— Ei! Devolve minha...

— Por favor — pediu Jameson.

Ela se virou para olhá-lo, e Jameson foi outra vez arrebatado pela sua beleza. Ele pensara que a mulher no vídeo era estonteante, mas aquela à sua frente lhe tirou o ar.

Ele pigarreou.

— Tenho certeza de que podemos dar um jeito, senhorita...

Jameson olhou para Louisa em busca da informação que faltava. Ele não sabia o nome verdadeiro dela e não podia chamá-la de Duquesa...

— Você pode me chamar de Duquesa.

Ele franziu a testa.

— Esse é o nome que sua mãe te deu?

Ela piscou.

— É o nome que *eu* quero que *você* use.

Fofo.

— Como membro da família real, não tenho permissão para me referir a alguém com um título real se não for de verdade.

— E como pessoa, estou no meu direito de ser referida pelo nome que escolhi. Nunca disse que sou *uma* duquesa. Apenas indiquei que esse é o meu nome. Se quiser dirigir a palavra a mim, sugiro que comece por aí.

— Muito bem... Duquesa. Acho que Londres não será necessária. Tenho certeza de que podemos nos arranjar por aqui. Que tal a Primrose Cottage? — perguntou ele a Louisa.

A Primrose Cottage era uma pequena casa de hóspedes da propriedade. Ela foi utilizada por vários membros da família real que desejavam um lugar mais reservado para ficar. Até a escritora Muriel Spark se hospedou na casa para terminar um romance. Embora parte de Primrose Park, era do outro lado da propriedade. Devia dar um pouco de privacidade a Duquesa, e eles nunca teriam que se ver.

— Ocupada — respondeu Louisa, acabando com as esperanças.

— Por quem?

— Não tenho certeza, mas não está disponível.

— E as propriedades mais perto das vilas?

— Olha, vocês dois podem parar. Me recuso a ficar mais uma vez em um lugar em que não sou bem-vinda.

Jameson franziu a testa com as palavras *mais uma vez*. O que isso significava? Ela não tinha se sentido bem-vinda em algum outro lugar?

Por que você se importa? Está fazendo a mesma coisa.

Jameson não gostou da forma como aquele pensamento aleatório o fez se sentir.

Incentivado pelo olhar duro de Louisa e pela própria vergonha crescente, ele disse:

— Duquesa... por favor, aceite minhas desculpas. O tributo e a cobertura da mídia... trouxeram algumas memórias difíceis e não tenho lidado bem com elas. Mas nada disso é sua culpa. Me desculpe mesmo. Será minha honra hospedá-la em Primrose Park.

Duquesa inclinou a cabeça para o lado e o encarou por um longo segundo antes de assentir.

— Desculpas aceitas.

O alívio foi como uma válvula de escape para a tensão dele.

— Obrigado.

Com a permissão dada, os funcionários começaram a agir, se apressando a descer os degraus, pegando as malas e as levando para dentro da casa.

— Vou pedir que coloquem suas coisas no Quarto Celestial, na ala leste. Você terá toda a privacidade de que precisa.

Embora não haja nada interessante por aqui. Nada extravagante ou popular para você postar na internet.

— Viu meu Instagram?

O calor esquentou a ponta das orelhas dele. Ignorando a pergunta, Jameson continuou:

— Só quis dizer que este não é o ambiente para uma jovem com uma vida social ativa.

— Porque sou uma rapper de cabeça vazia que só se importa com festas e com a minha imagem? — Duquesa franziu a testa. — Não se preocupe. Não vou entrar ao vivo e anunciar uma festa aqui. Pelo menos não esta noite.

— Não foi o que eu quis dizer.

Ela pressionou os lábios.

— Se estou na ala leste, onde você vai estar?

Jameson tinha se desculpado. Mas seus esforços para descrever de forma autodepreciativa o ambiente isolado a ofenderam sem querer.

Calma, Jameson.

— Na ala oeste.

— Certo. Bem, obrigada por me permitir ficar. Se nós dois tentarmos o suficiente, podemos evitar nos vermos enquanto eu estiver aqui.

VOCÊ DEVE SE DIRIGIR a mim como "Sua Alteza Real".

Sério?

Dani jogou a bolsa na cama. A audácia daquele homem! Por que ela devia chamá-lo de real alguma coisa? Ele não era o príncipe *dela*. Ele precisava ler um livro de história. Os Estados Unidos ganharam a Guerra de Independência. Ela não era obrigada a se curvar a ele nem a ninguém. As vadias que se curvavam diante dela!

Dani concordara apenas porque a avó se reviraria no túmulo se ela assumisse o estereótipo da norte-americana sem classe ao encontrar pela primeira vez um dos membros da realeza que ela tanto amava. Tudo estava encaminhado para uma cobertura positiva da sua participação em um evento que só aconteceria uma vez na vida. A forma como ela era vista, como era recebida, precisava melhorar sua imagem aos olhos da Genesis. Dani precisava fazer aquilo funcionar. E se isso significava concordar com aquelas regras e protocolos, porque estava no país dele, então ela faria.

Além disso, conseguia ouvir sua avó dizer:

— Você está na casa dele. Aja como se tivesse modos.

Então Dani agiu. Deu a ele um "Sua Alteza Real" com um sorriso que esperava ter parecido agradável, porque fora um esforço imenso.

Como ela se enfiara naquela situação, para começo de conversa? Dani não conseguia se lembrar da última vez em que sua primeira interação com um homem não o deixara comendo em sua mão. Mesmo que não gostasse dos caras, sabia como lidar com eles. Dani percebera como o príncipe tinha reagido ao vê-la pela primeira vez. Mesmo vestida normalmente, ela conhecia a reação da maioria dos homens em relação a ela. Dani agiu como de costume, flertando, tentando fazê-lo ficar do seu lado.

Mas ele não mordera a isca. Tratara ela e sua presença como algo incômodo.

Então você ficou chateada porque ele não gostou de você?

Nyla não precisava estar ali para que Dani ouvisse sua voz.

— Já tá cheio demais aqui. Não preciso de você me dando sua opinião!

A voz de Dani estava alta no espaço silencioso.

Ah é. Porque ela estava em um quarto. Em um castelo. Sozinha.

Apesar do humor sombrio, ela reconheceu que a acomodação era luxuosa, com paredes em cores claras e móveis de madeira escura. A cama king size, certamente o que mais chamava atenção no quarto, tinha uma cabeceira larga e um edredom suntuoso empilhado com travesseiros dourados e azuis como o céu, que se pareciam como uma nuvem, daí o nome Quarto Celestial. À esquerda, estava uma pequena sala de estar, com uma espreguiçadeira estofada no mesmo tecido das almofadas. Não tinha banheiro — ela passara por um no lado oposto do corredor enquanto lhe mostravam o quarto —, mas a vista...

Dani se aproximou das portas francesas e saiu para a varanda com vista para a propriedade. Era incrível; mesmo com o sol se pondo, era possível ver colinas esverdeadas por todo o lado.

Ela pegou o celular, tirou uma foto e enviou para Nyla.

O pôr do sol é Deus dizendo boa-noite para seus Samanthinhos Brilhantes.

Segundos depois, o celular vibrou e o rosto de sua amiga apareceu na tela.

— Você é doida — disse Nyla, rindo. — E que vista linda para uma casa de campo no interior.

A iluminação e o fato de que Dani conseguia ver o perfil de Nyla enquanto ela passava um pincel de maquiagem no rosto, denunciaram que a amiga ligara usando o tablet enquanto estava sentada na penteadeira do banheiro.

— Acontece que a casa de campo estava com um vazamento, então estou ficando na casa principal.

— É linda — afirmou Nyla, sorrindo em aprovação.

Dani se inclinou e apoiou o cotovelo na balaustrada de pedra.

— O que você está fazendo hoje?

— Vou almoçar com um dos produtores da série. Ele quer me contar sobre uma ideia para a minha personagem...

— Hmmm — respondeu Dani, o cérebro ainda confuso com a interação com o príncipe e a reação dela.

— Você não ouviu nada que eu falei! — Nyla enfim encarou a tela, arqueando as sobrancelhas habilidosamente feitas, o tom interrompendo a confusão de Dani.

— Lógico que ouvi — retrucou ela. Não tinha ouvido. — Você vai almoçar com um produtor.

— Isso foi a dois assuntos atrás. Além disso, estou vendo seu rosto. Você se distraiu. — Nyla semicerrou os olhos. — O que está acontecendo?

— Nada.

Nyla ficou quieta. Apenas encarando.

— Tá! É o príncipe.

— Quem?

— Lembra que a Bennie mencionou que uma pessoa mais jovem da família real me convidou? Bem, foi ele. Esta é a casa dele. E ele vai ficar aqui. Comigo.

— O que aconteceu?

— Ele agiu como um babaca! Como se minha presença fosse manchar sua preciosa casa ancestral real.

— Por que você não foi embora?

— Não posso. Tenho que ser discreta pelas próximas semanas. — Dani suspirou e olhou para a vastidão esverdeada. — Isto aqui não é só discreto. É invisível. Esquece a ala leste. Estou na torre da Rapunzel.

— Ala leste?

— É. Eu estou na ala leste. Bem longe dele na ala oeste.

— Vocês estão em *alas* separadas? — perguntou Nyla, a voz cheia de humor. — Então deve ser fácil evitar ele, né?

— Acho que sim.

— Que príncipe é?
— Príncipe Jameson. Por quê?
— Aquele gostoso? — Nyla pegou o celular.
Dani se endireitou.
— Nem começa...
— Puta merda! — arfou Nyla, encarando a tela do celular em sua mão.

Ela virou o celular para que Dani pudesse ver uma foto dele usando um terno cinza-escuro, de pé ao lado de uma mulher loira, a cabeça inclinada na direção dela como se ouvisse o que ela tinha a dizer, uma expressão intensa no rosto.

— Conheço a cara dele, Ny. Acabei de falar com ele.

E também sabia que aquela foto era uma mera reprodução do homem ao vivo.

— Por que insistem em esconder ele? — Nyla ficou encarando o celular.

Considerando seu comportamento, o palácio devia saber o que estava fazendo ao manter o príncipe longe dos holofotes.

— Ele tinha bafo? — perguntou Nyla de repente.
— Hã... acho que não. Não que eu estivesse tentando cheirar — disse Dani com uma risada.
— Ele perdeu muito cabelo desde que esta foto foi tirada?
— Não. — O cabelo na verdade estava mais curto na foto. Dani preferia o comprimento ondulado atual.
— Bem, tinha que ter algo errado com ele. Ser bonito assim, rico e príncipe de verdade? Então ele sofre de babaquice. Dificilmente ele é o único a sofrer disso.
— Verdade.
— E você tem experiência em lidar com pessoas que sofrem disso.

Dani assentiu.

— Então mantenha isso em mente e faça o que se dispôs a fazer aí. Infelizmente, você precisa mais dele do que ele de você. Está aí pela Mela-Skin e pela próxima fase da sua vida. Seja legal. Já te vi fazendo isso. Melhor do que a maioria quando você se esforça.

— Tem razão — concorda Dani, agradecida pela amiga ter visto a mensagem dela como o pedido de socorro que era. Ela precisava ser legal. Ser esperta. Usar o melzinho da Duquesa para conseguir o que queria.

— É óbvio que tenho. Agora, você volta para a ala separada do magnífico castelo em que está hospedada e eu vou ao Cecconi's para um brunch com um produtor que tem mesmo mau hálito. — Nyla revirou os olhos. — Às vezes odeio a minha vida.

— Não odeia não.

— É o que você acha. Ah, envia aquela foto do lugar para Tasha postar no seu Instagram — disse Nyla antes de mandar um beijo e desligar.

Dani apertou o corrimão e inspirou o ar. Depois de um tempo sozinha, era difícil compreender como deixara o príncipe afetá-la. De fato, quando ele passara a mão no cabelo e encarara o lago, o desejo tinha umedecido sua calcinha. O homem realmente parecia que tinha sido esculpido. Mas era apenas a fatiga da viagem. Tinha que ser. Ela descansaria um pouco e se sentiria melhor.

Mesmo que isso a matasse, porra.

Capítulo Nove

A força do golpe depende da resistência. Às vezes, é melhor não resistir à tentação. Ou saia ou ceda de uma vez.

— Francis H. Bradley

Aquilo poderia ter sido melhor.

Depois que Louisa foi embora, com um conciso "Conserte isso ou terei que informar a rainha!", Jameson deu instruções aos funcionários sobre a nova hóspede, e então se trancou no escritório. O grande cômodo sempre foi um santuário para ele, as paredes com painéis de mogno, tapete azul-marinho e prateleiras do chão ao teto, o epítome do escritório de um cavalheiro.

Chegar em uma casa tumultuada não era como ele costumava terminar o dia. Preferia uma noite tranquila com trabalhos para ler e corrigir, seguidos de uma dose de uísque.

Naquela noite, ele pulou os trabalhos e foi direto para o álcool.

Jameson se recostou na cadeira da escrivaninha, descansando o copo de líquido âmbar em seu peito.

Duas semanas com Duquesa em sua casa.

Ela não era o que Jameson esperava, e ele deveria ter previsto. Afinal, sabia que o brilho, o glamour e o conto de fadas que o público via raramente combinava com a realidade. Mas não tinha pensado nisso em relação a ela. Esperava uma verdadeira diva, com casaco de pele, cabelo e maquiagem feitos e uma comitiva.

Em vez disso, Duquesa estava incrivelmente casual em calças de corrida, camiseta que mostrava a barriga tonificada e tênis.

Muito diferente de uma diva. Quase dava para confundi-la com uma pessoa normal.

Quase.

Jameson tomou um gole da bebida. Escolher Duquesa para se apresentar no show tinha sido um erro. Era tudo culpa dele. Porque não tinha levado a rainha a sério e falhou em fazer sua pesquisa. Mas agora era tarde. O melhor que poderia fazer seria voltar à rotina e manter distância. Não devia ser difícil. Quando as comemorações começassem, todos estariam ocupados demais para ter qualquer coisa além de uma interação superficial. Em um mês, ela estaria em um voo para casa e nunca mais a veria novamente.

Com esse pensamento, Jameson se endireitou e colocou o copo na mesa. Havia e-mails do trabalho que precisava conferir, notas para lançar. Talvez as tarefas acadêmicas rotineiras fossem suficientes para acalmá-lo e o fizessem enfim esquecer aquele encontro desastroso.

Ele abriu o notebook e clicou no ícone de e-mail. Havia várias mensagens não lidas, incluindo duas de alunos pedindo permissão para enviar trabalhos atrasados e uma informando-o de uma próxima reunião do departamento. Jameson as ignorou e clicou na mensagem da equipe do *The British Journal for the History of Philosophy* sobre o manuscrito que ele havia enviado. Eles o aceitaram para publicação no ano seguinte, tinham apenas algumas observações pontuais.

Esplêndido. Jameson gostava de seu campo de estudos; eram necessárias concentração e atenção à linguagem e dedicação a pesquisa, coisas que ele geralmente tinha prazer em fornecer. Trabalhar no artigo era exatamente o que precisava para terminar o dia de maneira positiva.

Porém... não conseguia se concentrar. Estava inquieto. Agitado. O sangue dele fervia sob a pele.

Como se tivessem vontade própria, seus dedos abriram o navegador e pesquisaram "Duquesa".

Por ser quem era e o local onde estava, Jameson foi bombardeado com resultados relacionados à realeza.

Margaret, duquesa de Strathearn.

Simon, duque de York.

Charlotte, duquesa de Richmond.

Certo. Jameson a pesquisara pelo celular da última vez. Ele reduziu as opções adicionando "rapper" à consulta, e lá estava ela, ocupando a tela inteira. A maioria das fotos a mostrava do jeito que ele esperava: vestindo diferentes trajes glamorosos, posando em vários tapetes vermelhos; havia até mesmo imagens de performances.

Em algumas, ela estava um pouco mais casual: jeans, botas acima dos joelhos cobertas de strass, um casaco com capuz de pelinhos, o rosto escondido atrás de sombras e chapéus grandes. A cabeça em geral estava inclinada, como se ela soubesse que estava sendo fotografada por paparazzis.

No entanto, nenhuma fotografia a mostrava como Jameson a tinha visto mais cedo.

Poucas a mostravam acompanhada por algum possível namorado, mas havia um site que parecia ter informações sobre a vida pessoal e amorosa dela.

"Fofoca sobre a vida amorosa da Duquesa."

Isso não é da sua conta, Jameson. Você não precisa saber com quem ela está transando para que ela participe da celebração.

Ele clicou no link e leu o artigo.

Duquesa não era casada. Havia rumores sobre ela estar namorando um colega rapper, mas ela também estava relacionada a um cantor pop...

Sites de fofocas eram conhecidos por divulgar as histórias de forma errada ou simplesmente as inventar. Ele não tinha que acreditar no que fora publicado ali. Mas, então, por que se sentia mais leve? Era como se tivesse recebido boas notícias sobre uma situação com a qual nem sabia que se importava.

Havia uma playlist de vídeos sobre ela. A maioria parecia ser videoclipes e apresentações oficiais, embora uma manchete tenha chamado atenção:

"Por que Duquesa é a artista mais sexy do planeta?"

Jameson nem tentou fingir que não clicaria no vídeo. Começou com um jovem negro falando sobre apertar botões e se inscrever em seu canal. Impaciente, Jameson avançou o vídeo até ver imagens dela se apresentando.

— ... comanda o palco, suas palavras desafiam você a se aproximar dela, seus movimentos tornam impossível não...

O coração de Jameson parou antes de voltar à vida. Duquesa era uma visão, desfilando pelo palco em botas de salto alto brilhantes de strass e um figurino que parecia um biquíni, exibindo suas curvas. E isso foi antes de ele ouvir a letra:

A cobra é grande, tão grande que me assusta
Não quer acreditar? Vadia, tem link, é só mandar
Disfarça, se afasta, deixa ele esquecer a fantasia?
Porra nenhuma, quero o desafio, mete, enfia.

Jameson se recostou na cadeira, consciente de que estava em algum tipo de transe enquanto o sangue deixava seu cérebro e ia direto para o pau, que ficou duro nas calças.

— Adicione um rosto gracioso e um corpo feito para o pecado.

Um close do rosto dela preencheu o monitor, e a sua pele retinta e luminosa dava a impressão de ter sido salpicada com partículas de ouro. Cílios extremamente longos emolduravam aqueles lindos olhos castanhos que pareciam encarar sua alma. E uma boca grande com lábios carnudos brilhantes fazia biquinho.

O coração dele acelerou no peito enquanto encarava o rosto de um anjo andando na Terra.

— ... não é de se espantar que homens e mulheres entre nove e noventa anos estejam doidos por ela. Obrigado por assistir! Fique agora com algumas imagens de seu videoclipe "Grita pra mim". Divirta-se!

Em uma cama de dossel cercada por cortinas brancas transparentes e um figurino que deixava o corpo à mostra, Duquesa arqueou as costas e segurou os seios. Ela rolou para o lado e passou as mãos ao longo da curva do quadril antes de balançar graciosamente as pernas para trás e ficar de joelhos. Tudo enquanto olhava para a câmera, seus olhos enormes e sedutores, os lábios chamando por ele.

Vamos, Jameson. Eu sei que você me quer.

Ele nem tinha se dado conta de que começara a se tocar. Através do tecido da calça, seu pau pulsava fortemente contra a parte inferior da barriga. De maneira desconfortável. Ele deveria fechar o vídeo, mas não conseguia tirar os olhos da tela. Da Duquesa de quatro rastejando pelo colchão.

E fazia tanto tempo.

A sensação do tecido áspero contra seu pau parecia inacreditavelmente boa. Cedendo, ele abriu o botão e o zíper e escorregou sua mão para dentro, puxando o pau para fora da abertura da cueca.

O pré-gozo já estava vazando, então ele o usou como lubrificação, uma das mãos segurando a base, logo acima de suas bolas, a outra esfregando para cima e para baixo.

Tão bom...
A pele dela.
Aqueles olhos lindos.
Os lábios.
Ele acelerou os movimentos, o pau latejando em seu punho, a sensação tão intensa que ergueu os quadris da cadeira.
Tocando o final do rabo de cavalo liso dela.
Seus quadris redondos e balançantes.
Aquela voz... *não imaginei alguém como você.*
A felicidade escaldante envolveu seu corpo inteiro, passando por cada extremidade e concentrando-se em seu pau. As bolas se contraíram, e ele não conseguiu conter o gemido alto quando gozou, o pulso acelerado, estrelas explodindo na escuridão de seus olhos fechados.
Lentamente, os sons voltaram para ele, o cheiro de suor e sexo permeou seus sentidos, e a viscosidade de seu gozo cobria sua mão e camisa.
Filho da puta!
Ele começou a sentir nojo de si mesmo enquanto puxava vários lenços da caixa que mantinha na mesa e se limpou. Ele se levantou e encheu o copo com uísque.
Jameson sentia que tinha alcançado o fundo do poço, batendo punheta para vídeos da mulher hospedada em sua casa.
Ele não era melhor que o pai.

NA MANHÃ SEGUINTE, o príncipe se sentou à mesa da sala de jantar com uma xícara de chá quente nas mãos. Manteve os olhos quase fechados, a luz fraca da manhã brilhando através das janelas era demais para sua cabeça latejante aguentar.

Se aquela era a punição pelas ações da noite anterior, que assim fosse.

— Posso trazer mais alguma coisa, senhor? — perguntou Margery, a governanta.

Jameson deu um sorriso fraco para a mulher que estivera com sua família desde que ele era criança. Embora sua mãe tivesse saído de Primrose Park anos antes para morar em um apartamento no Palácio de Kensington, Jameson seria sempre grato a ela por permitir que Margery permanecesse ali.

— Está tudo bem — respondeu ele, olhando para os pratos de ovos fritos, salsichas, bacon, cogumelos, tomates e pão frito na mesa e tentando não vomitar. — É mais do que costumo comer, mas a variedade é bem-vinda.

— Fiz um pouco mais para a nossa hóspede.

Um pouco mais? Aquilo era praticamente um café da manhã inglês tradicional.

— Não incluí chouriço. Ela acabou de chegar. Não queria assustá-la.

Ele levou as costas da mão aos lábios. Estava grato por Margery não ter adicionado aquilo ao cardápio, ele não precisava de mais um motivo para afastar a hóspede.

Ele já fizera o suficiente no dia anterior.

— Não faço ideia do que ela gosta — disse o príncipe, demonstrando sua falta de hospitalidade.

O que comiam nos Estados Unidos? Jameson detectara um leve sotaque sulista. A culinária deles não era culturalmente específica? Muitos carboidratos, como panquecas e doces? Ou ela morava em Los Angeles? Talvez quisesse aquela torrada de abacate horrível que todos pareciam adorar.

Se a mãe dele estivesse ali, ela saberia o que fazer, mas estava em sua viagem anual a Mônaco. E Jameson estava feliz por isso. A imprensa foi implacável em desenterrar a história do caso e da morte subsequente do pai. O Palácio manteve a palavra e forneceu proteção para ela, mas isso significava apenas que os fotógrafos não podiam tocá-la fisicamente. Não os impedia de segui-la quando ela saía do palácio ou cercá-la quando ia fazer compras, gritando perguntas constrangedoras.

Não era como se Jameson não soubesse entreter convidados, mas ele nunca se importara com sua falta de prática nessa área, até aquele momento. Ter uma hóspede podia não ser sua escolha, mas aquilo não era culpa da Duquesa. Ela aparecera esperando calma e tranquilidade por duas semanas. Em vez disso, tomou conta de seu desejo sem precedentes.

Jameson olhou para a governanta.

— O que você sugere nesta situação?

Ela sorriu.

— Que tal eu conversar com ela e descobrir do que ela gosta?

— Perfeito. Obrigado.

Margery ficaria responsável pelo conforto da hóspede enquanto Jameson cuidava de sua ressaca dolorosa e se controlava. Da próxima vez que visse Duquesa, estaria comportado e com a cabeça no lugar.

Friamente distante, mas seria agradável.

Não estaria enjoado e não ficaria "meia-bomba" quando pensamentos da noite anterior surgissem.

— Bom dia.

A voz rouca de Duquesa o pegou desprevenido, sobretudo porque não esperava ouvi-la por um tempo.

A última mordida que ele tinha dado se alojou em sua garganta e ali ficou, causando um engasgo.

Margery arfou e momentos depois começou a bater em seu corpo.

A governanta tinha mãos fortes. Ótimas para pães caseiros. Não tanto para as costas doloridas dele.

Merda.

Enquanto o rosto queimava e a coluna doía devido aos tapas indesejados, lágrimas escorriam por seu rosto. Que ótima impressão. Sentia-se como um maldito idiota.

— Ele está bem? — perguntou Duquesa, o desconforto nítido em sua voz.

— Vai ficar — respondeu Margery, as batidas se tornando círculos reconfortantes. — Você pode me trazer um pouco de água? O jarro está na bancada da cozinha, por aquela porta.

— Claro.

Margery lhe ofereceu um copo.

— Aqui, querido — murmurou ela. — Devagar.

Jameson parecia outra vez aquele garotinho que tinha entrado na cozinha para lanchar e bateu o joelho na cadeira porque sempre andava com a cabeça enfiada em um livro e não olhava para onde ia.

A onda de constrangimento o fez querer sumir dali, mas ele relutou, concentrando-se em tomar goles de água e respirar pelo nariz até sua visão voltar. Recuperado, enxugou o rosto com um guardanapo e se forçou a erguer o olhar.

Duquesa estava diante dele, linda em uma calça jogger rosa-claro, um suéter combinando que caía provocativamente em um ombro, e o cabelo em grandes cachos macios. As mãos dela agarraram a parte superior da cadeira, seus olhos expressivos preocupados e cautelosos.

— Desculpe.

Ela gesticulou, dispensando a desculpa.

— Não precisa se desculpar. Tem certeza de que está bem?

— Estou ótimo. — Exceto pelo orgulho ferido. Jameson tomou outro gole de água. — O que está fazendo aqui?

A preocupação sumiu do rosto dela. Duquesa pressionou os lábios em uma linha fina.

— Mesmo do meu exílio, sinto o cheiro de comida deliciosa.

— Exílio? — perguntou Margery, com uma expressão muito parecida com a da Duquesa. Ela o olhou com censura.

Será que Jameson acordaria desse pesadelo onde dizia e fazia a coisa errada o tempo todo?

— Esta é a Margery, minha governanta. Se precisar de algo, ela ficará feliz em te atender. Margery, esta é Duquesa.

A governanta sorriu.

— Bem-vinda a Primrose Park.

— Obrigada. — Duquesa sorriu. Ela gesticulou para a comida na mesa. — Você com certeza esteve ocupada. Ele come assim todos os dias?

Jameson se encolheu.

— Não, *ele* não come. Ela fez isto pra você.

Duquesa balançou a cabeça.

— Ah, por favor. Não quero que você se incomode tanto.

— Bobagem. Vai ser bom voltar a cozinhar para outra pessoa além do príncipe Jameson. Você gostaria de alguma coisa específica?

— Não, sou bem fácil.

O pau dele deixou seu estado de "meia-bomba" e endureceu por completo.

— Além disso, gosto de experimentar a culinária dos lugares que visito. Estou aberta... menos pra chouriço. Isso não tenho interesse em provar.

— Entendido — disse Margery, os olhos brilhando.

— Ah, e sei que o chá é uma bebida nacional, mas prefiro café, se não se importar.

— Isso pode ser arranjado, Du... é Duquesa? Ou a Duquesa? Sua Graça?

Duquesa afastou uma cadeira e se sentou.

— Na verdade, você pode me chamar de Dani.

— Dani — repetiu Margery, com um sorriso brotando no rosto antes de voltar às pressas para a cozinha.

O olhar dele encontrou o dela.

Dani.

Um nome doce e simples para uma mulher que evocava nele sentimentos totalmente diferentes.

— Não quis ser grosseiro — disse Jameson. — É lógico que você pode vir até aqui. Só fiquei surpreso por estar acordada. Pensei que quisesse descansar mais depois da longa viagem.

Ela desenrolou um guardanapo de pano e o colocou no colo.

— É sempre bom entrar no novo fuso horário o mais rápido possível. Posso ser mais devagar nos primeiros dias, mas se passar esse tempo dormindo, vai ser mais difícil me acostumar.

Jameson assentiu. Margery se aproximou, colocou uma xícara diante de Duquesa e despejou a bebida fumegante.

— Obrigada.

A governanta sorriu e colocou o bule de café na mesa.

— Fique à vontade. E se preferir algo diferente do que preparei, é só me avisar.

— Estou bem. Isto parece incrível — disse a hóspede, colocando bacon, ovos e cogumelos no prato. Dani era um nome tão perfeito para a mulher diante de Jameson que ele não conseguia pensar em outro.

Jameson não sabia por que estava surpreso em vê-la fazer algo tão normal. Ele não sabia exatamente o que estivera esperando, mas com certeza não era aquela normalidade.

Sem parar o que estava fazendo, Dani disse:

— Não se preocupe. É no jantar que fico só de calcinha.

Ele largou o garfo.

— Como é?

— Você está me olhando como se eu fosse comer pendurada de ponta-cabeça em um mastro de striptease — respondeu ela.

Na mesma hora, a imagem surgiu na mente dele. Mas na fantasia que não queria sair de sua cabeça, o mastro estava em seu quarto e ele era o único aproveitando o espetáculo.

Sem perceber que a estava encarando e irritado por ter sido pego, Jameson franziu a testa.

— Tal vulgaridade não é necessária.

Ele soava como um babaca travado, mas não conseguia evitar.

— Talvez deva dizer isso a si mesmo — retrucou ela antes de dar uma mordida.

O som de prazer que ela emitiu foi direto para o seu pau. De novo, entreolharam-se, exceto que desta vez o pequeno espasmo no canto da boca dela informou a Jameson que ela fizera de propósito.

— Que delícia, Margery — elogiou Dani.

— Obrigada. Que bom que gostou. Se tiver tempo, depois que terminar, gostaria de saber o que vai querer para o almoço. O príncipe Jameson geralmente só está em casa para o café da manhã e o jantar.

A irritação tomou conta dele. Jameson sabia que Margery só estava se referindo a ele com seu título oficial porque tinham visitas, mas precisava dizer a ela que não era necessário.

— Claro — disse Dani. — Não tenho muitos compromissos.

Outra coisa que ele não havia considerado.

Jameson pegou o garfo e tornou a baixá-lo.

— O que você *tem* planejado para hoje?

Ela deu de ombros.

— Nada. Não tenho um dia de folga de verdade há quatro anos. Meu tablet está cheio de livros, filmes e programas de TV que perdi por conta do trabalho. Pensei em encontrar um lugarzinho escondido para relaxar.

— Fique à vontade para ficar confortável onde quiser.

— Menos na ala oeste?

Dani queria ficar confortável na ala oeste? Perto do escritório dele? Ou do quarto dele?

— Tipo *A Bela e a Fera?* — tentou explicar ela.

Ele balançou a cabeça, sem saber o que a configuração da casa tinha a ver com o conto de fadas francês.

Dani suspirou.

— Deixa pra lá. Obrigada. E o que você vai fazer hoje?

— Trabalhar. Estamos aplicando provas. — O que significava que sua ressaca não seria um problema tão grande, já que ele não teria que dar aulas. — Na Universidade de Birmingham. Onde dou aula. De Filosofia.

Isso, começa a tagarelar. Com certeza assim ela se impressiona.

— Deve ser interessante.

— Sim.

Diferente do papo dele. Merda!

Jameson tomou uma decisão rápida.

— Provavelmente vou chegar tarde.

— Não se preocupe comigo. Tomo conta de mim mesma há muito tempo — afirmou ela.

Ele tinha certeza de que sim. O problema era que seu corpo queria assumir essa tarefa por ela.

Capítulo Dez

A normalidade é uma ilusão. O que é normal para a aranha é o caos para a mosca.

— Charles Addams

Jameson jogou a caneta na mesa e se recostou na cadeira.

Seu expediente já havia acabado, e ele sabia que seria difícil explicar o que tinha feito o dia inteiro. Durante os períodos de exames, ele se oferecia para tirar dúvidas dos alunos antes da prova. Além disso, também precisava editar o artigo para o periódico acadêmico, mas só conseguia pensar em sua nova hóspede.

Duquesa.

Dani.

Ele precisava ir embora. As desculpas plausíveis para estar ali haviam acabado uma hora antes, e a equipe de limpeza já havia passado por seu escritório várias vezes. Queriam que ele fosse embora para poderem trabalhar, então Jameson desligou tudo e encerrou o turno. Na garagem dos funcionários, acenou para seus seguranças antes de sair da vaga. Não queria nada além de jantar, tomar um banho quente e relaxar lendo a última edição de seu periódico acadêmico favorito.

Parando na entrada da propriedade real, ficou aliviado ao ver que tudo parecia do mesmo jeito.

O que você achou? Que haveria uma dúzia de carros, uma multidão e música alta?

É lógico que não. Talvez Jameson estivesse esperando algo parecido com o caos que Dani estava causando dentro dele. Algo que explicasse por que ele se sentia daquele jeito. Mas é óbvio que não havia nada. Porque ele estava sendo ridículo. Depois de estacionar, pegou a bolsa transversal pela alça e entrou na casa.

O cheiro forte foi a primeira coisa que notou.

O que é isso? Tinha algo queimando?

— Margery?

Jameson largou a bolsa perto da porta e correu em direção à cozinha. Conforme se aproximava, nuvens de fumaça se juntavam ao cheiro ocre, deixando-o mais preocupado. Ele foi tomado pelo pânico, então pegou o celular do bolso para ligar para a emergência. Naquele momento, havia muitas pessoas na casa. Ele esperava conseguir avisar a todos a tempo.

Ele irrompeu pela porta vaivém e parou de repente ao ver o que tinha acontecido. Um saco de farinha tinha explodido?

Pó branco cobria todas as superfícies: o amplo balcão da ilha, os pisos de madeira, até as paredes cor verde-floresta. Cascas de ovos cobriam a bancada. Um rolo de massa coberto por uma gosma bege estava prestes a cair no chão. Uma tigela de vidro contendo aquela mesma gosma bege estava em cima de várias panelas na pia. Um pedaço de pão amassado estava no fogão, ao lado de pãezinhos despedaçados e uma panela que parecia estar no meio do processo de cozimento quando a massa tentou escapar e acabou parecendo um apêndice fálico. A porta do forno estava entreaberta e a fumaça saía, acusadoramente.

Aquilo era um show de horrores.

Jameson olhou chocado para a única pessoa na cozinha.

— Que merda está acontecendo aqui?

Dani se virou e o encarou, choque e apreensão estampados em seu rosto. Havia farinha em seus cachos, nas bochechas e uma mancha na frente do suéter dela.

— Droga!

Mas não foi Dani que disse isso. O olhar dele deslizou para a origem da voz e viu o que estava atrás do corpo dela: um tablet apoiado em alguns livros. E não apenas quaisquer livros...

— Essas são minhas primeiras edições da obra de Locke, Hale e Newton?

— Ah! Não sei. Precisei de algo resistente, então os peguei na biblioteca.

Algo resistente?

Aqueles eram três tratados raros de alguns dos maiores nomes da filosofia. Primeiras edições, uma com a capa original, duas restauradas ao estilo da época e com seus ex-líbris de propriedade originais. Levou anos e uma quantia considerável de dinheiro para encontrar e adquirir os livros, e ela os estava tratando como se fossem um suporte qualquer que custa doze libras na Amazon?

A raiva incendiou dentro dele, acabando com qualquer traço de discernimento ou simpatia.

— De todas as idiotices...

O desânimo desapareceu do rosto de Dani e deu lugar a uma cara fechada.

Ela deu de ombros.

— Estamos só cozinhando um pouquinho.

Um pedaço de massa que estava grudado no batedor da batedeira caiu no chão, ao lado do pé descalço dela.

— A Margery cozinha várias vezes por semana e a cozinha nunca ficou assim!

— Ela deve cozinhar melhor do que nós.
— Nós? Ah não. Não me inclua nisso — disse a mulher linda na tela do tablet.
— Essa é minha amiga Nyla — explicou Dani.
— Sua... amiga — respondeu ele, apertando tanto os dentes que seu maxilar doeu.
— Oi, Sua Alteza Real — cumprimentou Nyla, acenando.
O sorriso dela diminuiu quando ele não respondeu.
Em vez disso, Jameson manobrou com cautela ao redor da bagunça no chão, tentando não tocar em nenhuma superfície contaminada, até chegar aos livros. Ele os tirou de lá, não se importando nem um pouco quando o tablet dela caiu no balcão, e balançou a cabeça em desgosto para a farinha e a massa grudadas nas lombadas.
Ele abriu a gaveta ao lado do fogão e tirou uma toalha de mão.
— Você não sabe cozinhar?
Dani estava colocando o aparelho de pé novamente no balcão, mas o deixou de lado e fez uma cara de surpresa ao ouvir a pergunta.
— É óbvio que sei cozinhar. Só não sou boa nisso.
Ele delicadamente tentou limpar o livro.
— Então por que resolveu fazer isso agora?
— *The Great UK Baking Championship!* — disseram ela e Nyla ao mesmo tempo, embora Dani tenha dito com um tom de obviedade enquanto a entonação da amiga era mais resignada.
Ele conhecia o programa, pois não dava para viver na Inglaterra e não saber de sua existência.
— Semana do pão. É um inferno mesmo de fazer — disse Dani, pegando uma taça de champanhe milagrosamente ilesa e bebendo.
Um saco de farinha não seria a única coisa a explodir naquela cozinha.

Jameson sabia que precisava se acalmar. Nunca se permitia ficar irritado assim. Com nada. Mas aquela mulher tinha a habilidade incomum de afetá-lo como ninguém mais conseguia.

— Cadê a Margery?

Ele mandaria a governanta à padaria para comprar qualquer tipo de pão que Dani quisesse se isso significasse que esse desastre não aconteceria novamente.

— Não fique bravo. Ela se ofereceu pra fazer ou ficar e supervisionar, mas eu falei que queria fazer sozinha. — Dani mordeu o lábio inferior. — Talvez tenha sido um erro?

— Você acha?

— Quem sabe me saio melhor com tortas? Vou ver se a Margery pode me dar umas dicas antes.

— Tortas?

— Sim, é o que vou cozinhar amanhã.

Amanhã?

Um sibilo seguido por um gorgolejo emanou do forno. Jameson tornou a olhar para ela.

— Você planeja fazer isso de novo?

— Com certeza. Cozinhar é uma daquelas coisas que a gente precisa de prática para aperfeiçoar. Quem sabe quando vou ter tempo para fazer isso outra vez? E esta é uma cozinha tão linda.

Ele olhou para a bagunça em sua "cozinha linda" e grunhiu. Sua vida estava sendo revirada de cabeça para baixo. A rainha o estava empurrando para o centro das atenções e forçando-o a hospedar uma mulher que ele não conhecia, que não podia ser deixada sozinha e que parecia decidida a acabar com a existência tranquila e ordenada dele. Jameson ia mesmo ter que tomar conta dela... se quisesse que a casa, que estava de pé desde 1774, sobrevivesse à visita.

Não importava que ele já tivesse as próprias responsabilidades.

O barulho de seu estômago roncando o lembrou que estava faminto. Como iria encontrar algo para comer naquela bagunça?

O silêncio deve ter durado mais do que o esperado, porque Nyla disse do tablet:

— Não se preocupe, Sua Alteza Real. Dani vai limpar tudo.

Ela não precisava chamá-lo assim. Mas era norte-americana. Ele não podia esperar que ela soubesse o protocolo adequado.

Dani deu à amiga um olhar incrédulo.

— Como é? Eu não faço limpeza.

— Você também não cozinha, mas isso não te impediu — rebateu Jameson antes de conseguir se conter.

Dani estreitou os olhos para ele e, embora irritado, ele não conseguiu ignorá-la quando ela lançou aquele olhar.

As bochechas dela ficaram coradas, e Dani pigarreou.

— Tá. Vou cuidar disso.

— Excelente. Ah, se isso resolvesse alguma coisa... — murmurou ele, dando as costas.

— O que isso significa?

— Significa que você vai levar um tempão para limpar e deixar a cozinha adequada de novo para Margery. E eu não comi nada.

— Não dá pra pedir alguma coisa? Mandar entregar?

Jameson ficou surpreso por não estourar uma veia.

— Não, não posso pedir alguma coisa. Caso não tenha percebido, não estamos no meio de Londres! Estamos no interior.

Na calmaria, que ele sempre amara.

Até então.

— Só perguntei — disse ela, olhando para cima.

— Chega de brincadeira, Dani. Basta — disse Nyla. — Sua Alteza Real, sua governanta deixou um prato pra você na geladeira.

Deus te abençoe, Margery. E Nyla também.

De cara emburrada, ele cruzou a cozinha, olhando para a bagunça carbonizada através da porta do forno com desgosto. Assim que abriu a geladeira, o príncipe viu um prato com um sanduíche e um de seus acompanhamentos favoritos, chips de trufas.

Ele assentiu em agradecimento a Nyla. Não conseguiu resistir a dar uma olhadela em Dani, que o observava com uma expressão dolorosa, mas, quando o viu encarando, endireitou a postura e deu um sorrisinho.

Ela fez um brinde com champanhe.

— Aproveite.

Jameson cerrou o maxilar e saiu da cozinha, com o som da risada abafada dela o seguindo.

— POR QUE VOCÊ FEZ ISSO? — perguntou Nyla, incrédula.

— Não sei — respondeu Dani, a postura afundando assim que percebeu que ele não voltaria.

Ela exalou, a corrente de ar soprando um cacho de sua testa e espalhando um sopro de farinha. Olhou em volta para a bagunça. Vovó daria uma surra nela. Aquele homem permitiu que Dani ficasse em sua casa, embora a contragosto, e ela destruiu sua cozinha. Não tinha feito isso de propósito. Mas também não tinha sido um acidente. Não se faz esse tipo de destruição por acaso. Porém, a verdade é que ela não fez por mal.

Levara aproximadamente três horas para Dani ficar sem nada para fazer.

Ela tinha boas intenções. Andou pelo castelo e ficou maravilhada com os quartos lindamente decorados com móveis deslumbrantes, os quadros que pareciam ter saído de um museu e com o número de funcionários que viu, tanto na casa quanto nos jardins elaborados.

Ao encontrar um lindo quarto onde entrava bastante luz do sol, Dani planejou passar a manhã mergulhando no novo livro de memórias de uma das divas pop mais famosas da indústria. Todo mundo estava elogiando sua honestidade e como a superestrela, enfim, respondeu às muitas perguntas sobre sua infame festa na piscina de 2015, onde alegaram que todas as quatro integrantes de seu grupo feminino haviam engravidado do mesmo homem.

O personal trainer delas!

Ela desistiu depois dos três primeiros capítulos.

Tentou assistir alguns dos filmes que havia baixado, mas nenhum prendeu sua atenção. Por que homens insistiam em escrever personagens femininas como mulheres sem graça, que sempre se metem em confusões e precisam ser salvas? Ou como mulheres manipuladoras prontas para partir corações ou os apunhalar pelas costas? Isso, é claro, quando escolhiam escrever sobre elas.

Dani jogou alguns jogos no celular, fez uma máscara facial, até baixou um aplicativo que prometia ensinar italiano em catorze dias! Mas na hora do almoço, estava considerando seriamente fazer uma caminhada até uma vila próxima.

Uma caminhada!

Quem ela havia se tornado, uma mulher de sessenta anos?

Quando começou a pensar em pedir a Margery um baralho ou um quebra-cabeça, Dani se deu conta de que talvez o motivo de ainda não ter tirado férias não era porque estava ocupada demais, mas porque não sabia o que fazer. Ela começou a trabalhar aos treze anos. Porque precisava juntar dinheiro ou porque não queria mais passar o tempo todo se sentindo indesejada na casa dos outros. A ética de trabalho dela era sua constante. Era tudo o que conhecia.

E seria necessário mais do que se declarar "de férias" para mudar isso.

Foi então que se lembrou de que tinha planejado usar esse tempo para praticar suas habilidades na cozinha. Sua avó tinha sido uma cozinheira excelente e quisera passar o conhecimento para a neta. Mas Dani sempre deixou pra lá, pensando que teria tempo suficiente mais tarde para aquelas aulas.

Era o seu maior arrependimento.

Nas raras ocasiões em que estava em casa com algumas horas livres, ela sempre colocava um episódio de seu programa de culinária favorito e tentava reproduzir as criações dos competidores, embora fosse terrível nisso. Em qualquer coisa que envolvia a preparação de alimentos, na verdade. Mas algo em relação ao zumbido da batedeira e o amassar da massa sempre a acalmava.

E, de repente, tudo o que Dani queria fazer era assar pão.

Margery havia preparado os ingredientes para ela, mostrado onde os equipamentos estavam guardados e se oferecido para ficar e ajudar. Dani a dispensou, sabendo que a mulher tinha várias tarefas na cidade. E então, fez uma chamada de vídeo com Nyla e trouxe a amiga para a "aventura". Entre o espírito da avó e as receitas de Peter Nashville, o rei do pão, Dani tinha certeza de que *daquela* vez criaria os pãezinhos e os bolinhos que deixariam sua avó orgulhosa.

Ela só não esperava que ali fosse tão diferente. Em casa, sua cozinha era clara, arejada e espaçosa, como um cenário de um filme de Nancy Meyers, que era exatamente o visual que ela estava procurando. Ali, embora a casa fosse grande e adorável, a mesma ênfase não era colocada na cozinha como um ambiente decorativo. Era extremamente funcional e menor do que Dani estava acostumada. E as temperaturas de cozimento eram Celsius e não Fahrenheit. Ela sabia disso, mas tinha esquecido.

As medidas estavam um pouco erradas, a terminologia não parava de confundi-la — biscoito, bolacha, bolinho, tudo diferente! Além disso, talvez a farinha também?

Por algum motivo, nada saiu do jeito que Dani havia planejado. Receita após receita, ela seguiu as instruções ao pé da letra — mais ou menos —, porém, em vez de lindos pães com crostas douradas e miolo macio, ela acabou com projéteis mortais queimados, achatados e duros.

Ah, e uma massa de pão que mais parecia um pênis, com testículos e tudo.

Nada que ganharia o respeito da vovó.

E Dani arruinara a cozinha no processo.

— Olha, achei que ele ia ter um infarto — disse Nyla, sorrindo.

— Né? — Dani deu uma risadinha. — E aquele músculo no maxilar dele começou a pulsar feito a seta de um carro velho!

As duas explodiram em risadas, o divertimento aliviando o clima tenso.

— Ele tem todo o direito de estar bravo. Olha o que você fez com a cozinha dele.

— Eu sei, eu sei. — E Dani sabia. — Algo nele só... me irrita.

— Quer dizer a forma como ele não se apaixona por você, como acontece com a maioria dos homens?

— Bom, não é bem assim. — Ela bufou.

Mas era verdade. Jameson estava consciente dela, mas não deixava que a presença de Dani afetasse suas decisões. Em vez disso, continuava a tratá-la como se ela fosse um problema.

Talvez fosse isso o que a irritava. Ela conhecia aquele olhar. Ela o tinha recebido frequentemente enquanto crescia. Forçada a ficar com parentes e amigos da avó que quase não lhe davam atenção e não tinham tempo, espaço e comida suficientes para as próprias famílias, quanto mais para uma boca extra. Dani passara a odiar a sensação de ser indesejada. Era uma coisa que orientava sua vida. Que a mantinha focada. A ideia de que nunca mais se sentiria daquela forma.

E ali estava ela, uma artista e empreendedora bem-sucedida, mas, mesmo assim, *ainda* era desvalorizada e olhada com desprezo.

— Quer dizer, eu entendo — dizia Nyla. — Aquelas fotos não fizeram justiça a ele. Mesmo pela tela, consegui sentir. A intensidade. Aquele homem é gostoso com G maiúsculo, em negrito, itálico e tamanho trinta e seis!

— Chega! Caramba. Você acha ele gostoso. Entendi.

Nyla pressionou os lábios, mas continuou.

— Você precisa tentar entender o lado dele. As pessoas não moram nesse lugar porque são extrovertidas. Ele não está acostumado a receber hóspedes. Você também é assim. Quantas pessoas estiveram na sua casa?

Não muitas.

Mas Dani não queria considerar as coisas que ela e o príncipe podiam ter em comum. Ela admitira seu erro. Era tudo o que estava disposta a conceder no momento.

Nyla se encolheu.

— Apesar do que você disse, não vai fazer isso amanhã, vai?

— Não. — Era melhor guardar suas próximas aventuras na cozinha para quando voltasse a um ambiente familiar.

— O que você vai fazer?

— Não sei. — Ela precisava descobrir. O tédio não combinava com sua personalidade. — Mas estou muito triste que meu pão não deu certo. Parecia tão bom no programa.

— O seu foi pior que o da Sally, e ela foi eliminada.

— Obrigada.

— Conta comigo, mana — respondeu Nyla em tom de brincadeira. — Sabe, você podia simplesmente pedir a Margery para fazer para você. Ela é um doce. Tenho certeza de que não se importaria.

— *Eu* queria fazer. E vou. Este deve ser o fundo do poço. Não tem como ficar pior, certo?

— Tomara.

Dani se afastou da bancada.

— Tenho que começar a limpar.

— Boa ideia — disse Nyla, movendo a cabeça como se estivesse tentando ver a bancada inteira pela tela. — Parece que vai levar um tempo.

— Quer me fazer companhia?

— Hã, não. Tenho coisas melhores para fazer do que assistir sua versão trágica da Cinderela negra. Tchau!

Nyla fez o sinal da paz e desligou.

Dani olhou em volta.

Que férias incríveis. Ela tinha mesmo perdido o juízo. Aquilo era demais. Até para ela.

Ela tomou um gole fortificante de champanhe, vestiu as resistentes luvas de borracha amarela e começou jogando no lixo tudo o que tinha assado. Ninguém devia ser submetido a aperitivos nocivos.

Nem mesmo seu anfitrião.

Provavelmente.

A pia estava cheia de tigelas de vidro e cerâmica de vários tamanhos e panelas descartadas, todas sacrificadas no altar de suas ambições na cozinha. Ela removeu tudo de lá, enxaguando cada item em água quente e deixando-o de lado para uma limpeza adequada mais tarde.

— "Versão trágica da Cinderela negra". Essa foi boa, Ny — murmurou Dani, rindo baixinho enquanto recolhia os utensílios que sujara.

Um som áspero a assustou, e ela quase deixou cair o que estava segurando. Ao se virar, viu Jameson ali.

Com cara de deboche.

Dani inspirou várias vezes para acalmar o coração acelerado, e então com cuidado colocou a pilha de tigelas ao lado da pia.

— Veio gritar mais um pouco comigo?

— Não. Mas poderia. — Jameson gesticulou para o ambiente. — Pensei que talvez estivesse precisando de ajuda.

Ele estava falando sério? Ou era tudo parte de seu plano diabólico para se vingar, provocando um falso senso de gratidão e depois mudando de ideia?

— Por quê? Eu fiz a bagunça, eu devia limpar.

— Eu sei.

Mesmo assim, ele pegou a vassoura apoiada contra a parede e começou a varrer.

Por muito tempo, os únicos sons que enchiam o espaço eram o roçar de cerdas no piso de madeira, água corrente e o barulho de vidro tilintando.

Você sabe o que tem que fazer.

Dani suspirou profundamente e o encarou.

— Me desculpe mesmo. Não devia ter feito isso. Não tenho desculpa a não ser que estava entediada e um pouco irritada com você.

Quando Jameson não respondeu logo de cara, ela se voltou para a pia e pegou a esponja, esfregando a pobre tigela com tanta ferocidade que pensou que iria arrancar o esmalte.

Ele não precisava aceitar as desculpas, mas era a coisa educada a se fazer!

— Eu não tenho sido um bom anfitrião — enfim admitiu Jameson. — Na verdade, tenho sido um babaca. Convidei você para ficar na minha casa e então me comportei como se tivessem me obrigado a fazer isso. Mas essas coisas deviam ficar entre mim e minha avó. Nada disso é culpa sua. E peço desculpas.

Dani ficou boquiaberta. Não estava esperando por isso.

— Aceito suas desculpas.

— E eu aceito as suas.

Mais varridas e enxaguadas. Limpando e ressoando.

Incapaz de resistir por mais tempo, ela lhe deu uma olhada. Até fazendo tarefas domésticas, Jameson era fascinante. Ela se perguntou se havia vídeos no YouTube de caras gostosos fazendo coisas mundanas. Dobrando toalhas. Fazendo listas. Varrendo. De preferência sem camisa.

Ela teria que pesquisar isso.

O vídeo de Jameson seria muito popular. Dani com certeza estava ficando arrepiada ao vê-lo trabalhar. Mas sua técnica estava um pouco errada. Ele segurava a vassoura e a arrastava em uma direção como... alguém que nunca tinha feito isso antes!

Estava fazendo aquilo pela primeira vez?

Jameson ergueu a cabeça e parou no meio do movimento.

— Está rindo de mim?

— Quem, eu? Nããão — respondeu ela.

Embora definitivamente estivesse.

— Se prefere fazer sozinha, posso...

— Não, não, não! Você está fazendo um ótimo trabalho. Por favor, continua.

Dani mordeu o lábio e voltou a atenção para as próprias tarefas, genuinamente feliz por ele estar ajudando quando não precisava fazer isso.

— Você disse que estava entediada — comentou Jameson. Sua técnica de limpeza era ruim, mas a abordagem era metódica, movendo a sujeira do perímetro para uma pilha central. — Pensei que tinha vindo para cá mais cedo para relaxar antes da celebração.

— Sim. Mas trabalho desde os treze anos. Desconectar é bem mais difícil do que pensei.

— Sei exatamente do que está falando — murmurou ele, apoiando um braço na vassoura e passando uma das mãos no cabelo.

— Sério? Você trabalha desde os treze anos? — perguntou ela, sem disfarçar a incredulidade.

— Tecnicamente, desde que nasci. E nunca consegui me desligar totalmente.

Isso soou horrível! Dani concluiu que nunca é possível saber realmente as vivências do outro.

— Sei que a área parece remota, mas uma das propriedades ao lado está aberta para visitação. Tem algumas lojas e bares legais, e Birmingham não é longe. Há muita coisa para ver no campus.

Ela jogou um spray de limpeza sobre o fogão.

— Parece promissor.

— O Palácio quer que você seja discreta, mas, se ficar entediada o suficiente para querer fazer tortas, te dou permissão para arriscar.

Dani riu.

— Vou me lembrar disso. Mas posso garantir que eu teria que estar louca para tentar algo nesta cozinha de novo!

— Vou pedir a Margery para ficar atenta a olhos inquietos e agitação.

Eles compartilharam uma risada que aliviou o clima, deixando uma sensação de companheirismo.

— Boa.

— Posso te fazer uma pergunta?

Dani terminou de limpar o fogão e se abaixou para colocar o pano sobre a porta do forno.

— Por que não?

— Pode parecer impertinente, mas... como você jogou massa no teto?

Como ela tinha feito *o quê?*

Dani olhou para cima e...

— Ai, meu Deus! Se minha avó visse isso... — Ela gemeu e se endireitou, cobrindo o rosto.

— Sua avó?
— Sim. Ela me criou. Minhas tristes tentativas de cozinhar são uma homenagem a ela.
— Tenho certeza de que ela te parabenizaria pelo esforço. Devia pedir dicas a ela quando voltar.
— Quem dera. Ela faleceu quando eu era mais nova.
— Ah. Bem... Lamento. — Jameson parou de varrer. — Se ela te criou, mas morreu quando você era mais nova, para onde você foi?

A dor se alojou na garganta de Dani. Ela engoliu em seco.
— Outros familiares me acolheram.

Ela viu mais perguntas se formando, porém não queria responder. Em uma tentativa de antecipar o interrogatório que viria, ela tirou as luvas e as deixou ao lado da pia. Incorporando a ginasta Simone Biles, ela apoiou as mãos na ilha e pulou sobre o balcão.

Com cautela, Jameson a observou.
— O que está fazendo?
— Não posso deixar assim. Tenho que limpar.
— Os funcionários podem cuidar disso amanhã.

Dani tinha funcionários em casa, porém o número de pessoas que Jameson tinha trabalhando para ele era incompreensível. Mordomos, empregadas, assistentes, lavadores de louça, manobristas... Se Dani precisasse de alguém para limpar a bunda, ela tinha certeza de que alguma pessoa desafortunada também ocupava essa posição.

E isso era apenas dentro da casa.

Quando perguntou a Margery sobre isso, a governanta a informou que Jameson, na verdade, mantinha uma das *menores* equipes da realeza. Ela também contou que existiam vários departamentos administrativos que apoiavam membros da família real, incluindo secretários particulares, assistentes pessoais e secretários de comunicação. Alguns membros da realeza moravam onde seus funcionários estavam localizados, porém muitos não. Como duque de Wessex, Jameson morava em Primrose Park e seus funcionários moravam ali.

Ouvindo tudo, Dani achou impossível não se sentir um pouco como Alice caindo pela toca do coelho no País das Maravilhas.

— Ah, então *agora* você oferece a ajuda dos seus funcionários? — brincou ela. — Não, eu dou conta. Já me sinto bastante culpada. Não preciso que eles saibam o quanto foi ruim.

— Estamos em um clima tão bom, odeio arruiná-lo dizendo que os funcionários já sabem.

Ótimo!

— Eles nunca falariam nada com você, certamente.

— Não, mas podem cuspir na minha comida.

— Nunca — disse Jameson, parecendo escandalizado.

Ela riu.

— Consigo limpar isso. Não deve ser tão difícil.

Dani semicerrou os olhos para a mancha. Quando tentou tocá-la, as pontas de seus dedos mal roçaram na massa endurecida. Ela ficou nas pontas dos pés.

— Jesus! Duquesa...

Ela ouviu o barulho da vassoura no chão, então sentiu a mão dele tocar sua coxa, hesitante. Onde a pele de Jameson tocou a dela... uma explosão de faíscas arrepiou a perna de Dani. Ela sacudiu a perna em resposta à sensação inesperada, mas acabou afastando a mão dele. Equilibrada em um pé, sem apoio, ela se desequilibrou.

— Te peguei!

Uma das mãos firmes dele apertou sua coxa e a outra, sua bunda, com força. Dani congelou, e sua boceta se contraiu em expectativa.

Ele está apertando a sua bunda. Não tem nada demais. Não é a primeira vez que isso acontece.

Dani umedeceu os lábios.

— Obrigada.

— O prazer é meu. Quer dizer, que bom que pude ajudar. Aqui. — Ele estendeu a mão e a ajudou a descer.

Eles se soltaram assim que Dani pisou com segurança no chão. Dani olhou ao redor, tentando ignorar a tensão entre os dois.

— Acho que limpamos bastante. Consigo lidar com o resto.

— Tem certeza? — disse Jameson, já caminhando em direção à porta.

— Tenho. Obrigada por voltar para ajudar... e pela conversa.

— Certo. Bem... — Ele pegou a vassoura e a apoiou contra a parede. — Boa noite, Duquesa.

— Boa noite.

Ele se virou e saiu da cozinha. Devagar, Dani contou até vinte, e quando percebeu que ele não iria voltar, ela se apoiou contra a ilha e se abanou com as mãos.

Um príncipe sexy que era um babaca?

Fácil resistir.

Um príncipe sexy e atencioso que olhava para ela como se imaginasse qual era seu gosto?

Caramba, ela estava em apuros.

Capítulo Onze

Sob a luz da consciência, a energia da irritação pode ser transformada em algo que o nutre.

— Thich Nhat Hanh

Jameson ficou com muita raiva depois de voltar para casa na noite anterior e encontrar uma cozinha caótica. Era como uma versão distorcida do estereótipo de estrela do rock. Em vez de destruir quartos de hotel com sexo, drogas e álcool, Dani atacou sua cozinha com farinha, pães e atitude.

Porém, não demorou muito para ele reconhecer que tinha agido como um idiota. De fato, ela fez uma bagunça, mas ele não precisava responder daquele jeito. Então voltou para se desculpar... e conseguiu mais do que esperara. A raiva não diminuiu sua atração por ela. Na verdade, o encontro desdobrou uma camada mais profunda em seus sentimentos, porque Jameson descobriu um pouco mais sobre Dani. Como pessoa e não apenas como artista.

Quando desceu as escadas no dia seguinte e encontrou Margery fazendo seu café da manhã, ele não acreditaria que uma guerra mundial culinária havia estourado na noite anterior se não tivesse estado lá para testemunhar. A cozinha estava impecável. As bancadas brilhavam, o chão e as paredes estavam limpíssimos e não havia louça na pia.

Houve uma batida rápida na porta do escritório parcialmente aberta, e Rhys enfiou a cabeça para dentro.

— Estou indo para uma reunião, mas passando para saber se você ainda vai à festa dos funcionários esta noite.

Jameson franziu a testa.

— Festa dos funcionários?

Rhys ergueu as sobrancelhas, surpreso.

— Sim. Faz um mês que está no calendário.

— Certo. — Jameson massageou a testa e assentiu. — Com certeza.

— Que convincente. — Rhys entrou no escritório. — Como está a hóspede?

— Bem à vontade — respondeu ele, fornecendo um relato da noite anterior.

Rhys riu.

— Eu daria tudo pra ver sua cara quando entrou na cozinha. Não, esquece. Eu não daria. Mas aposto que foi hilário.

— Posso garantir que na hora não foi.

Rhys coçou a bochecha.

— Destruir sua cozinha foi inesperado, mas ela tinha que fazer alguma coisa depois da forma como a recebeu. Você disse a ela para te chamar de Sua Alteza Real.

Jameson se encolheu. Soava pior do que ele se lembrava. Desejou não ter contado sobre o primeiro encontro deles ao amigo.

— Você não tinha uma reunião?

— Podem começar sem mim. Tenho certeza de que você não está seguindo a cobertura da mídia...

— Um palpite correto...

— ... mas sua família tem recebido muitos elogios por convidar a Duquesa para se apresentar. Eles estão maravilhados com a postura da rainha e a noção de que a família real pode estar se atualizando.

Rhys se sentou em uma cadeira. Aquilo era uma bobagem.

— O engraçado é que nenhum de vocês tinha a menor ideia do que estava fazendo.

Jameson balançou a cabeça.

— Isso não pode vazar nunca. Está ouvindo?

Rhys se endireitou.

— Uau! Meu amigo! Eu sei. Eu jamais diria. Sabe disso, não é?

Jameson sabia. Agora. Mas no começo, ele mantivera Rhys distante conforme aprendera a fazer com todas as outras pessoas em sua vida. Ele o fizera passar por todos os testes de lealdade, e Rhys nunca o decepcionou.

Uma noite, tomando cerveja, Rhys se virara para ele e dissera:

— Chega. Não quero mais ouvir sobre sua habilidade secreta de fazer ondinhas com a barriga ou que seus dedos do pé esquerdo são palmados. Se é verdade ou mentira não importa, não vou vazar pra imprensa. Quero ser seu amigo, mas cansei de ser testado o tempo todo!

E pronto.

Jameson assentiu e Rhys relaxou, a tensão deixando seu corpo. Seus olhos castanhos se acenderam com interesse.

— Como ela é?

— Isso não estava na cobertura?

— Para. Você sabe o que estou perguntando. Ela é gostosa pessoalmente como nos vídeos?

Jameson precisou se esforçar para se controlar ao pensar nos vídeos de Dani e no que havia feito consigo mesmo.

Ele pigarreou.

— Acho que sim.

— Você acha? Viu aquele em que ela põe a língua pra fora e lambe a tela?

Jameson engoliu em seco. Não tinha visto e não sabia se deveria. Rhys semicerrou os olhos.

— O que foi?

— Nada.

O amigo se inclinou para frente e o observou.

— Você parece um pouco agitado. Seus olhos estão vermelhos e com olheiras. Você bebeu?

— Não! Acho que estou dormindo mal.

— Por causa dela?

— Por que seria por causa dela? Nem a conheço direito.

— Qualquer homem que a hospedasse tentaria conhecê-la.

Jameson exalou e passou a mão no cabelo. A mulher tinha uma presença. Dani era uma pessoa pequena, mas de alguma forma conseguia ser espaçosa. Ela estava em todo lugar, era impossível ignorá-la.

— A atração é mútua?

— Quem disse que estou atraído por ela?

— Quer dizer, você não é horroroso — disse Rhys, como se não tivesse ouvido o que acabou de dizer. — Você está na lista não oficial dos professores mais gostosos todo ano desde que chegou aqui.

Jameson fez cara feia.

— Isso é fácil. Minha única competição é Benton, Stolberg e você.

— Você não respondeu à pergunta.

Ele se lembrava da forma que Dani o olhara. *Quando me disseram que o príncipe tinha me convidado, não imaginei alguém como você.*

— Talvez. Mas é irrelevante. Você sabe por que estou fazendo isso. E recebi uma missão extra de garantir que ela fique longe de Julian.

— Uma opção de fazer isso seria ficando com ela.

Uma forma, mas não a melhor. Embora o corpo dele gostasse muito daquela ideia.

— Só faz alguns dias e você já está incomodado. Ela vai ficar em Primrose Park por duas semanas. Isolada. Sozinha. Só vocês dois...

— E muitos funcionários.

Rhys ignorou isso.

— O que você vai fazer?

— Manter o máximo de distância possível. Quando as festividades começarem, não será problema.

— Então é por isso que está assim? — Rhys gesticulou para o amigo. — Porque preferia que as coisas fossem de outra maneira?

Às vezes, Rhys era mais perceptivo do que Jameson gostaria.

— Não. Estou sendo forçado a hospedar alguém na minha casa. Você sabe que não sou bom em ser sociável.

Isso era um baita eufemismo.

— Entre nosso atrito na cozinha ontem à noite e ontem de manhã...

— O que aconteceu ontem de manhã?

Ele vacilou.

— Eu a insultei no café da manhã.

Rhys olhou para o relógio.

— Droga. Preciso ir. Mas quero ouvir essa história. Guarda pra esta noite.

— Que bom que o meu trauma te entretém.

Rhys abriu a porta a tempo de ver dois jovens parados do lado de fora.

— É aqui. Escritório do professor Lloyd. — O estudante ajustou sua mochila. — Posso te ajudar em mais alguma coisa?

Um capuz escondia grande parte do rosto da jovem. O cabelo dela estava em duas tranças loiras e grossas, e a armação larga e preta dos óculos não escondia os olhos castanhos claros e os lábios cheios...

Havia algo muito familiar na boca dela.

— Não. Está ótimo — respondeu ela, com um sotaque que parecia uma mistura de vários lugares do Reino Unido, mais principalmente Birmingham e País de Gales com um toque do inglês de Oxford. — Obrigada.

Rhys deu um olhar arregalado para Jameson por sobre o ombro e murmurou "O cara não tem chance!" antes de ir embora com um animado:

— Te vejo esta noite!

Jameson se levantou, se aproximou e olhou com atenção para os estudantes parados na porta. A garota estava indo em direção a ele quando o jovem estendeu a mão e agarrou a alça de sua bolsa. Seus olhos encontraram os de Jameson, e ele viu algo como impaciência cintilar em suas profundezas, mas ela desviou o olhar.

O calor se instalou em sua barriga, e seu pau endureceu. Mas que porra? Ele não era um adolescente. Não tinha ereções incontroláveis. Na verdade, recentemente, a única vez que isso aconteceu foi com sua hóspede. Só que...

— Posso pedir uma coisa por mim? — perguntou o jovem a ela.

— O quê?

— Pode me dar seu número?

Ela riu.

— Você é fofo. Para onde vai agora?

Jameson conhecia aquela risada. Ele a ouviu na noite anterior, em sua cozinha bagunçada.

Dani?

— Encontrar alguns amigos no grêmio.

— Depois que eu falar com o professor Lloyd, vou até lá.

— Legal. — O cara deu um passo e então voltou. — Tem certeza de que não nos conhecemos antes? Você parece tão familiar.

— Você diz isso para todas, não é? — Ela dispensou as negações dele. — Tudo bem. Eu tenho um rosto familiar.

— Não, não tem — deixou ele escapar antes de perceber o que tinha dito. Empalideceu e começou a se afastar. — É, eu vou estar... sem pressa... fique à vontade.

Jameson o odiou naquele momento. Odiou que aquele rapaz também ficasse tão afetado por ela. Porque isso significava que Jameson não era nada especial. Ela causava agitação em todos quando queria.

Dani se virou para ele.

— Posso?

Ele deu um passo para trás e gesticulou para que ela entrasse. Dani passou, e o corpo dele ficou tenso.

Era ela. Seu corpo a reconheceu antes do cérebro.

Fechando a porta, Jameson deu a volta na mesa e se sentou. O escritório não era grande, mas ele teve a sorte de ter um com janela. O sol atravessou as nuvens e iluminou o espaço. Ou era apenas a presença dela?

Dani se sentou na cadeira que Rhys havia ocupado e cruzou as pernas nuas, a bota de motoqueiro volumosa no pé esquerdo balançando.

Ele franziu a testa.

— O que acha que está fazendo? Você não devia estar aqui. E se alguém te reconhecesse?

Dani tirou o capuz.

— Não nasci ontem.

O sotaque falso desapareceu tão rápido quanto surgiu. Ela tirou os óculos, e, mesmo mudando o cabelo e a cor dos olhos, e usando uma maquiagem que alterava o formato do seu rosto, era ela. Ainda linda, apenas um pouco diferente.

— Não sei o que isso significa.

— Significa que sei me disfarçar. Faço isso o tempo todo.

— Faz? Porque tem centenas de fotos de você por aí.

— Primeiro meu Insta, e agora você está me pesquisando na internet? — perguntou ela com um sorriso tímido e uma piscadela.

— É logico. Você acha que eu te convidei para se apresentar sem pesquisar antes?

— Dou aos paparazzi aquelas fotos para eles pensarem que estão trabalhando. Mas quando saio, geralmente estou disfarçada. Eu gosto.

Membros da família real não se disfarçavam. Era parte do tratado não dito entre eles e o povo.

— O que está fazendo aqui? Precisa de alguma coisa?

— Não. Eu estava entediada e, já que você basicamente me baniu da cozinha, eu precisava sair da casa. Você mencionou o campus ontem à noite e eu quis conhecer, então pedi para Amos me trazer. — Ela tocou uma pilha de papel na beirada da mesa.

— Você é muito popular.

Era bom saber. Ele trabalhara duro para tornar as aulas divertidas e informativas, queria que seus estudantes vissem a filosofia da forma...

Jameson franziu a testa.

— Como você sabe?

Ela deu de ombros.

— Talvez eu tenha perguntado.

— Há quanto tempo está aqui?

— Há tempo suficiente. De fato, não faz mal que eles achem que você é um Garanhão de Wessex.

Jameson se encolheu. Ele odiava aquele apelido. E nem era dele. A imprensa o usara pela primeira vez para se referir a seu pai, que recebeu o título de duque de Wessex quando se casou com Calanthe. Quando fotos de Jameson surgiram após ele atingir a maioridade, algum repórter desenterrou o temido apelido. Jameson pensou que já tinham esquecido, mas se Dani tinha ouvido...

— Não trago minha vida na realeza pra cá. Me esforcei muito para que não afetasse meu trabalho.

— Eu entendo, acredite.

Ela tinha o hábito de deixar coisas no ar como se ele fosse entender.

— Você não devia estar aqui.

— Por quê?

— Você sabe por quê. Se descobrirem...

— Não vão. Relaxa. As pessoas veem o que querem ver. Prometo que ninguém espera encontrar a Duquesa em uma universidade britânica no meio do nada.

— Você vai mesmo ao grêmio?

— Aonde?

— Ao grêmio de estudantes. O prédio da união estudantil perto da entrada principal do campus. Você disse àquele cara que o encontraria lá quando terminasse aqui.

— Ah. Não.

— Mas você disse que ia.

— E daí? O que acha que eu deveria ter feito? Dado meu número? Dado um número falso? Dito "não" e envergonhado ele na sua frente? Não vou aparecer. Grande coisa. Sou só mais uma entre milhares de garotas neste campus.

Nada nela era como as outras, mas Jameson não planejava dizer isso.

— Só fique longe daquela parte do campus e você vai ficar bem.

— Pode deixar.

— Mais alguma coisa?

— Está tentando se livrar de mim?

— Estou.

Um sorriso provocou os lábios dela.

— Você dá aula para atletas?

— O quê? — Ele se esforçou para entender.

— O cara que estava aqui quando cheguei.

— Ele não é um estudante. É um amigo. Professor Rhys Barnes.

— Se eu soubesse que professores universitários eram como vocês dois, teria me matriculado.

— Você não fez faculdade?

— Escola não era o meu lance. Eu precisava fazer sucesso imediatamente. A faculdade ia levar tempo demais.

Precisava, não queria. Interessante.

As unhas dela arranharam o braço da cadeira.

— Acho que fazer faculdade era o esperado de você.

— Não tradicionalmente. No passado, era esperado que começássemos os deveres reais depois da escola. Mas eu sempre quis seguir carreira acadêmica. Tenho certeza de que minha avó pensou que eu me formaria e fim. Ela não esperava que eu ficasse por mais tempo.

A risada dela acelerou o pulso dele.

— É tão estranho ouvir você se referir a rainha da Inglaterra como "avó".

— É estranho que eu me sinta mais confortável pensando nela como a rainha da Inglaterra e não como minha avó.

Quando Dani franziu a testa e o sorriso diminuiu um pouco, Jameson percebeu que tinha compartilhado um pouco demais.

— Escolhi um caminho diferente, um que permitiu que eu seguisse minhas paixões. E isso eu devo a minha mãe e ao meu avô.

— Príncipe John. Vocês devem ter sido muito próximos. Está ansioso para a celebração? — perguntou ela, os olhos abertos e curiosos, indicando que estava mesmo interessada na resposta.

Mas Jameson não estava pronto para compartilhar. Mesmo que estivesse gostando da conversa.

— Todos estamos — respondeu de forma evasiva. Ele cutucou uma pilha de livros na mesa. — Mais alguma coisa? Preciso corrigir provas antes de ir.

— Sim. — Ela pôs os pés na mesa. — O que você e o professor Thor farão esta noite?

O deus nórdico do trovão? Uma descrição bem certeira de Rhys.

— Vamos a um encontro do corpo docente.

— Um encontro? Tipo uma festa? — perguntou Dani, sua pronúncia britânica híbrida reaparecendo.

Como britânico e membro da família real, ele não podia encorajá-la a usar aquele sotaque. Não era certo.

Ele a encarou.

— Caramba. Você não é divertido. — Dani deixou os pés caírem com um barulho e se endireitou. — Olha, não foi minha intenção te perturbar. Eu só precisava sair e estar com pessoas.

— Você não estava procurando privacidade e tempo para relaxar?

— Estava. Estou. Quer dizer, tudo soa muito bom na teoria, mas... — Dani suspirou e se levantou, passando a mão no vestido de verão que estava usando para se disfarçar. — Estou indo.

— Duquesa?

Dani se virou. Será que ela estava ciente da figura estonteante que era, emoldurada pela porta, centrada no foco do sol?

É óbvio que sim.

— Os Jardins Botânicos ficam do outro lado do campus. Muitas pessoas os acham charmosos, com trilhas, pontes e túneis que os visitantes gostam de explorar. Se quer tranquilidade, é o lugar perfeito.

— Parece incrível. Vou até lá.

Jameson pigarreou.

— Bem, sim...

Os olhares deles se encontraram e se sustentaram por um, dois, três segundos acalorados antes de ela desviar o olhar.

— Divirta-se esta noite. — Dani endireitou a bolsa no ombro.

— Te vejo quando você chegar em casa.

Um calor inesperado o inundou com o uso da palavra "casa". Ele extinguiu o calor antes que ganhasse qualquer tração.

Capítulo Doze

Larga essa sem-graça / Eu sei que você quer / Pega na minha raba / Abre as pernas, vem na fé...
— Duquesa, "Pega na minha raba"

D ani puxou o travesseiro para mais perto e se mexeu na namoradeira surpreendentemente confortável, pegando a taça de espumante. A tela do notebook, situado em uma mesa delicada que ela tinha puxado do outro lado da sala, mostrava o quarto e último casamento.

— Espera, Hugh, você vai casar com *ela*? O que está pensando? Está desistindo?

— Duquesa? Você está aí? Com quem está falando?

Dani congelou ao som da voz de Jameson vinda de algum ponto atrás dela.

Merda!

Desdobrando as pernas e empurrando o pequeno cobertor para o lado, ela arrumou o suéter e passou os dedos pelo cabelo.

O que está fazendo? Para de se arrumar. Ele não liga. Deixou claro que não te acha nem um pouco atraente.

E tudo bem. Na verdade, estava melhor do que bem. Estava perfeito. Dani não esperava que nada acontecesse. Mas ainda podia estar bonita enquanto nada acontecia. Porque, embora nunca admitisse isso para ninguém, ela odiava que Jameson não reagia a ela do jeito que outros homens faziam. Apenas uma vez, Dani queria que Jameson a desejasse... para que pudesse rejeitá-lo.

Ficar tipo: "Toma essa, principezinho!"

Era uma ideia infantil, mas era exatamente isso que sentia.

— O que está acontecendo? Pensei ter ouvido vozes.

Ela tocou o notebook, parando o filme.

— Não, sou só eu. Margery e os funcionários saíram mais cedo.

— Vejo que encontrou a antiga sala de estar.

Era verdade. Quando a encontrou pela primeira vez em sua exploração no dia anterior, achou que era a coisa mais próxima de um cômodo da casa dela. Grande, tetos altos, três janelas salientes do chão ao teto, as cores claras das paredes combinando lindamente com os padrões vibrantes, as antiguidades resistentes e brilhantes e pisos de madeira escura.

Dani se remexeu para olhar para Jameson por cima do sofá e involuntariamente arfou. Mesmo com o rosto nas sombras e vestindo jeans escuros, camisa de cambraia e um cardigã marfim, ele estava mais inebriante do que o champanhe que ela estava bebendo.

Ao visitar o campus naquela tarde, Dani tinha admirado a forma como os tecidos ficavam no corpo dele. Mesmo sem ver as etiquetas, ela poderia dizer que suas roupas foram feitas de forma impecável. No início de sua carreira, ela não conhecia nada, só conseguia identificar se uma peça de roupa era muito cara quando reconhecia o nome da marca ou o logotipo. Se os jeans não mostrassem visivelmente quem era o fabricante, ela presumia que eram "sem marca". O tipo de roupa que usou durante a maior parte da infância. As que nunca se encaixavam direito, irritavam a pele ou a sujeitavam a provocações cruéis.

Com o dinheiro vieram estilistas e designers que a vestiram, e Dani começou a aprender que qualidade não tinha a ver com rótulo. Na verdade, algumas marcas conhecidas usavam tecidos baratos e enfiavam sua etiqueta neles para ter margens de lucro mais altas. A qualidade tinha a ver com o ajuste e a sensação dos tecidos, a maneira como envolviam o corpo. Não havia uma etiqueta à vista nas roupas de Jameson, mas Dani sabia, pela maneira como o cardigã abraçava seus ombros largos e os jeans descansavam nos quadris e emolduravam sua bunda, que eram as melhores roupas que o dinheiro poderia comprar.

O silêncio se instaurou, e Dani percebeu que Jameson estava esperando por uma resposta.

— Eu não sabia que era "antiga". Tem uma nova que eu deveria usar?

— Não. Na verdade, esta é a sala de estar que minha mãe usava.

— Um lugar bem grande só pra ela.

Ele riu.

— Esta sala é um espaço para a senhora da casa receber amigos ou conhecidos íntimos.

Por que o rosto dela queimou ao pensar na sala e no termo "íntimo"?

Jameson se apoiou na jamba e enfiou as mãos nos bolsos. A mudança em sua postura permitiu que a luz suave do corredor iluminasse suas feições.

Dani semicerrou os olhos. As pálpebras dele estavam ligeiramente abaixadas, o cabelo escuro desgrenhado, e a postura não estava rígida como de costume. Na verdade, ele parecia...

— Você está bêbado?

Jameson franziu a testa e torceu o nariz, como se a pergunta o ofendesse.

— É óbvio que não. Não fico bêbado. Mas tomei umas doses. Ahhhh...

Ele se endireitou e entrou mais na sala. Quando chegou às costas do sofá onde Dani estava sentada, coçou o queixo e se inclinou para olhar a imagem congelada na tela.

— É *Quatro Casamentos e um Funeral*?

O constrangimento tomou conta dela. Jameson sabia só pela imagem de quatro pessoas de pé do lado de fora de uma igreja de pedra?

Ela devia ter fechado a droga do computador.

— Não — respondeu, estendendo a mão para fechar.

— Não fecha. — Jameson deu a volta e se jogou ao lado dela. — E é sim. Esta é a cena em que o irmão dele interrompe o casamento.

A namoradeira que tinha o tamanho perfeito para ela se sentar com as pernas dobradas parecia muito confortável e aconchegante quando compartilhada com o corpo grande dele.

Sua pele formigava, e o frio se instalava em sua barriga.

De jeito nenhum! Dani queria que Jameson fosse afetado por ela, não o contrário.

— Nada de spoiler — provocou ela, tentando ficar calma.

— Desculpe. Você nunca assistiu?

— Não. Mas Nyla o mencionou quando eu falei que estava vindo para Londres. Disse que eu ia gostar.

— Vou te contar um segredo. — Jameson abaixou a voz e se inclinou em direção a ela. Seu perfume masculino fresco tingido com a doçura pesada do uísque flutuou até ela, e Dani ficou arrepiada. — Você não precisa estar na Inglaterra para assistir filmes ingleses. Tenho certeza de que está disponível nos Estados Unidos.

— Ha ha. Muito engraçado. — Dani pegou uma almofada e bateu nele. — Esta não é minha primeira viagem pra cá, sabe, mas sempre venho a trabalho. Basicamente chego e vou embora. Não tenho tempo pra ver filmes.

Ele assentiu em direção ao notebook.

— Está gostando?

— Sim. É engraçado ver o Hugh Grant novo. Sei quem ele é, claro. Eu vi aquela série da HBO e o filme do urso Paddington. Aqui ele está tão estabanado e fofo. Dá pra ver por que fazia sucesso. Mas ele precisava de um corte de cabelo.

— Você devia ver fotos da família real naquela época. Julian tentou esse visual. Disse que o fez transar.

Dani olhou para Jameson de repente. Ninguém jamais a chamaria de puritana, mas ouvi-lo dizer "transar" pareceu absurdo. Pecaminoso e decadente.

Ela desviou o olhar e levou a mão ao pescoço, os dedos notando a rapidez de seu pulso.

— Falando em cabelo, os cachos de Andie MacDowell estão lindos! Mas ele devia ter ficado com a Fi. Eles combinam muito mais.

— Sério? Por quê?

— A norte-americana, como é o nome dela? Carrie, é muito diferente dele. Ele e Fi tinham mais em comum. Eles tinham uma ótima conexão e eram amigos há anos. Ela conhecia o lado bom e o ruim dele e mesmo assim o amava. Carrie era distraída demais. Além disso, quem é ela? Não dá pra saber quase nada sobre ela. Não sei se devo culpar a atuação ou o roteiro.

— Nunca diga isso em público. O roteirista é amado por muita gente aqui — disse Jameson. — Você já viu outros filmes dele?

Dani gostava de filmes, mas não podia se chamar de cinéfila. Ela não saía por aí procurando informação sobre quem dirigiu aquele filme ou quem fez a fotografia.

— Não sei. O que ele fez?

— *Um Lugar Chamado Notting Hill, Simplesmente Amor...*

— Caramba! *Simplesmente Amor* é a minha praia! Assisto todo ano!

Um sorriso tomou os lábios dele.

— Você fala engraçado. "Caramba". O que é "caramba"?

Dani riu, o som do sotaque dele dizendo "caramba" era demais.

— É uma forma mais bonita de dizer "caralho".

— Por que não dizer "caralho" de uma vez?

Ela deu de ombros.

— Não sei.

Mas era mentira. Ela *sabia*. Tinha se sentido confortável. Por um momento, ela era Dani e não Duquesa.

Ele se mexeu e passou um braço ao longo das costas do sofá, o tecido de seu jeans amontoado em suas coxas. Seus dedos roçaram o ombro dela em um movimento vagaroso que atravessou seu suéter e marcou sua pele.

Dani salivou.

— Ouvi suas músicas. Você não tem problema em falar palavrões.

— Não, não tenho — respondeu ela, hipnotizada pelos olhos azuis que pareciam brilhar sob pálpebras baixas.

Ele estendeu a mão e passou o polegar no lábio inferior dela.

— Há momentos em que acho inconcebível aquelas palavras saírem *desta* boca.

A ação, tão carnal e... ousada, não combinava com o homem que pensou que ele era.

Sedutoramente, o calor se instaurou entre as coxas dela.

— Que palavras? — perguntou Dani, a respiração ficando cada vez mais superficial.

— Palavrões. Palavras profanas. Palavras sujas.

— Eu não pareço alguém que diria essas palavras? — sussurrou ela, surpresa pelo esforço que teve que fazer.

— Sim. E não.

Confusão e raiva ameaçaram acabar com o momento de tensão.

— Como assim?

— Quando está vestindo um espartilho de couro vermelho com ligas e meias arrastão, desfilando no palco, você com certeza parece uma mulher que pode dizer e fazer exatamente o que quiser.

O coração dela bateu forte no peito. Era a roupa que usara no Billboard Music Awards. Jameson assistira às suas apresentações. E, pelo tom em sua voz, gostou do que viu.

O prazer incendiou o interior dela.

— Mas — continuou ele — sentada aqui, com o cabelo caindo nos ombros, usando leggings, esse suéter incrivelmente macio e enfiada debaixo de um cobertor, você não parece com alguém que diria essas palavras.

— Não pareço?

Jameson balançou a cabeça.

— Não. Embora pareça alguém com quem eu gostaria de fazer essas coisas.

Ela perdeu o ar.

— O que vamos fazer? — perguntou ele.

— Sobre o quê?

Ele gemeu baixinho.

— Nós. Essa... coisa entre nós.

As palavras a deixaram atordoada. Jameson era um professor e um príncipe da vida real, mas era ágil como um jogador de basquete na hora do flerte. Aquele homem, com seus cardigãs e livros de filosofia raros, não deveria ter o poder de atiçar tanta sede nela.

Dani se afastou dele.

— Não sei do que está falando.

— Sabe sim. Não está cansada de resistir?

Estava, mas não gostava do fato de ele ter descoberto o que ela estava sentindo. Ou que dissera as palavras em voz alta.

— Mas você deve estar acostumada. Muitos homens reagem a você assim, então essa... vontade não é nada nova, certo?

Dani balançou a cabeça.

— Você não me conhece.

— Tem razão. Não conheço. Mas não importa. Porque quando você está perto não consigo pensar, ou focar, ou...

Ele tocou a nuca dela, trazendo-a para mais perto, e Dani não relutou, o olhar preso nos lábios firmes dele.

Não tão cheios quanto costumava preferir.

Mas quando tocaram os dela, todos os pensamentos racionais embarcaram em um voo sem escalas de volta para os Estados Unidos. Leves roçadas e mordidinhas delicadas que evoluíram para lábios conectados que encharcavam calcinhas, o beijo dele era o equilíbrio perfeito de curiosidade e audácia. Como um homem que recebeu um tesouro valioso que ele reverenciava, mas sabia que com certeza merecia.

A língua de Jameson deslizou pelo contorno dos lábios dela, e, como se calibrado para a pressão particular dele, Dani abriu os lábios, concedendo-lhe acesso. Um gemido cortou o ar, e ela não soube dizer qual deles havia emitido o som. Ela ergueu os dedos trêmulos para os fios escuros aninhados na nuca de Jameson e os deixou mergulhar na riqueza sedosa do cabelo dele.

O coração dela batia no peito com força, e o pulso trovejava em seus ouvidos. O gosto dele era tão bom. Tão doce. E a língua? Podia ser certificada como um instrumento de prazer. Dani se enroscou nela, chupou, como se fosse tudo o que a impedia de desabar. O que aquele homem poderia fazer com aquela língua entre suas coxas?

Seu clitóris pulsou como se estivesse interessado na resposta.

Isso, vadia, vamos descobrir.

Ansiando por estar mais perto, Dani empurrou o cobertor para o lado e subiu no colo dele, montando. Daquela vez,

Jameson foi a fonte do som de prazer. Suas mãos grandes e quentes acariciavam as costas dela e a pressionavam com força contra seu peito.

Ele era tão forte, seus braços como alças de aço envolvendo-a. E aquela sugestão de poder bruto, tão em desacordo com o comportamento erudito, provocou uma inundação no íntimo dela...

Que encontrou o cume duro da ereção dele.

A névoa frenética da paixão na mente de Dani se fundiu em um pensamento nítido, cristalino e dominante.

Preciso dele dentro de mim.

Como se Jameson tivesse ouvido sua intenção, e para anunciar o que viria, ele segurou sua bunda e apertou, erguendo os quadris para roçar seu pau na fenda entre as coxas dela. Dani jogou a cabeça para trás, estrelas coloridas explodindo atrás de suas pálpebras. Os lábios dele percorreram o pescoço dela, deixando pequenos sinais de êxtase em seu rastro.

— Jesus, tocar você é delicioso. — O hálito quente dele fez cócegas na orelha dela.

— E estamos só começando — comentou ela, arrepiada.

Jameson passou os dedos ao longo da cintura de Dani antes de tirar a camisa dela e jogá-la para o lado. Ele enterrou o rosto entre os seios e inspirou.

— Eu quis esses daqui por tanto tempo.

Como é que é?

Dani tinha ouvido direito? Ele queria os seios *dela*? O que queria dizer? E por quanto tempo?

Mas então Jameson colocou um mamilo em sua boca quente e nada mais importou, exceto perseguir a sensação até a conclusão inevitável.

O calor líquido abriu caminho para o centro de todo o desejo dela. Seguindo essa chama, ele deslizou uma das mãos pelo cós elástico da calça da rapper, entre suas coxas, e inseriu um dedo longo e elegante nela. Dani arqueou as costas, forçando seu mamilo mais fundo na boca dele.

— Você está tão molhada — murmurou Jameson contra a pele dela.

Dani estava e queria...

— Mais.

Ele deslizou mais um dedo nela, e Dani cavalgou da forma que esperava cavalgar em seu pau.

— Isso aí, amor. Isso aí... você gosta assim? — perguntou ele, seu tom cru e obsceno.

— Porra, é óbvio.

Os olhos dele se escureceram, e ele tomou a boca dela em um beijo intenso que ameaçou lhe partir a alma.

— Você quer mais? — arfou ele.

— Você tem mais? — gemeu ela.

— Porra, óbvio — respondeu ele, devolvendo as palavras dela.

A boceta dela pulsou em resposta. Inclinando-se para trás, sua respiração frenética e impulsionada por uma paixão entorpecedora e consumidora que ela não experimentava havia muito tempo, Dani agarrou o botão da calça jeans dele.

— Camisinha?

Os dedos que agarravam os quadris dela se flexionaram.

— O quê?

— Você tem camisinha?

Ele ficou tenso.

— Não.

Ela abriu a calça, Dani pressionou os lábios no pescoço dele e inalou. Ele cheirava tão bem. Droga. Ela pestanejou quando a luxúria a atravessou com uma velocidade vertiginosa. Precisava estar mais perto, queria enrolar seu corpo ao redor dele como uma cobra reivindicando sua próxima vítima.

— Não quis dizer aqui. No seu quarto?

Jameson balançou a cabeça e se reclinou na namoradeira.

— Não. Não tenho nenhuma. Faz... um tempo.

Através da névoa do desejo, Dani enfim pegou a pista sendo lançada em sua direção.

Sem camisinha? Sem sexo, porra!

Levantando a cabeça, ela se mexeu até estar sentada na almofada ao lado dele, as pernas ainda esparramadas em seu colo. Ele passou um braço sobre elas e jogou a cabeça para trás.

Dani o encarou. Deveria ser um pecado ser tão lindo. Suas bochechas estavam coradas e seus cílios escondiam os olhos. Não era assim que ela queria que as coisas terminassem. Esperava que o sexo aliviasse a atração que sentia. Em vez disso, ficou com um sentimento de insatisfação que teria que resolver mais tarde sozinha. O pior foi que a prévia só aumentou seu desejo por aquele homem.

E sua sede por mais.

Jameson expirou alto.

— Desculpe.

O calor do pau duro dele queimava contra sua pele. Dani engoliu em seco.

— Tudo bem.

— Não. Eu não devia... com licença.

Jameson moveu as pernas dela com gentileza e se levantou, enfiando o pau de volta nas calças e indo embora.

Mas que porra?

Dani não conseguia acreditar que aquilo estava acontecendo. Mais cedo, depois da forma como ele tentou se livrar dela, ela pensou que Jameson a odiava. E agora...

Talvez ele ainda te odeie. Mas isso prova que não é tão imune a você quanto pensou. Na verdade, ele é como qualquer outro homem.

Uma onda de decepção a atravessou, e Dani não entendeu por quê.

Capítulo Treze

Um traidor é qualquer um que não concorde comigo.

— George III

Nem uma convocação matinal da rainha conseguiu desviar a atenção de Jameson da noite anterior.

Seu pênis se remexeu enquanto pensava no que havia acontecido. Na sensação. No cheiro. No gosto dela.

Ele imaginou esse momento desde a primeira vez que a viu, e, se fosse sincero consigo mesmo, tinha que admitir que o desejo se intensificava a cada encontro. Mas sua necessidade tinha sido aplacada. Ele a beijou. Tocou-a. Sentiu seu cheiro. Ele satisfez a curiosidade e poderia voltar ao normal. Tolerar a presença de Dani em sua casa seria muito mais fácil.

Jameson tentou conversar com ela antes de ir para o palácio.

— Sobre a noite passada — começou, pigarreando.

Dani nem tirou os olhos do celular.

— Não precisamos falar disso. Cometemos um erro. Por sorte, não foi adiante. Não tem por que continuar com essa história.

Era exatamente o que ele planejava dizer. Mais ou menos. E, mesmo assim, não gostou de ouvir. O instinto o fez querer discutir com ela.

Fica quieto, seu idiota. Você conseguiu o que queria sem dramas, sem problemas. Quantas vezes isso já aconteceu?

Nunca. Ele não saía por aí ficando com qualquer uma. Ele namorava sério. Porém, sempre achara desafiador reconhecer quem gostava dele de verdade e quem estava interessada apenas no seu título. O relacionamento ia bem, até sua companheira começar a pedir para conhecer a família ou para acompanhá-lo a certos eventos de alto escalão. Uma mulher até contatou a imprensa, se oferecendo como fonte, já que era "a namorada do príncipe Jameson".

Mas ele estava bem no momento. A situação com Dani estava resolvida.

— Sua Majestade, a rainha — anunciou o funcionário.

Jameson limpou a mão na coxa e espiou o relógio.

Por que insistia em ser pontual se ninguém naquele lugar era?

Ele se levantou e fez uma reverência enquanto a avó entrava, vestida mais casualmente do que de costume, em uma longa saia preta xadrez, camisa branca e cardigã azul-claro.

— As coisas estão indo bem — disse ela enquanto se sentava.

Parecia uma afirmação inofensiva, mas Jameson viu o brilho animado nos olhos dela.

E ela tinha todo o direito de estar animada.

A cobertura da cerimônia de homenagem tinha sido excelente, desde a empolgação sobre os vários shows até resenhas sobre as atrações do evento e histórias sobre o príncipe John e seu histórico como filantropo. Ela tinha conseguido orquestrar uma resposta favorável da imprensa e do público. Quaisquer histórias sobre os erros dos herdeiros reais ou tumulto entre os irmãos da rainha foram enterradas sob uma avalanche de matérias positivas.

Jameson se acomodou diante dela.

— A recepção tem sido ótima.

— Verdade. Durante a minha reunião semanal com Hammond, ele não fez seus comentários nada sutis sobre a inutilidade da monarquia. Ele até admitiu que a celebração estava trazendo uma luz favorável a tudo relacionado à Inglaterra.

Um breve sorriso ao mencionar o primeiro ministro? Jameson nunca tinha visto a rainha tão feliz.

Era preocupante.

— Meu plano está funcionando. Agora mais do que nunca, é importante que mantenhamos a onda positiva em movimento. A celebração inteira precisa ocorrer sem imprevistos.

Se a persistência de Louisa continuasse, com certeza tudo ocorreria bem.

— Estive pensando em outras maneiras de celebrar o vovô e gostaria de criar um prêmio em homenagem a ele.

A avó pestanejou e o encarou por um longo tempo.

— Fale mais a respeito.

— Seria um prêmio em dinheiro concedido anualmente por trabalhos na área de estudos ambientais, visando o prestígio dos Prêmios Nobel. É uma meta alta, mas alcançável, principalmente porque não há uma categoria no Nobel para ambientalismo.

— Gostei, e acho que John teria gostado também. Me mantenha informada.

— Manterei.

Até ali tudo bem.

— A celebração não é a única coisa recebendo um ótimo retorno. Suas primeiras entrevistas foram elogiadas por todos.

Assim que aceitou que teria que participar, Jameson tratou os deveres com a mesma intensidade e atenção aos detalhes que tinha com o trabalho na universidade. Ele não gostava da produção nem de expor sua vida, mas já que seu nome e sua imagem iam ser usados, ele daria à celebração todo o seu esforço.

Como esperado, a exposição aumentou mais do que ele gostaria. Em resposta, o Palácio havia enviado um número maior de seguranças para cobrir sua propriedade e o campus e acompanhá-lo quando ele viajasse pela cidade. Era como se todos aqueles anos em que Jameson se esforçara tanto para manter uma personalidade desinteressante tivessem sido em vão.

Histórias sobre seu pai eram muito comentadas, porém agora os comentários refletiam positivamente em Jameson.

"O melhor de Wessex? Jameson se provará o partidão real?"

"Das cinzas do pai: nasce um príncipe!"

"Lá vem a noiva? Com Imogen se coçando para casar, será que o Wessex vai sossegar?"

Por sorte, sua mãe estava viajando. Ela estava enfrentando um enorme assédio da imprensa no exterior, tendo que lidar com fotógrafos fazendo de tudo por uma foto ou vídeo mais vendável. Porém, nada disso chegava perto do que ela enfrentaria quando voltasse a Londres. O Palácio havia prometido maior proteção assim que ela pousasse.

— Tenho dado o meu melhor.

— Você está se saindo bem. E a... artista que escolheu? Como ela está em Primrose Park?

Embora o tom tenha permanecido agradável, o olhar da avó parecia desconfiado.

— Conseguimos fazer funcionar.

— Tenho que admitir que fiquei surpresa quando Louisa me informou da sua escolha.

Jameson também. Mas ele sabia que devia manter essa informação para si.

— Quando sugeri a escolha de artistas mais jovens, eu estava pensando em uma daquelas cantoras pop ou boy bands. Há uma certa preocupação sobre a inclusão dela; no entanto, a maior parte das reações tem sido positiva. Interessante que alguém como ela receba tantos elogios.

Ele se arrepiou com a evidente reprovação na voz da avó.

Por quê? Você pensou a mesma coisa. E agiu pior, porque disse na cara de Dani.

A porta se abriu, e Louisa entrou fazendo uma reverência.

— Senhora. Sua Alteza Real. Peço desculpas pelo atraso. Eu estava em uma reunião com o diretor executivo da Bloom Urban.

Marina acenou com a mão, dispensando o assunto.

— Eu estava informando ao Jameson sobre a reação à rapper dele.

— Sim. A aprovação dela está bem alta com os jovens. Há certa especulação sobre a imagem dela e se é ou não um exemplo apropriado para mulheres, mas, em sua maioria, as pessoas acham legal a monarquia ter escolhido alguém tão popular e ao mesmo tempo tão provocativa. — Louisa sorriu. — Estão dizendo que talvez haja luz no fim do túnel para a família real.

A rainha contraiu o rosto e esse foi o único sinal de desagrado com aquela resposta.

— Podemos usar isso em nosso favor. Ela se ofereceu para fazer algumas aparições antes do evento. Devemos organizar alguma coisa. A imprensa está ávida por qualquer notícia relacionada a ela.

Jameson se alegrou. Se o Palácio concordasse em usar Dani para eventos da imprensa, não seria mais necessário manter segredo sobre sua localização. Ela não teria que permanecer em Primrose Park, e ele seria poupado da tentação.

Mas e Julian? Como manter Dani longe das garras dele?

Jameson não podia se preocupar com o tio. Era uma questão de autopreservação.

O que tinha acontecido com "voltar ao normal, tolerar a presença dela"?

Ah, que se dane!

Mas a rainha balançou a cabeça.

— Quero a imprensa focada em John. Não vou permitir que ele ou suas conquistas sejam ofuscados pelas aventuras de uma rapper qualquer. Mantenha-a fora de vista. Quando as festividades começarem, ela será apenas mais um rosto na multidão. Assim como os outros artistas.

Era óbvio que a avó dele nunca conhecera a Duquesa. Se tivesse conhecido, saberia que a ela jamais desapareceria na multidão.

— Mais alguma coisa? — perguntou Jameson.

— Não. Louisa entrará em contato com sua agenda de aparições atualizada.

Ele assentiu, reconhecendo uma dispensa quando ouvia uma. Mais de duas horas do dia em troca de uma audiência de quinze minutos.

— Ah, e Jameson?

Quase na porta, ele se virou.

— Sempre o admirei por sua insistência em ser julgado por suas próprias ações e não se acomodar com as vantagens de ser membro da família real. Deus sabe que seus tios poderiam se beneficiar de um pensamento parecido. Mas, no fim das contas, todos somos definidos por fazer parte desta família. Quem somos, de onde viemos, nosso prestígio, até nossa posição nesta sociedade, é construído sobre essa associação.

Jameson a encarou, incerto sobre o que ela queria dizer ou aonde queria chegar.

— Preciso repetir: essa celebração é importante. É possível que o futuro da monarquia britânica dependa dela. Não deixarei que o comportamento dos meus filhos atrapalhe. E agora que você é o rosto do evento, também não permitirei que você atrapalhe. Seu pai não conseguia se controlar perto de mulheres bonitas e sensuais. Não ceda a qualquer compulsão genética que o guie nessa direção.

O choque quase o paralisou. Ela estava dizendo o que ele achava que estava?

— Como é?

— Ela está na sua casa, mas não te pertence. Controle-se. Não permitirei que mágoas ou egos feridos atrapalhem o evento. A última coisa de que preciso é outro escândalo envolvendo um príncipe da família real.

Com esse decreto, a avó voltou a atenção para Louisa, deixando-o sozinho para lidar com as consequências daquela conversa.

JAMESON ENTROU EM CASA, a irritação fervilhando sob a pele.

Quem ele tinha ofendido? Tinha chutado um gatinho ou roubado o brinquedo de uma criança? Era por isso que o carma insistia em chutá-lo entre as pernas?

Jameson foi direto para o escritório e se serviu uma bebida. Ele estava cuidando da própria vida. Sendo discreto. Fazendo tudo o que a rainha inicialmente elogiara.

E, mesmo assim, era ele quem carregava uma quantidade desproporcional de responsabilidade por algo que não tinha nada a ver com sua vida e não tinha sido sua ideia.

Ela está na sua casa, mas não te pertence. Controle-se.

A rainha sabia o que estava pedindo? Ele gostaria de vê-la tentar!

Jameson tomou um gole de uísque e saboreou a ardência. Ele sabia o que deveria fazer e faria. Afinal, sua soberana havia emitido a ordem. Não havia outra opção. Além disso, ele poderia ajudar milhares de pessoas e fazer sua parte pelo meio ambiente, como o avô gostaria.

Só precisava manter seus desejos — e mãos! — contidos.

Na mesa, seu celular tocou. Ele deu uma olhada, surpreso ao ver Dani aparecer na tela. Embora Louisa tivesse garantido que eles tivessem o número um do outro, aquela foi a primeira vez que ela mandou mensagem. Ele tomou outro gole antes de deslizar para ver o que ela queria.

Dani: Você pode me fazer um favor?

Franzindo a testa, Jameson respondeu: Depende.

Dani: Caramba! Isso explica o que todo mundo fala sobre a hospitalidade britânica.
Jameson: O que eles dizem?
Dani: Nada. Essa é a questão.

Lutando contra a vontade de sorrir, ele digitou: O que posso fazer por você?

Dani: Enchi uma taça de champanhe, mas deixei na cozinha. Você pode trazer pra mim?

Ela estava falando sério? Não podia descer e ir buscar a taça de champanhe? Com quem ele estava lidando: com a popstar ou com a hóspede?

Jameson: Um funcionário ficará feliz em atendê-la.
Dani: Não fico confortável em deixar um funcionário fazer isso.
Jameson: Meu escritório fica em uma ala completamente diferente da sua. É mais fácil você pegar.

Três pontos cinzas, e então: Esses pisos de madeira são originais? *O quê...*

Jameson: É óbvio.
Dani: E o que aconteceria se caísse água e espuma neles?

Água e espuma...
Dani estava na banheira? Fazendo espuma?
O pau dele latejou. Ele digitou: Não se mexa, já estou indo.

Dani: *emoji com sorrisinho* Até já!

Jameson saiu do escritório e foi para a cozinha. Ao longo do caminho, tentou ficar aborrecido e usar isso para bloquear os pensamentos sobre Dani nua e molhada.
Em uma banheira cheia de espuma...
A imagem era explícita o suficiente em sua mente. Ele não precisava vê-la. Deixaria a taça do lado de fora da porta. E o chão do banheiro era de ladrilhos. Ficaria tudo bem.
Como esperado, uma garrafa de champanhe e uma taça cheia estavam no balcão. Ele pegou a taça, mas pensou: quais eram as chances de ela enviar mensagem de novo quando quisesse mais? Era melhor levar a garrafa inteira.
Quando ele viu o rótulo azul real, com o brasão da família, seus olhos se arregalaram, e ele paralisou.
Não, não, não...
Décadas antes, o príncipe John havia colaborado com um produtor específico para criar o próprio champanhe vintage. Quando Jameson completou vinte e um anos, John lhe deu uma caixa do espumante raro com a promessa de que eles desfrutariam de uma garrafa todos os anos no aniversário de Jameson. No ano seguinte, seu avô faleceu. Quando ele foi brindar o avô em seu trigésimo aniversário, a visão de apenas duas garrafas abriu um buraco em seu peito. Ele não conseguiu manter a tradição nos últimos dois anos, e optou por guardar as garrafas o

máximo de tempo possível, outra maneira de preservar a memória do homem que foi como um pai.

Margery nunca teria dado aquela garrafa a Dani. O que significava que ela se serviu sozinha de um dos bens mais preciosos dele. De todas as garrafas em sua adega, mais de mil e duzentas, aquela foi a que ela escolheu?

Por que ela não perguntou?

Por que você não mostrou a ela, como um anfitrião adequado faria?

Ignorando esse pensamento, Jameson marchou para fora da cozinha, atravessou o saguão e subiu as escadas para a ala leste da casa. Quando chegou perto do banheiro de Dani, foi atingido pelo som de alguém cantando. Era ela? Ele não sabia que ela também era cantora. Tinha uma voz adorável, um contralto suave que acariciava seus ouvidos como o canto de um passarinho.

O que ele poderia ter apreciado em qualquer outro momento, mas não naquele.

Não depois do que ela tinha feito. Esqueça deixar a taça no corredor e se retirar...

Jameson abriu a porta do banheiro.

Espuma.

Ela estava cercada de bolhas, parecia um sonho, a espuma deslizando pela perna bem torneada...

Ainda bem que ele estava com raiva.

— Quem te deu permissão para abrir esta garrafa? — perguntou ele, segurando-a pelo gargalo.

Dani arregalou os olhos e tombou a cabeça para trás.

— Como é?

— Você sabe o que fez?

Ela se sentou e a perna desapareceu — para a decepção dele — sob a superfície da água.

— Você disse para eu ficar à vontade e Margery disse que eu tinha permissão para explorar a adega e escolher algo para beber. Ninguém disse: "Aqui, pegue a garrafa que quiser... exceto esta!"

O coração dele batia tão forte que Jameson mal a ouviu.

— Esta garrafa foi presente do meu avô. É uma das duas garrafas que sobrou! Você gosta de champanhe? Poderia ter escolhido qualquer garrafa. A Krug Collection 1989, a Louis Roederer Cristal 1997, a Dom 1997...

Jameson se encolheu quando algo molhado o atingiu no peito. Boquiaberto, ele olhou primeiro para a bola colorida de malha no chão e depois para a espuma deslizando em sua camisa.

— Você jogou uma esponja em mim?

Dani pressionou os lábios em uma linha fina.

— Você precisava esfriar a cabeça, porra.

— É água quente.

— Serve.

O que estava acontecendo com a vida dele? Em questão de dias, sua existência calma e ordenada tinha sido virada de ponta-cabeça por aquela rapper norte-americana que o fazia se revirar entre irritação, fascinação, divertimento, incômodo e desejo de tirar o fôlego.

E a rainha queria que ele permanecesse imerso nesse caos!

Enquanto tentava se acalmar, Jameson colocou a garrafa de champanhe na penteadeira mais próxima. Ele tirou a camisa de dentro da calça e começou a desabotoá-la, já se sentindo enojado pela sensação do tecido encharcado contra sua pele.

A água respingou.

— O que acha que está fazendo?

Quantas esponjas ela tinha?

Ele ergueu o olhar.

— Não se atre...

Ele se calou na hora. O som que ele ouvira não era Dani se preparando para lançar outro míssil ensaboado. Ela havia se levantado da banheira, o corpo pingando, brilhando, perfeito. Seus seios grandes pairavam acima de um longo torso magro, cintura fina e quadris redondos e voluptuosos. Tudo estava coberto de bolhas brilhantes que deslizavam, contrastando com sua pele negra.

Erguendo o olhar, Jameson a viu de olhos semicerrados, as bochechas ficando vermelhas. Ele se lembrava daquela expressão. Tinha visto no rosto dela pouco antes de enfiar dois dedos entre suas pernas.

Ele queria ver de novo. E daquela vez, seu pau faria as honras.

Seus primeiros passos foram hesitantes, dando a Dani tempo e oportunidade para interromper. Dizer algo. Dizer não.

Ela ficou em silêncio.

Jameson se aproximou da banheira e esperou.

Dani inspirou fundo e então arqueou a sobrancelha.

Sem interromper a batalha visual, ele tirou os sapatos oxford e entrou na água. Ela se lançou para ele e passou os braços em volta do seu pescoço. O corpo encharcado pressionou o dele, e seus lábios se encontraram em um beijo ardente.

A sensação da pele lisa e escorregadia causou um curto-circuito nos sentidos do príncipe. Jameson só conseguia prestar atenção nela. Nos gemidos ofegantes, no leve aroma floral que provocou suas narinas. Na exuberância da bunda dela.

Deus, a *bunda*...

Ele acariciou os glúteos carnudos e seu peito pareceu explodir.

Jameson passou semanas fantasiando sobre aquela mulher, tendo visões tão vívidas que acordava com o pênis duro e frustrado por não estar realmente dentro dela. E depois da noite anterior, ele sabia que nada que havia sonhado se comparava com a realidade.

Quando não conseguiu mais ignorar a necessidade por ar, ele se afastou, mas uma força invisível o puxou de volta. Ele beijou o pescoço dela e deslizou a língua pela curva de sua clavícula. Dani se agarrou em Jameson, a cabeça jogada para trás, seus cachos macios contra o braço dele.

— Desculpe pelo champanhe. — Ela arfou. — Eu não sabia.

— Que champanhe? — resmungou ele, antes de beijá-la outra vez.

Dani era uma chama sensual em seus braços, e Jameson estava surpreso por ser tão bom.

Tão natural.

Tão certo.

Por que a espuma borbulhante deveria ser a única sortuda? Curvando-se, Jameson enfiou um mamilo de ponta escura na boca. Ela sibilou e segurou a cabeça dele com força contra si. O coração dele martelava dentro do peito, e ele banhou o mamilo, alternando entre puxões longos e profundos e movimentos rápidos com a ponta da língua. Ela se contorceu em seus braços, os sons fazendo o pau dele inchar com o desejo.

Como em qualquer tarefa que empreendia, ele fazia tudo com uma atenção meticulosa, então se concentrou no outro mamilo, usando a língua e dedos para adorá-lo com o mesmo cuidado e devoção que usara com o primeiro. Os gemidos e arfares dela quase o enlouqueceram, e uma onda de urgência o pegou desprevenido.

Jameson caiu de joelhos, e a água do banho com perfume de rosas respingou no chão. Não importava. Nem o fato de que suas roupas ficaram encharcadas. A reação dela era algo que ele não sabia que desejava até então e precisava de mais. Ele agarrou os quadris de Dani e beijou com a boca aberta a carne firme da barriga dela, e adorou quando ela se apertou contra ele e mergulhou os dedos em seu cabelo, puxando os fios com força.

Ele sorriu com a leve pontada de dor e rodou sua língua no umbigo dela.

Dani estremeceu.

Ele lambeu o caminho do osso do quadril esquerdo até o direito antes de descer e acariciar a pele lisa e a faixa de cachos ásperos entre suas pernas.

— Posso te provar?

Dani ficou parada e o encarou com os olhos semicerrados.

Jameson esperou, prendendo o ar de antecipação.

Ela assentiu.

Tonto de alívio, ele deslizou a mão na água morna e envolveu os dedos ao redor do tornozelo dela. Levantando a perna, ele colocou o pé descalço de Dani na borda da banheira e gemeu quando a pele rosada e molhada ficou exposta ao seu olhar.

— Lindo — arfou ele.

Jameson enganchou um braço ao redor de sua coxa levantada e se inclinou para frente, colocando a boca nela.

Os quadris de Dani tremeram, mas ele a segurou firme e explorou seus lábios inchados, puxando os lábios menores dilatados e chupando o clitóris estimulado. Ela gritou quando seu gosto explodiu na língua dele. Ele tinha o ponto de vista perfeito para observá-la, sua cabeça jogada para trás, olhos fechados, boca aberta.

Ela era linda pra caralho, e ele não conseguia respirar.

Ela acariciou a parte de trás da cabeça dele e enfiou a boceta em seu rosto.

— Isso aí, amor — murmurou Jameson. — Fode minha boca.

Ele tomou tudo. Segurando-a contra si, agitou a língua contra a pele sedosa e úmida que ela esmagava contra sua bochecha, seu nariz, seu queixo. Os gemidos o deixaram louco. Ele precisava de mais, então arrastou o dedo médio para o ânus dela e contornou a abertura. Quando ela não ficou tensa ou se afastou de seu toque, ele gentilmente inseriu a ponta do dedo para dentro.

— Caralho, amor — ela arfou e se retraiu, privando-o de seu sabor, mas enchendo as palmas das suas mãos com sua bunda.

Jameson fodeu com o dedo a entrada enrugada enquanto movia seu rosto mais perto para recapturar o clitóris e chupá-lo novamente.

— Ahhh, é isso, amor... bem aí...

Com um grito e um arrepio, Jameson sentiu ondulações através do corpo escorregadio dela, Dani gozou, arquejando e arqueando as costas, os dedos enfiados nos ombros dele.

Rápido, ele a ergueu em seus braços e saiu da banheira, tomando cuidado para ter certeza de que aterrissaria no tapete e não no mármore molhado e escorregadio. Em duas passadas, alcançou o banco estofado sob a janela e a deitou.

A mão mergulhou entre as pernas dela, os dedos deslizando pelas dobras dos lábios, seu polegar encontrando o clitóris.

Dani se apoiou nos cotovelos e agarrou seu pulso.

— Espera, para!

Jameson paralisou.

— O quê?

Ele estava respirando como se tivesse corrido uma maratona. Tinha feito algo errado? Interpretado mal a situação? Agido rápido demais?

Os olhos dela estavam distantes e a língua umedeceu os lábios.

— Eu quero. Sério. Mas... droga, isso é constrangedor.

Ele não conseguia pensar em algo angustiante o suficiente para interromper o que estavam fazendo.

— O que foi? Pode me contar.

— Preciso hidratar minha pele.

Ele pestanejou. Tinha ouvido direito?

Não fez a pergunta em voz alta, mas Dani deve ter lido a sua expressão, porque disse:

— Eu sei. Eu sei. Mas se eu não fizer agora, vou ficar com coceira e não vou poder aproveitar. Droga, Jay, não esperava que você fosse me foder!

Ele riu, dividido entre o alívio de ela ainda o querer e a incredulidade de estar naquela situação.

Hidratante. Certo.

— Onde está?

Dani apontou para a penteadeira, onde ele viu vários frascos e potes coloridos.

— O azul.

Jameson pegou um pote grande com o rótulo "Creme Corporal Mela-Skin" e o levou até ela.

Dani estendeu a mão.

— Vou ser rápida.

— Não quero essa palavra associada a nada do que estamos fazendo. — Ele queria saborear a experiência. Seria a única. — Posso?

Ela deu um sorrisinho de lado.

— Tudo bem.

Girando a tampa, ele pegou uma pequena quantidade do creme. Ela deu uma risadinha.

— Não fica com medo. Vai precisar de mais do que isso.

Jameson pegou um bocado.

— Melhorou?

— Muito — respondeu ela, seu tom baixo deliciosamente rouco. — Isso é um bom presságio para nós, Jay. Você aceita bem ordens.

Ele esfregou a loção nas mãos.

— Por onde você começa?

— Pelos braços.

Ele começou pelo ombro e passou o creme na pele dela. Ela arfou, mas, fora isso, não emitiu nenhum som. Sua pele era macia e aveludada; ele poderia passar horas tocando-a. Ele segurou o pulso dela com uma das mãos e acariciou com a outra a parte superior do braço, o cotovelo e o antebraço. Então repetiu os cuidados no outro.

— E agora? — perguntou ele com a boca seca.

— Meu corpo — disse ela.

Que Deus desse forças a ele!

Pegando mais creme do pote, Jameson se virou para ela e respirou fundo. Dani estava reclinada contra o banco, um pé apoiado na almofada, o cabelo uma nuvem volumosa de cachos, a pele nua úmida e corada. Aquela mulher era uma tentação irresistível.

Ele pressionou as mãos contra seus seios.

— Caralho! — gemeu ele quando os picos endurecidos rasparam suas palmas.

Dani pestanejou e reclinou a cabeça. Ele olhou para a longa e graciosa coluna de seu pescoço, então engoliu em seco e massageou o creme em seu peito, devagar e saboreando o peso dos seios, a pele sedosa, a forma como ela arqueava sob seu toque. Ele deslizou as mãos trêmulas de desejo pela barriga dela, certificando-se de não ignorar as laterais do torso.

Jameson pigarreou.

— Acho que faltam as pernas.

Dani escorregou para a beirada do banco e pôs os pés no chão.

— Faltam.

Ele ficou de joelhos diante dela e, segurando as pernas de Dani, abriu suas coxas.

Foi a vez dele de lamber os lábios quando viu a boceta nua, e não pôde resistir a se inclinar para frente e pressionar um beijo bem ali.

Endireitando-se, ele mergulhou os dedos no pote e espalhou um pouco de loção em cada coxa, canela e peito do pé. Então esfregou, bem e rápido, certo de que não demoraria muito mais antes de gozar nas calças.

— Está bom? — arfou ele, se controlando com uma força de vontade que não sabia que tinha.

— Pode acreditar — respondeu Dani.

A resposta dela diminuiu a tensão o suficiente para ele se levantar e retirar o resto das roupas. Seu pau inchou mais com a franca admiração no rosto dela enquanto Dani observava.

Ela o chamou com o dedo indicador.

— Vem aqui, Sua Alteza Real.

Ele deu um passo à frente, e então praguejou.

— Ainda não temos camisinha.

Caramba! Ele era um idiota teimoso. Quando parou na farmácia perto do campus naquela manhã, evitou propositalmente aquele corredor, acreditando que não comprá-las impediria alguma coisa.

Burro!

— Não se preocupe.

Graciosamente, ela se pôs de pé e deslizou até a penteadeira. Pegando uma bolsa de couro preto brilhante, ela puxou uma embalagem dourada e jogou para ele.

— Odeio estar despreparada tanto quanto odeio não ter o que eu quero.

Ele colocou a proteção, e ela o empurrou no sofá, mas quando ele a alcançou, ela balançou a cabeça. Dani se virou, e ele mal teve tempo de apreciar a bunda deliciosa e grande antes que ela descesse entre suas coxas, agarrasse a base de seu pau e deslizasse para baixo.

Puta merda!

Os olhos de Jameson reviraram. A sensação era inacreditável. Sua boceta agarrou o pau dele em um abraço de urso, o prazer a um passo da dor. Ele passou a mão pelo meio das costas dela e agarrou seus quadris, sua silhueta uma composição erótica que ameaçava rasgar em pedaços a força de vontade dele.

    Quando estava totalmente sentada, Dani assobiou e se mexeu em seu colo, o movimento enviando espasmos de êxtase pela espinha dele. Apoiando as mãos no sofá, ela olhou para Jameson por cima do ombro.

— Segure firme e tente acompanhar.

Capítulo Quatorze

Os amigos dele, nada / Papinho só de madrugada / E pede pra te ver pelada / Olha no espelho e analisa essa parada / Ele não te dá respeito, toma vergonha na cara

— Duquesa, "Furiosa"

Jameson grunhiu e se recostou na cama.

— Meu Deus, mulher, o que você está fazendo comigo?

Dani estava se perguntando o mesmo sobre o efeito que ele tinha sobre ela.

Ela beijou o peito dele e se aconchegou, colocando a perna sobre as coxas dele.

— Se não sabe, devo estar fazendo errado.

Ele a abraçou de lado e passou os dedos pelo seu corpo.

— Não, você está fazendo tudo certo.

Jameson inclinou a cabeça, e seus lábios se encontraram. Os beijos dele eram divinos. Vagarosos, suaves, meticulosos. Como se ele não tivesse nada melhor para fazer e lugar nenhum onde precisasse estar. Como se descobrir os planaltos, texturas e cumes da boca dela fossem o trabalho de sua vida.

— O que quero dizer — disse ele quando enfim se separaram — é que eu não faço isso. Não uso a antiga sala de estar pra pegar mulheres e definitivamente não vou atrás delas enquanto tomam banho.

— Você não me ouviu reclamar, ouviu? — perguntou Dani, acariciando os pelos do peito dele.

Se alguém lhe dissesse que, depois de vários dias de viagem, ela transaria com um príncipe às duas da manhã, ela teria perguntado o que a pessoa estava fumando e se poderia arranjar um para ela.

E, no entanto, ali estava Dani.

A noite passada tinha sido boa demais. E não porque fazia tanto tempo que teias de aranha tentaram reconstruir seu hímen, mas porque ela não esperava o que conseguira. Quem diria que um príncipe todo certinho poderia fazer o que tinha feito? E dizer o que tinha dito? Ela pensou que seria um pouco mais... normal. Mais papai e mamãe, debaixo das cobertas com as luzes apagadas. O que teria sido bom. Em vez disso, ele a tinha virado de ponta-cabeça, batido na sua bunda e a feito gritar seu nome.

Dani tinha amado cada momento.

E embora a parte do "príncipe" fosse suficiente para algumas mulheres se excitarem, isso não a abalava.

O que a abalava?

O corpo dele.

Ele era alto, tinha o tipo de físico que as pessoas não esperavam de um professor de filosofia. Jameson não era definido como muitos dos artistas e atletas que ela conhecia. Ele passava o tempo dando aula, e não em uma academia ou com um personal trainer, mas seu corpo ainda era rígido, proporcional e simplesmente gostoso.

E sua admiração não se limitava ao corpo daquele homem. Ela adorava o que Jameson era capaz de fazer. Dava para perceber que não fazia aquilo com frequência, mas ele sabia como usar as mãos, os dedos, a língua, os dentes, a boca.

E o pau.
Ele deve ter sido agraciado com dons naturais.
E ela queria explorar mais esses talentos.
Dani traçou uma linha com sua unha de ponta dourada ao redor do mamilo dele e sorriu quando Jameson estremeceu.
— Quando foi a última vez que você transou?
— Como é?
O choque na voz dele a fez rir. Apesar de suas habilidades na cama, ele era tão certinho fora dela que uma parte de Dani se divertia sendo grosseira.
— Porra, Jay. Quando foi a última vez que você *fodeu* alguém?
Jameson a encarou.
— Cinco minutos atrás?
Ela deu um soco no peito dele.
— Antes de mim?
Ele se sentou.
— Faz um tempo.
Dani franziu a testa.
— Mas você gostou do que fizemos, certo?
Ele se arrastou para trás a fim de se recostar contra a cabeceira, e então a trouxe para perto.
— Se você precisa perguntar, então *eu* estou fazendo algo errado!
Dani se aconchegou na lateral dele. Que desperdício de um dos recursos naturais da Inglaterra. Se bem que...
— Se você se divertiu e eu me diverti, que tal a gente *aproveitar* mais algumas vezes enquanto estou aqui?
Ele ergueu o queixo dela e a encarou.
— Só sexo? Sem compromisso?
Dani deu de ombros.
— Eu não me importaria de me comprometer a fazer algumas coisas...

— Quero dizer sem alegações de gravidez ou me ameaçar de contar à imprensa se não nos casarmos ou fingirmos estar namorando por pelo menos um ano?

Mas que...

— Isso aconteceu com você?

— Algumas vezes.

Ela não sabia por que aquela revelação tinha sido uma bomba. As pessoas pareciam perder sua bússola moral quando se tratava de dinheiro e poder. Ela havia tido contato tanto com homens quanto com mulheres que faziam coisas horríveis para viver um estilo de vida luxuoso sem ter que se esforçar.

Dani se afastou dele e alcançou a gaveta de cima da mesa de cabeceira ao lado da cama. Encontrando o que procurava, ela o colocou ao lado da lâmpada e se aconchegou contra a lateral dele.

— Estou trabalhando em um acordo importante que vai precisar de todo o meu tempo e atenção. Não quero engravidar ou me casar, fala sério. Por que eu ia querer ser sua princesa? Sou minha própria Duquesa.

Um sorriso curvou os cantos dos lábios dele.

— Tudo bem. Eu vou... falar sério.

Em um movimento rápido e suave, ela deslizou sua coxa sobre as dele e montou em Jameson, encaixando o pau entre suas pernas e esfregando seu clítoris nele.

— Você está rindo de mim?

Ele arfou e agarrou os quadris dela.

— Eu não faria isso. Só quero te provocar um pouquinho. — Jameson levou o dedão aos lábios dela e o empurrou para dentro da boca. — Pensei que gostasse das minhas provocações.

Dani gemeu, lambendo-o.

— Eu gosto. Eu amo.

Ele pressionou o dedo, molhado de saliva, contra o clítoris dela.

— Ótimo. Me diz, o que é isso?

Ela jogou a cabeça para trás e se esfregou, a pressão... incrível... pra... caralho.

— O que é o quê?

— O pano que você pegou da gaveta. Quem vai amarrar quem?

Amarrar? Pano?

Dani não conseguia pensar em mais nada enquanto o sangue deixava o cérebro dela e montava acampamento entre suas coxas.

Da gaveta? Ah.

— Aquela é... a minha... TOUCA.

Jameson ficou parado.

— Como é?

— Minha touca de cetim. — Quando ele não voltou aos movimentos, Dani suspirou. — Uso à noite para proteger meu cabelo.

— De quê?

A expressão de surpresa no rosto dele a fez ter uma crise de riso tão intensa que caiu para trás, de bunda para o ar, ao lado dele.

— Ai, meu Deus — arfou ela.

— Qual é a graça? — quis saber Jameson, adoravelmente mal-humorado.

— Você nunca namorou uma mulher negra, não é?

— Já, sim — respondeu ele, um músculo pulsando em sua mandíbula.

— Tá, tá. — Dani se sentou. — Me deixe reformular. Você já dormiu com uma mulher negra?

— Não.

— Então não se preocupe. Não vale a pena te explicar sobre cabelo crespo, isso só vai durar algumas semanas mesmo.

— Você usa a touca toda noite?

— Sim.

— Então quero saber.

Ela passou os dedos ao longo da mandíbula dele, agradecida quando relaxou sob seu toque.

— Mais tarde. Quero falar de outra coisa.

— Sou todo ouvidos.

Jameson pôs as mãos atrás da cabeça, um gesto não calculado que teria deixado milhões de pessoas de joelhos se tivesse sido capturado em uma tela.

O fogo entre as coxas dela acendeu em resposta.

Foco, Dani. Isso é importante.

— Vamos manter isto entre nós.

— Não tenho intenção de contar para a imprensa.

— Não a imprensa. Todo mundo. Os funcionários, seus amigos, meus amigos. Acho que a gente não precisa lidar com uma bomba dessas.

— Concordo.

Ah, se todas as negociações dela tivessem sido tão fáceis.

Ou divertidas.

— Obrigada — disse Dani, beijando-o, permitindo que sua língua se enroscasse a dele brevemente antes de se afastar.

Ela desceu pelo corpo de Jameson, roçando seu mamilo com os dentes, deixando beijos ao longo do osso do quadril, até que alcançou seu pau, que estava alto e orgulhoso à sua frente. Ela o agarrou e o pressionou contra a bochecha, dominada por uma dose de afeto lembrando o prazer que lhe dera. Dani lambeu a ponta, e ele gemeu.

— Duquesa!

Ela o olhou.

— Jay?

— Hmmm? — O gemido dele foi baixo, gutural.

— Acho que agora você pode me chamar de Dani.

DANI INCLINOU A CABEÇA de lado e tamborilou uma unha em seu lábio inferior.

— Eu estava errada. *É* maior que o seu.

Jameson se retraiu.

— Até para um príncipe com um... ego saudável, isso não é algo que um homem queira ouvir.

Rindo, ela bateu no braço dele enquanto encarava o grande edifício à frente. Depois de vários dias transando até que o corpo dela zumbisse, Dani pensou que estaria cheia dele. Mas, quando o via, imaginava todas as coisas que Jameson fizera com as mãos e boca da última vez que estiveram juntos, o calor se acumulava entre suas coxas e, antes que se desse conta, estavam transando de novo.

Era um ciclo de sexo intenso.

— Um dos parques privados mais lindos do país — dizia Jay. — Mais de quinze mil acres. A família Baslingfield é dona desta propriedade desde o século XVII.

Ele a levara para um passeio no interior, até uma propriedade chamada Baslingfield Court. Dani não conseguia imaginar como era ter tantas terras assim. Ou ter algo na família por tanto tempo.

Ele a conduziu até a porta da frente. Quando tentou entrar, ela o puxou.

— O que está fazendo?

— Não quer ver lá dentro?

— Claro, se não for invasão.

Jameson estendeu a mão.

— Vamos ficar bem.

Dani o observou, reconhecendo a confiança que aquele gesto demonstrava. Seguindo sua intuição, ela segurou a mão dele e o seguiu para dentro da casa.

Na primeira sala, o maior tapete que Dani já tinha visto cobria o brilhante piso de madeira escura. A mesma madeira envolvia as paredes, esculpida em um desenho requintado e intrincado.

A quantidade de trabalho que deve ter dado para completar aquela sala, grande como alguns apartamentos, teria sido insana. E, quando ela olhou para cima, ficou impressionada com a composição elaborada no teto.

Era um lugar espetacular.

— Deve ser inspirador viver num lugar que parece uma obra de arte — arfou ela, encarando a magnífica vista emoldurada por janelas com cortinas luxuosas, feitas de um tecido floral cintilante.

— Basta ver uma sala de estar para ver todas — afirmou ele, com as mãos nos bolsos, a imagem da elegância casual.

— Tá de brincadeira?

— Não. É legal, mas várias casas de campo têm uma sala dessas. Passei a maior parte da minha infância em lugares assim.

Uau.

Ela parecia estar se divertindo quando lhe deu as costas e foi até a enorme lareira do século XVIII que ia do chão ao teto. Em apenas uma semana, Dani passou a vê-lo como Jay, um professor britânico, inteligente e sexy cuja boca, quer fosse o sotaque ou a língua dele, mexia com ela.

Mas ele não era Jay. Era o príncipe Jameson. Com certeza tinha visto muitos lugares como aquele.

— Tivemos criações completamente diferentes. Eu só conseguiria ver algo assim em um museu.

O ar de superioridade foi embora.

— Eu devo soar como um pateta. Desculpe.

Dani dispensou as palavras dele com um gesto indiferente. Talvez ele também estivesse confundindo as coisas. Vendo-a como Duquesa, mas esquecendo que ela cresceu como Dani.

Os fãs de Dani sabiam muito bem como a infância dela havia sido, e, nos Estados Unidos, não é muito difícil conhecer pessoas que passaram pelas mesmas experiências que ela. E mesmo que ninguém conhecesse sua história, não era difícil imaginar o que ela passou, já que muitas pessoas acreditam que os rappers "de verdade" vêm da pobreza.

Uma discussão para outra hora.

Mas Jay conhecera Dani como Duquesa, e pensara que a vida dela tinha sido sempre assim.

Outra diferença entre eles.

— Foi difícil para você? Sua infância? — perguntou ele.

Dani ficou tensa, já prevendo a sensação de curiosidade e pena que sempre acompanhavam essa pergunta.

— Às vezes. Mas eu não mudaria nada. Me transformou em quem eu sou hoje.

A risada divertida dele a surpreendeu.

Dani se encolheu.

— Sério? Acha meu sofrimento engraçado?

— Claro que não — respondeu ele, com um olhar compreensivo. — Mas por mais que nossas experiências tenham sido diferentes, nossa resposta ainda é a mesma.

— Como assim?

— Reconheço uma resposta engessada quando escuto uma. Nas raras ocasiões em que sou forçado a dar entrevistas, me perguntam como foi crescer sendo parte da família real, então respondo — ele pigarreou — "somos como a maioria das pessoas, temos nossas manias, tradições e desentendimentos. Acontece que nós chamamos a atenção de milhões de pessoas, em vez de apenas dos nossos vizinhos".

Dani o encarou, e os dois caíram na gargalhada.

Ela pressionou suas bochechas doloridas.

— É muito ridículo, não é?

— É. Ninguém quer a verdade.

— Eles não querem — concordou ela. — Pelo menos não de mim. Se eu fosse homem, iam querer saber sobre meu passado de gângster, vendendo cocaína ou atirando em pessoas. Mas como sou mulher, querem saber se eu era stripper, se usava drogas, ou com quem eu transei para entrar na indústria.

— Foi isso o que aconteceu? — perguntou ele baixinho.

— Não. Eu contaria se fosse. Eu era uma menina que gostava de ler e que teve o azar de ter pais jovens demais que não estavam preparados para ter uma filha. Mas tive a bênção de ser cuidada por uma avó que me amava e, depois, por outra família. Consegui um emprego em um estúdio e, por sorte, isso me trouxe até aqui. Se você procurar, vai me ver tentando explicar isso em entrevistas. Mas essa história não é o suficiente para eles, então acabei parando de tentar.

Jameson assentiu.

— Entendo. Como parte da realeza, as pessoas querem que nossa vida seja glamorosa. Imaginam a própria infância e o que acreditam que as faria felizes, e é isso o que querem ouvir. Querem que a gente tenha tido uma criação cheia de privilégios. Acham que a gente só se divertia o tempo todo.

— E não foi assim? — Dani perguntou, imitando o tom dele de antes.

— Foi. Às vezes. Eu não diria que foi horrível. Eu não precisava me preocupar com casa, comida ou se minha mãe me amava. Mas a experiência também foi muito solitária, limitante e às vezes assustadora. E depois que meu pai morreu...

Ele desviou o olhar.

Dani era muito diferente daquelas outras pessoas? Havia uma parte dela que presumira exatamente o que ele dissera. Não que a vida dele tenha sido perfeita, mas que certamente tinha sido melhor que a dela. Observando Jameson evitar seu olhar, Dani se lembrou do ditado que dizia que uma gaiola dourada ainda era uma gaiola.

Ela se aproximou e o abraçou.

— Eu não sabia isso do seu pai. Nem do resto. Lamento, Jay.

— Eu também.

Eles ficaram assim por um tempo, e Dani tentou demonstrar o máximo de empatia, compaixão e compreensão que podia. Jameson se moveu, ergueu a cabeça dela, pressionou sua bochecha e a beijou com paixão. As línguas se entrelaçaram, e ela agarrou seu suéter enquanto uma inesperada sensação de afeto ameaçava tomar conta dela.

De longe, Dani ouviu alguém pigarrear.

— Sua Alteza Real? — Um jovem baixo de cabelo castanho estava na porta.

Ela interrompeu o beijo e enterrou o rosto no peito dele. Dani nunca se considerou tímida, mas não estava preparada para a intimidade de um abraço, algo que ia além da satisfação sexual.

Isso não pode estar acontecendo. Era pra ser uma coisa temporária. Agora não é hora de me apegar!

Dani se afastou e forçou uma risada.

— Eu não sabia que salas de estar te excitavam tanto.

Ela manteve a voz baixa, embora o intruso estivesse a metros de distância.

— Nem eu.

Ela pegou a mão dele, ansiosa para pegar outras partes de seu corpo.

— Vamos voltar para casa e resolver isso.

Jameson a trouxe para mais perto e sussurrou em seu ouvido:

— Eu não vejo a hora. Mas ainda não. Tenho outra surpresa.

A proximidade dele só a deixou mais excitada.

— Tem?

A pessoa que os interrompera deu um passo à frente.

— Por aqui.

— Você o conhece? — perguntou Dani, cedendo ao pedido do jovem.

— Ele é filho de um dos meus caseiros.

Igual em Downton Abbey.

— Os cargos passam de geração a geração aqui, né?

Ele se indignou.

— Como é?

— Só estou dizendo que nos Estados Unidos você pode ser o que quiser.

— Então os Estados Unidos são melhores? Tirando a falta de um sistema universal de saúde, custos exorbitantes para serviços humanos básicos e o racismo institucional e estrutural?

Dani parou e pôs a mão quadril.

— Quer mesmo falar disso? Agora?

Jameson se aproximou e a beijou.

— Não, não quero.

Ótimo, porque ela também não queria. E era isso que estava tentando dizer.

— O que quero dizer é que se tivesse crescido aqui, eu provavelmente estaria te guiando, não te acompanhando.

— Então graças a Deus pelos Estados Unidos — disse ele, com um beijo rápido.

Eles seguiram por vários corredores ladeados por peças de mobília antiga e enormes retratos a óleo de parentes falecidos até que o jovem alcançou uma porta que manteve aberta para eles.

— Obrigado, Tom. E lembre-se, nem uma palavra.

O jovem assentiu e se afastou.

Jameson deixou que Dani fosse na frente. Em meio à escuridão, ela ficou boquiaberta ao ver uma enorme tela de cinema e uma multidão reunida em cadeiras dobráveis ou cobertores.

— O que está fazendo? Ficar no mesmo lugar que oitenta pessoas não é manter as coisas em segredo.

— Ninguém vai nos ver.

Ele a levou para longe da multidão, para uma tenda escondida por arbustos paisagísticos onde eles podiam ver tudo sem serem observados. No interior, havia uma pequena plataforma elevada, uma namoradeira, travesseiros, cobertores coloridos e uma variedade de petiscos.

— Isso é incrível!

— Eles fazem este evento duas vezes durante o verão, mas vim poucas vezes com amigos. Pensei que seria divertido, com o bônus de ficarmos juntos sem sermos notados.

— É perfeito.

Jameson a acariciou.

— Sente-se. Vou pegar algo para você comer e beber.

Dani sorriu para ele.

— Você pensou em tudo. Sabe o que vai passar?

— Sei.

Um homem ficou diante da enorme tela.

— Bem-vindos ao Cinema a Céu Aberto em Baslingfield Court!

Enquanto todos aplaudiam, Dani se inclinou para a frente, animada com a ideia de fazer parte daquilo, mesmo que secretamente.

Como se ela e Jameson estivessem em seu próprio mundinho.

— Estamos muito felizes por vocês terem vindo. Esta noite exibiremos *Uma Linda Mulher*.

Mais assovios e aplausos.

O homem riu.

— Maravilha. A gente sabia que vocês iriam adorar rever esse clássico. E especialmente nesta noite, teremos uma exibição dupla. Confiem em mim, se vocês não ficarem será um, digam comigo...

— Grande erro! — respondeu a plateia em uníssono.

— Exatamente. O segundo filme é outro clássico da Julia Roberts, mas gravado no nosso quintal. *Um Lugar Chamado Notting Hill*, com Julia, Hugh Grant e aquela porta azul icônica!

Um Lugar Chamado Notting Hill? Jay não tinha mencionado esse filme na outra noite? Do mesmo cara que escrevera *Quatro Casamentos e um Funeral*?

Jameson se sentou ao lado dela na namoradeira, e Dani se virou em sua direção, surpresa.

— Você fez isso?

— Eu? — Ele jogou uma azeitona na boca. — Por que você acha que tenho esse tipo de poder?

— Você é um príncipe!

— Não um importante. Só demos sorte.

Dani não sabia se acreditava nele.

— Se foi sorte ou planejado, eu te agradeço.

Ele passou um braço pelas costas do sofá, e ela se acomodou em seu lugar favorito, descansando a cabeça no ombro dele enquanto a cena de abertura era projetada na tela.

— Estou tão animada. Vai ser incrível. *Rá!* Aquele mágico pôs a moeda na mão. Foi tão óbvio. Ai, meu Deus, Costanza! Esqueci que ele estava no filme.

Jameson se remexeu.

— Você vai falar o filme inteiro?

— Não! — Ela fez biquinho. — Bem, talvez um pouquinho. Eu tenho muitas opiniões.

— Sim, você tem. — Jameson a beijou e sussurrou: — Mas estamos tentando ser discretos, não é?

Tá.

Dani ia tentar, mas não ia prometer nada.

Eu podia me acostumar com isso.

O pensamento saiu do nada. Dani deu um pulo para a frente no assento.

— Tudo bem? — Jameson perguntou, os olhos ainda na tela.

— Aham.

Ela se recostou. Ia ficar tudo bem.

Quando ela se lembrasse por que estava ali.

Um príncipe certamente não se encaixava em seus planos.

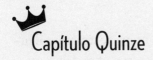
Capítulo Quinze

O amor é uma tela fornecida pela Natureza e bordada pela Imaginação.
— Voltaire

Uma semana depois, Jameson segurou Dani perto dele, uma das mãos no quadril dela, a outra no braço.

— Você está espiando?

Dani tocou a venda.

— Não! Já te falei que não consigo ver merda nenhuma!

— Ótimo — disse ele, enquanto a guiava devagar para o destino secreto.

— Jay! Caramba, aonde você está me levando?

Apesar do tom de briga, a apreensão que ele sentiu na voz e no corpo dela mexeu com seu coração. Duas semanas antes, ele não a conhecia, mas, naquele momento, ele já estava tão íntimo do corpo dela quanto do seu. Ele aprendeu a reconhecer seus arrepios de deleite, gemidos de prazer e como ela ficava sem ar logo antes de gozar.

E Jameson gostava de saber que Dani era muito mais do que a persona que ela apresentava no palco. Tanto que estava envergonhado do que pensara sobre ela antes, como a havia julgado injustamente sem sequer conhecê-la.

Vendo a ofuscante estrutura branca à frente, ele disse:

— Estamos quase lá.

— Tomara que seja bom.

Seria e ele esperava que ela gostasse. Foram necessárias algumas ligações e mexer alguns pauzinhos, mas, no fim das contas, tudo deu certo.

— Pronto. Vou tirar a máscara — avisou Jameson, desfazendo o laço da venda. — Mas fique de olhos fechados.

— Isso pode ter funcionado na cama naquela noite, mas não gosto disso em público.

Jameson não conseguiu conter o sorriso ao se lembrar de como eles se divertiram brincando com os sentidos. Como ele tinha vivido sem receber, como Dani chamara, um boquete com hortelã?

Uma jovem saiu da estrutura.

— Tudo pronto.

Dani deu um pulo.

— Não estamos sozinhos? Ela me ouviu?

— Não. Está tudo bem.

Colocando a máscara preta de cetim no bolso, Jameson ficou ao lado dela.

— Abra os olhos.

Dani os abriu e levou um minuto para se localizar. Franziu a testa.

— Onde estamos?

Ansiedade tomava conta de Jameson enquanto ele a virava.

Dani reconheceu a tenda branca imediatamente.

— Espere. Isto é...? É! É a tenda do *The Great UK Baking Championship*!

A alegria de Dani, que não parava de pular, rir e bater palmas, o encantou mais do que ele esperava. Assim como seu prazer em fazer coisas para ela. Vê-la feliz o deixava feliz.

Ela jogou os braços em volta do pescoço dele, e quando seus lábios se encontraram, aquela sensação familiar que só Dani causava invadiu seu corpo. O gosto, o cheiro, a sensação. Ele queria mais. Mais dela. Mais daquilo.

Mais de tudo.

— Desculpe — pediu Dani, se afastando, sem fôlego.

Os olhos dela estavam marejados e os lábios úmidos. Jameson amava como ela não conseguia esconder o efeito que ele tinha sobre ela. Principalmente porque ele também não conseguia.

— Você não tem que se desculpar por seus beijos.

— Bom saber — murmurou ela, passando o dedão sobre o lábio inferior dele. — Eu provavelmente não devia ter feito isso aqui fora.

Não deveria, mas eles não tinham saído de Primrose Park e os seguranças patrulhavam discretamente as fronteiras da propriedade. As únicas pessoas ao redor eram os funcionários da propriedade. As chances de algo dar errado eram pequenas. Porém, no futuro e fora da propriedade, Jameson precisaria ser mais cuidadoso. O que era difícil, já que a presença de Dani confundia seus pensamentos.

Ela se voltou para a tenda, os olhos castanhos arregalados, os dedos tocando os lábios entreabertos.

— Eu vou estar no programa?

Ele ergueu a sobrancelha.

— Você acha mesmo que cozinha bem o bastante para estar no programa?

— Tem razão.

Ele riu e pegou a mão dela.

— Vem.

O interior era claro e arejado, com um telhado pontiagudo e paredes de vidro. Na parte de trás da estrutura, um balcão turquesa longo e brilhante estava cheio de tigelas, potes de vidro e pequenos eletrodomésticos. Entre as prateleiras abertas havia uma falsa janela em meia-lua com letras iluminadas que soletravam a palavra "bolo". Uma ilha roxa clara com uma bancada de madeira estava centralizada no espaço.

— Ah — disse Dani, franzindo a testa. — Só tem uma bancada.
— É um problema?
— Os detalhes estão perfeitos, mas geralmente há duas fileiras de bancadas em cada lado — observou ela, andando pelo espaço para exemplificar o que dizia — com geladeiras entre as bancadas.
— Hmmm... isso parece estranho. Mas o que é aquilo na bancada? Talvez nos dê uma dica sobre o que está acontecendo.

Ela ter corrido para a ilha em vez de revirar os olhos, como Jameson merecia, era uma prova da empolgação genuína de Dani. Ele era um péssimo ator.

De um lado estava uma superfície reta, preta e brilhante que disseram ser o cooktop. Do outro, estava uma variedade de utensílios e pequenos eletrodomésticos usados na cozinha. E no meio estava uma pilha misteriosa coberta por um tecido xadrez branco e vermelho.

Dani deu um enorme sorriso.

— É exatamente assim quando os participantes estão se preparando para um desafio técnico!
— Um desafio técnico?
— Quando os cozinheiros precisam fazer algo que os juízes escolhem, num tempo curto e com poucas instruções.
— Vejo que você é uma verdadeira fã do programa — disse uma voz, então uma mulher baixa e loira usando blazer e jeans saiu da barraca diante deles.

Dani agarrou o braço de Jameson.

— Ai meu Deus! É a...

— Você está animada por *me* conhecer? — respondeu Melody Lucas, com um sorrisão. — Eu não acredito que a Duquesa assiste ao programa!

Dani se apressou para apertar a mão dela.

— Você é muito engraçada. Eu não sabia muito bem se ia querer continuar assistindo ao programa depois de todas as mudanças e os novos apresentadores, mas...

— Você com certeza deveria — afirmou Melody. — Gostei muito do meu tempo no programa. E quando recebi uma ligação do príncipe Jameson pedindo para que eu participasse desta surpresa, fiquei honrada.

Dani virou os olhos castanhos brilhantes na direção dele.

— Você é incrível — murmurou ela.

O coração dele bateu forte no peito.

— Muito bem — declarou Melody, repentinamente batendo palmas. — Fique na posição.

A expressão de Dani se tornou determinada. Ela assentiu e se apressou para ficar atrás da única bancada no meio da tenda. Dando de ombros, Jameson a seguiu.

Ela o encarou.

— O que você está fazendo?

— Trabalhando com você.

Dani lançou um olhar para Melody, que fez com sim com a cabeça e disse:

— Vocês encontrarão aventais nos cubículos da bancada.

Quando ficaram prontos, Melody abriu os braços e disse:

— Bem-vindos ao Desafio Técnico do Time Real. Geralmente eu faria uma piada e diria aos jurados que eles precisam ir embora, mas hoje somos apenas nós, então vou prosseguir. Caso estejam se perguntando, é a semana do pão.

Dani arfou de horror, e Jameson precisou de toda a força de vontade para não sorrir.

— Para o desafio técnico, vocês farão um dos pãezinhos mais tradicionais da Inglaterra, o *scone*. Vocês devem fazer doze, porque, como parte do meu contrato, levarei alguns para casa para tomar chá amanhã. Vocês têm uma hora. Preparar. Apontar...

— Cozinhar! — exclamou Dani, antes de puxar o pano xadrez e revelar os ingredientes. A expressão dela murchou. — Vai ser um desastre. Não sei fazer isso. *Você* não cozinha nada. E as instruções que eles dão são tipo "Coloque os ingredientes na tigela. Misture. Coloque no forno. Asse". Mas quanto de cada ingrediente? Onde assar? Por quanto tempo? Essas informações importantes geralmente não são dadas. Estamos ferrados!

— Vamos ver as instruções.

Jameson pegou a folha laminada e impressa ao lado.

Dani espiou por sobre o ombro dele.

— Tem uma lista de ingredientes de verdade! E diz para pré-aquecer o fogo a 220 graus. Essas não costumam ser as instruções!

— Você acha que eu arriscaria? O horror que você deixou na minha cozinha com certeza não te deixou tão traumatizada quanto eu.

— Com essas instruções vamos conseguir fazer. *Scones*, lá vamos nós.

— Sua língua é maravilhosamente talentosa com muitas coisas, incluindo assassinar termos ingleses. É *scones*.

— Foi o que eu disse.

— Não, você disse "scone", pronunciando o "e" — explicou Jameson, tentando fazer sotaque norte-americano. — Se fala "scon", com o "e" mudo.

Assim que ele pronunciou a última palavra, um punhado de farinha atingiu seu peito. Não devia ter ficado surpreso, considerando o incidente da banheira, mas ficou.

Jameson ergueu o olhar para um rosto sorridente.

— Você não...

Mais farinha o atingiu.

Quando ela colocou a mão dentro do saco de novo, ele se moveu rapidamente e agarrou-a pela cintura, levando-a para longe da farinha. O grito de prazer de Dani soou alto em seu ouvido, mas ele não se importou. Ele a jogou por cima do ombro, batendo em seu traseiro no processo.

— Me põe no chão!

— Não.

— Jay!

Melody tornou a entrar na tenda.

— Hã, só queria lembrar a vocês que o tempo está passando. Vocês têm cinquenta e quatro minutos.

Ah, se a rainha o visse...

Sua Alteza Real príncipe Jameson envolvido em uma guerra de comida!

Em público!

Mas ela não está aqui. E eu fui cuidadoso.

Ele tinha sido. Encarregara sua equipe de replicar o estúdio do programa e garantiu que Melody Lucas assinasse um acordo de confidencialidade. Ele estava autorizado a se divertir!

Jameson correu de volta para a estação e a colocou no chão.

— Você vai me pagar por isso mais tarde — declarou ele, semicerrando os olhos.

— Ah, espero que sim — devolveu Dani, sorrindo por sobre o ombro. — Agora pare de brincar. Temos *scones* pra fazer — disse ela, com a pronúncia inglesa.

MAIS TARDE NAQUELE DIA, Dani colocou a cesta de pães no balcão da cozinha da casa principal.

— Foi divertido pra caramba. E foi tão atencioso da sua parte fazer isso. Não acredito que você recriou o programa! Ninguém nunca fez algo assim por mim.

Jameson ficou ao lado dela.

— Acho difícil acreditar nisso. Tenho certeza de que seus ex-namorados te enchiam de presentes.

— Enchiam mesmo.

Ele não gostou daquela aflição no peito.

— Por exemplo?

— Cruzeiros em iates privados, viagens para lugares luxuosos pelo mundo... namorei um jogador da NBA que alugou a arena dele por uma noite para podermos jantar e ele me dar uma aula particular.

Fecha a boca, Jameson. Você não deveria ficar surpreso.

Ele não estava. Ela era uma mulher linda, empolgante e bem-sucedida. Muitos homens fariam qualquer coisa para estar com ela. O príncipe não podia esperar que seus pequenos gestos fizessem o coração dela bater mais forte.

— E mesmo assim, o que você fez por mim, o cinema ao ar livre e a competição de culinária hoje, foram dois dos melhores presentes que já ganhei.

Ele piscou.

— Foram?

— Aham. Meus ex-namorados poderiam ter feito aquelas coisas para qualquer outra garota. Porque aqueles gestos não eram para mim. Eles só estavam tentando mostrar como eles eram importantes. Mas os seus gestos? Você os escolheu pensando em mim.

Jameson tinha mesmo. Recentemente, Dani tinha ocupado um grande espaço da sua mente.

Ela se moveu para mais perto, o corpo deles se tocando.

— Jay, eu gosto de você.

O pulso dele disparou e seu coração bateu forte no peito, como se quisesse se libertar e se fundir ao dela.

— Eu também gosto de você, Dani. Muito.

As palavras, embora inofensivas, tinham o peso e a reverência de muito mais.

— Uau. Essa foi a coisa mais fofa que já vi — disse a mãe dele, acabando com o momento íntimo.

Dani ficou paralisada, e Jameson virou a cabeça para encarar de olhos arregalados a mulher parada na soleira da porta, usando um vestido tubinho azul-claro com casaquinho combinando, o cabelo escuro em um coque elegante.

— Mãe! O que você está fazendo aqui?

— Seu papel de destaque no evento de Marina começa em breve. Onde mais eu estaria? — respondeu Calanthe, aceitando o beijo do filho na bochecha e tentando espiar Dani além dele. — Espero não estar interrompendo.

— Claro que não. — Jameson a pegou pelo cotovelo e a guiou. — Posso te apresentar Dani Nelson? Dani, esta é a minha mãe. Sua Alteza Real Calanthe, Duquesa de Wessex.

Abaixando a cabeça, Dani colocou o pé direito na frente do esquerdo, dobrou os joelhos e desceu devagar antes de se endireitar.

— Sua Alteza Real.

Ele ergueu as sobrancelhas.

— Ah, entendi. Minha mãe recebe uma reverência e eu respostas atrevidas?

Dani arregalou os olhos, sua intenção era óbvia mesmo enquanto balançava a cabeça.

— Isso não é... exatamente verdade.

— Não escute o Jameson — disse a mãe dele. — Isso foi adorável, mas não é necessário. Um aperto de mãos serve. E você pode me chamar de Calanthe.

— Muito prazer, Calanthe. Que nome lindo.

— Obrigada. É incomum hoje em dia, o que pode ser tanto um benefício quanto uma maldição. — Ela sorriu. — Duas duquesas na mesma sala. Isso geralmente é motivo de preocupação.

Dani levou a mão ao peito.

— Você sabe quem eu sou?

— Sei. Me informaram assim que voltei.

— O Comitê da Fofoca, sem dúvida — murmurou Jameson.

— Gostamos de nos manter informadas.

— Você quer dizer que gostam de fofoca — afirmou Jameson.

— Minha avó também era assim — disse Dani, uma dor tomando conta de sua expressão. — Ela tinha um grupo de amigas na nossa rua. Ela costumava dizer que, se era necessário uma comunidade inteira para educar uma criança, então a comunidade inteira precisava estar bem-informada.

— Parece uma mulher sábia — afirmou Calanthe.

— Ela era. — Dani exalou, o sorriso um tanto trêmulo. — Foi um prazer conhecê-la, senhora. Vou para o meu quarto e deixar vocês conversarem.

Jameson ergueu a mão na direção dela.

— Você não precisa ir.

— Não, não — retrucou Dani, apertando a mão dele gentilmente. — Você devia passar um tempo com a sua mãe.

— Ele está certo, Dani, você não precisa ir. Nós vamos falar de você, então é melhor eu conseguir informação direto da fonte. Chá?

Jameson deveria estar nervoso? Ele não tinha certeza, mas não tentou contestar a mãe. Quando ela estava determinada, nada ficava em seu caminho.

— Margery não está aqui.

— Posso fazer o chá. Fui eu que a treinei.

Enquanto a mãe dele começava a trabalhar na cozinha, ele pegou uma cadeira para Dani na mesinha do canto.

— A realeza! Gente como a gente — disse Dani, parecendo entretida.

— Como é?

— Nos Estados Unidos isso poderia ser a chamada de alguma revista onde celebridades são flagradas fazendo coisas rotineiras, como abastecendo o carro ou tomando um frappuccino de baunilha no Starbucks ou, que horror, no supermercado.

— Pelo seu tom, você foi flagrada assim e não gostou.

— Se eu gosto ou deixo de gostar é irrelevante. Vende.

Ele entendia o sentimento bem demais.

— Eles não fariam histórias aqui assim. Não a respeito da *minha* família.

— Por que não?

— Porque todos estão acostumados com a gente *não* sendo normal. É parte do nosso contrato não oficial com o público. Ficamos em um pedestal um pouco elevado, alto suficiente para que olhem para cima, para nós, mas a ponto de parecermos antipáticos ou detestáveis.

Dani franziu a testa.

Informação demais, Jameson. Ela não quer ouvir sua historinha de pobre garoto da realeza.

Forçando um sorriso despreocupado, ele disse:

— Mas isso nunca impediu minha mãe. Ninguém consegue mantê-la fora da cozinha. Ela sempre foi assim.

— Ele está certo — concordou Calanthe. — É por isso que ele conseguiu viver uma vida relativamente normal. Diferente de suas tias e tio mimados.

— Mãe! — exclamou Jameson. Ele pigarrou e tentou controlar a conversa. — Como estava o sul da França?

— Maravilhoso, como sempre. O clima estava ótimo, e a companhia... — Suas bochechas ficaram vermelhas. — Mas não mude de assunto. Tem certeza de que quer essa celebração?

Que escolha ele tinha?

— Não é tão ruim quanto parece. A rainha quis fazer algo em homenagem ao meu avô. Ela sabe como éramos próximos e pensou que eu ia querer fazer parte.

Calanthe deu a ele um olhar afiado.

— Ela também sabe como você odeia se expor.

— Você odeia? — perguntou Dani.

— Desde que ele era pequeno. Uma vez, Jameson foi em uma missão voluntária ao Chile com Bettina e alguns outros primos distantes e o Palácio organizou uma conferência quando eles voltaram. Você devia ter visto. Um adolescente alto e desengonçado. Tão sério. Um vislumbre do que ele se tornou. Estava na cara que ele achava tudo uma perda de tempo.

— Sério?

— É verdade. — Calanthe viu a cesta de pães no balcão. — O que é isto?

Dani se levantou.

— Você não vai querer.

— Talvez eu queira.

— Não foi a Margery que fez. Fomos nós.

— *Nós?* Jameson... cozinhou?

— Ele me surpreendeu e montou uma tenda do *The Great UK Baking Championship* aqui!

Calanthe lançou um olhar a ele.

— Foi mesmo?

Jameson desejou que a mãe não estivesse fazendo aquela cara de surpresa.

Não dê importância para isso.

— Nós tivemos que cumprir um desafio, fazer *scones*. — Dani pressionou os lábios em uma linha fina. — Você parece chocada. Isso não é algo que ele costuma fazer?

— Não, querida, não é.

Dani deu uma olhadela pensativa para ele antes de continuar.

— Esses pães parecem um pouco decentes por causa do esforço dele. Eu não cozinho nem um pouco, minha avó sim. Eu devia ter passado mais tempo com ela na cozinha, aprendendo todas as receitas.

— Sua avó é chefe de cozinha?

— Não. Só uma boa cozinheira. Faz mais ou menos quinze anos que ela faleceu.

— Sinto muito, querida. Infelizmente, isso é algo que você e Jameson têm em comum. Ele também perdeu o pai quando era mais novo.

Jameson ficou tenso. O que Calanthe estava fazendo?

Dani levou a mão à garganta.

— Eu sabia que ele tinha falecido, mas Jameson não me contou como foi.

— Foi difícil para ele. Não porque eram próximos, mas por conta do escândalo na mídia.

O som de seus molares rangendo soou alto nos ouvidos dele.

— Mãe...

— Escândalo?

— O pai de Jameson morreu com a amante.

As palavras o atingiram com a força de um ar gelado, batendo em seu peito, tornando a respiração difícil. Calanthe tinha mesmo tocado nesse assunto? Eles nunca falavam sobre isso, muito menos na frente de uma estranha.

Dani parecia chocada.

— Ah.

Mas Jameson não conseguia responder, tinha sido transportado de volta ao último encontro com o pai, dois dias antes do acidente. Ele queria conversar sobre sua decisão de ir para a faculdade em vez de se juntar ao exército como Richard fizera, mas o pai dele estava ocupado e parecia preocupado.

— Estou decepcionado com a sua decisão, mas vamos conversar mais quando eu voltar — dissera o príncipe Richard, se apressando para comparecer a um evento oficial em nome da rainha antes de partir para a viagem "especial".

Foi a última vez que Jameson viu ou falou com o pai.

Então veio a horda de repórteres, flashes e câmeras. Aonde quer que ele fosse, os repórteres o seguiam, gritando perguntas invasivas sobre como ele estava lidando com as emoções e se sabia a respeito do pai e Gena Phillips.

Nem a mãe dele foi poupada do foco das lentes. Eles a perseguiam em todo lugar. E, quando ela se colocou entre o filho e a multidão voraz, foi submetida a perguntas cruéis e dolorosas. Era insensível e implacável, e Jameson estava transbordando de raiva porque não conseguia protegê-la. Sua única alternativa era ficar parado e assistir enquanto a pessoa que mais amava no mundo sofria nas mãos da imprensa gananciosa e autoritária.

Naquele momento, Jameson jurou nunca ser como o pai. Nunca ser o motivo para sua mãe ter que suportar aquela tortura.

Ele nunca tinha feito isso.

E nunca faria.

— Não é segredo, querida. Todo mundo sabe.

Os olhos de Dani ficaram marejados de preocupação, e Jameson enrijeceu.

— Faz muito tempo.

— Faz — concordou Calanthe, o tom gentil —, mas, em circunstâncias diferentes, vocês dois tiveram que lidar com a morte de uma pessoa importante.

— Por que está me contando isso?

— Por causa do que acabei de ver, meu filho confia em você. Ele deixou você entrar na vida dele. E não faz isso com qualquer um. Confio no julgamento de Jameson. — O tom tranquilo de Calanthe de repente sumiu e foi substituído por uma ferocidade maternal. — Mas se estivermos errados, saiba que não há lugar na terra onde você conseguiria se esconder de mim.

Jameson prendeu a respiração, se perguntando como Dani reagiria. A situação poderia ficar desconfortável rapidamente. Ele já a vira em posição de batalha.

Mas ela o surpreendeu ao assentir.

— Ele tem sorte de ter você.

A pressão no peito dele aliviou. Crise evitada. No entanto, se ele parasse para pensar no assunto, teria percebido que Dani e Calanthe tinham mais em comum do que o título.

Algo vibrou na mesa, e Dani pegou o celular.

— Preciso atender. É um pedido de socorro da minha assistente, ela vai chegar em breve. Vocês me dariam licença? Foi um prazer conhecê-la, Calanthe.

— Você também, querida. — A duquesa sorriu. — Tenho certeza de que nos veremos mais vezes.

Dani se levantou e apertou o ombro de Jameson antes de sair, o celular já contra a orelha.

Jameson se virou para a mãe.

— Tem mais alguma coisa que você gostaria de compartilhar com ela? Scarlett, minha paixonite da infância? Meu primeiro animal de estimação? Quer mostrar nossos vídeos caseiros? Olhar meus boletins da escola?

— Eu nunca vi essa expressão no seu rosto.

— Do que está falando?

— Daquela empolgação que só uma pessoa que encontrou alguém de quem realmente gosta tem.

— Já gostei de outras pessoas. E a Imogen?

— Lady Harrington? Ela é uma jovem adorável e perfeita na teoria, mas não te deixa assim. Você parece cheio de energia. Por isso mencionei seu pai. Fiz isso por você — disse Calanthe.

— Por mim?

— Sim, porque você não ia fazer.

— Por que eu contaria a Dani sobre minha infância e nossa família?

— Porque é importante que você se abra quando está em um relacionamento.

— Mãe, não quero que tenha a impressão errada. Dani e eu não estamos em um relacionamento. Não é sério. Ela vai embora quando a celebração acabar.

— E você vai deixar?

Jameson não respondeu.

— Para alguém que costuma ser mais reservada, estou surpreso por você ter falado tanto.

Calanthe o olhou com uma doçura que o recordava da infância.

— Quando vi vocês dois juntos, admitindo o quanto gostam um do outro, foi mais emocionante do que assistir aos votos no casamento do lorde Portwith ano passado.

Ele fez uma careta de deboche.

— Você está exagerando.

— Vocês podem até dizer que não é sério, mas acho que nenhum dos dois acredita nisso.

Jameson tentou rir do que ela estava dizendo, mas a risada ficou presa na garganta.

— Detesto acabar com seu romantismo, mas isso é impossível. Gostamos de passar o tempo juntos, só isso. E, em duas semanas e meia, quando ela for para casa, nunca mais vamos nos ver.

Calanthe o encarou antes de assentir.

— Então peço desculpas. Entendi errado. Provavelmente é melhor assim. Se Marina achasse que você está se relacionando com uma rapper norte-americana... ia ter um treco.

Jameson balançou a cabeça.

— Tecnicamente, só preciso da aprovação dela para me casar, antes disso posso ficar com quem eu quiser.

— Meu querido, você não faz ideia de como isso é importante, faz? Marina só ama duas coisas no mundo: a monarquia e John, e com o falecimento dele, ela depositou tudo na Coroa. Os filhos dela são um desastre, menos Catherine, mas ela não pode assumir o trono. Vai ser aquele ridículo do Julian. E agora, com esses rumores sobre o fim da monarquia ou, no mínimo, a redução de recursos públicos que usamos, Marina vai fazer de tudo para garantir que isso não aconteça em seu reinado. E você é peça-chave nessa história. Ela precisa de você. Se você se envolver em um escândalo e arruinar a chance dela de salvar a Casa de Lloyd...

Calanthe cobriu a mão dele com a sua.

— Só me prometa que vai tomar cuidado. Não quero que seja massacrado por causa das ambições de sua avó.

Capítulo Dezesseis

Manda em você pela tela / Dominação virtual / Corta logo o seu barato / Só no estilo e puro papo...
— Duquesa, "Você vai contar pra quem"

Na semana seguinte, Primrose Park deixou de ser o espaço idílico e isolado que Dani e Jameson compartilhavam para se tornar a sede da Operação Duquesa na Realeza. A princípio, Dani iria para Baglioni assim que sua equipe chegasse, mas ela não conseguiu deixar Jameson. Não estava pronta. Então, quando ele sugeriu que ela ficasse, oferecendo até mesmo transformar um velho celeiro da propriedade em uma sala de ensaio improvisada, ela aproveitou a oportunidade para adiar a separação.

Na primeira manhã, Jameson apareceu atrás dela enquanto Dani olhava pela janela. Envolvendo-a com os braços e puxando-a contra o peito, ele seguiu o seu olhar até os vários carros e vans que se acumularam durante a noite. Entre os assistentes, que trouxeram pisos e espelhos, e as dançarinas, que estavam andando por ali usando vários tipos de roupa de ginástica, era uma cena agitada.

— Agora, *isto* sim é uma comitiva — disse ela, se referindo a acusação dele quando se conheceram.

— Você não deixa passar nada, né?

— Não. As dançarinas chegaram à noite, vamos fazer nosso primeiro ensaio.

— Vou te ver esta tarde?

— Provavelmente não. Tenho reuniões com a equipe.

— No jantar?

Dani balançou a cabeça.

— Não posso.

Ele franziu a testa.

— É assim que vai ser pela próxima semana?

Ela se encolheu.

— Imagine que essa é a calmaria antes da tempestade.

E Dani estava certa. Ela precisava fazer uma reunião com o gerente do local e o diretor de iluminação para finalizar a ideia da apresentação, decidir os figurinos e fazer provas de última hora e ensaiar a coreografia. A agenda dela a manteria ocupada.

E conforme sua vida profissional demandava mais atenção, a de Jay também. Ele ficava no escritório, fazia reuniões com Louisa ou dava entrevistas à imprensa sobre a celebração. Eles se encontravam apenas à noite e se agarravam com uma fome que parecia não diminuir.

— Muito bem! — O grito de Gabrielle, a coreógrafa, tirou Dani do devaneio. — Vamos de novo!

Seis dançarinas estavam em duas fileiras diante dela, refletindo uma bela variedade de tons de pele. Dani não estava apenas planejando um bom show; a performance também serviria para mostrar a beleza das mulheres negras e de outras minorias étnico-raciais para destacar a importância da Mela-Skin.

Multitarefas, vadia.

A batida ecoou pelos autofalantes, e Gabrielle gritou:

— Cinco, seis, sete, oito…

Em uníssono, o corpo delas se moveu com a música, quadris rebolando, braços girando. Atitude na medida certa. Muitos dos passos seriam familiares para qualquer um que tivesse visto o clipe, mas elas fizeram algumas mudanças. Dani não queria uma coreografia pensada para excitar homens, como havia sido a intenção com o primeiro clipe, mas, sim, enfatizar o poder feminino e o prazer sexual.

Ela balançava a cabeça com a música enquanto repassava os movimentos baixinho.

— Ombro, quadril, rebola e rebola, se vira, posa... espera!

Dani deu um pulo da cadeira em que estava sentada e caminhou até as dançarinas, que pararam, seus peitos se expandindo e contraindo enquanto inspiravam e expiravam profundamente. Ela ajustou o cós de sua legging preta e deslizou para a posição diante dos espelhos.

— Sei que dissemos ombro, quadril, rebola e rebola — falou ela, executando o movimento —, mas não gostei. Viu? — Ela repetiu os passos. — Quero mudar isso.

Gabrielle cruzou os braços sobre o peito e projetou o quadril para o lado, pensando no pedido de Dani.

— E se adicionarmos a sequência daquela apresentação do Grammy de dois anos atrás?

Dani recordou mentalmente os movimentos e logo os fez. A alegria borbulhou em seu peito.

— Aah, sim. É isso! Vamos fazer isso!

Gabrielle sorriu, em seguida, ergueu o braço no ar e girou o dedo indicador em um círculo.

— Vamos lá, do início.

As mulheres recomeçaram e inseriram com facilidade os novos passos. E pareceu melhor.

— Bebam um pouco de água e vamos passar para a próxima música — disse Gabrielle.

Três horas depois, Dani terminou os ensaios com um sorriso exausto no rosto.

— Acho que encerramos por hoje. Foi perfeito! Amanhã você irá para a arena e praticará a coreografia lá. Da próxima vez, faremos o show todo.

— Vai ser incrível — declarou Tasha, se aproximando com uma garrafa d'água.

— Acho que sim — respondeu Dani, tirando os saltos e esticando os dedos. — Ai, meu Deus, por que sempre faço isso?

— Faz o quê?

— Exagero nos ensaios — disse Dani, se recostando na cadeira dobrável de metal. — Deve ser porque estou animada. Quando começamos os ensaios, sei que não vai demorar muito para a apresentação.

E ela amava se apresentar. Não havia nada no mundo como a energia que ela recebia da multidão. Era a melhor onda que existia.

— Você está satisfeita com a direção da performance até agora? — perguntou a assistente.

Dani engoliu e balançou a cabeça.

— Aham. Principalmente com o setlist.

— Uma galera estava querendo sair hoje à noite. Você quer vir? — perguntou Tasha.

Dani queria. Sentia falta de fazer coisas assim. No começo, ela gostava de farrear. Mas Samantha Banks não fora a primeira pessoa a tentar seus quinze minutos de fama nas costas dela.

— Obrigada por me convidar, mas você sabe que não posso.

— Ah, vamos, estamos em outro continente! Vai ser seguro! Coloca uma peruca, passa uma maquiagem…

— Fica pra próxima.

Tasha franziu a testa.

— Pensei que você ia enlouquecer aqui.

Dani terminou de tomar a água.

— Não é tão ruim quanto imaginei. Acontece que é exatamente o que eu precisava. Ajudou a colocar minha mente no lugar. Em mais de uma maneira.

— Dá pra ver. Você parece melhor.

Dani estava melhor. O tempo que ela passara ali tinha sido uma experiência que dificilmente viveria de novo. E, é lógico, havia Jay. Ela esperava encontrar uma maneira de levar aquela paz consigo.

Você quer dizer, encontrar um jeito de levar ele com você.

Dani sorriu.

— Vão e divirtam-se. Mas tomem cuidado.

— Confie em mim, ninguém liga pra gente quando você não está junto. É como se estivéssemos usando uma capa de invisibilidade.

— Deve ser legal. Preciso de uma dessas.

— Quer que eu pegue alguma coisa para você antes de ir?

— Não. Vou ensaiar o set mais uma vez e encerrar.

Depois de se despedir de todos e agradecê-los pelo esforço, Dani olhou para seus sapatos já descartados. Não. Trabalharia nos passos e se preocuparia em dançar com os saltos mais tarde. Olhando para seu reflexo no espelho, ela alisou o rabo de cavalo e amarrou o nó da camiseta, depois foi até o celular na caixa de som e colocou seu primeiro hit. A música que iniciaria o show.

Você olha para mim e eu sou tudo que quer ser
Essa cintura
Grande/fina
Rosto cheio de melanina

Ela entoou os versos pouco antes de entrar e começar a se mexer. Havia alguns passos icônicos que os fãs esperavam ver quando ela apresentasse aquela música, mas Dani também queria dar a eles algo novo e animador. Sem mencionar que ela ia apresentar aquela performance para um público completamente diferente.

Dani queria impressionar a todos.

Não era todo dia que um artista de hip-hop era convidado para participar de uma celebração real. E não apenas um artista de hip-hop, mas uma artista feminina. Apesar de sua popularidade, Dani sabia que as mulheres representavam apenas uma pequena porcentagem da indústria. Ela nunca representou apenas a si mesma: ela estava ali por todas as mulheres, todas as pessoas negras e, principalmente, todas as mulheres negras. A sociedade via muitos corpos atrás dela, como aqueles espelhos em um parque de diversões. E se cometia um erro, não era um erro só dela. Refletia em todos que ela representava. Era muito injusto, mas ela não tinha escapatória.

Dani precisava da boa publicidade que aquela viagem poderia proporcionar para ofuscar o escândalo com Samantha Banks. Ela não podia arriscar que a Genesis perdesse o interesse. Aquilo significava mais do que uma simples performance. Afetaria o resto de sua vida. Não podia deixar nada atrapalhar, nem mesmo o delicioso príncipe, de quem ela deveria cobrar aluguel por ocupar tanto espaço em sua mente.

Dani só precisava se concentrar. E lembrar da nova sequência de passos. Toda vez que chegava nessa parte, seu corpo queria fazer a antiga coreografia. A coreografia que ela conseguiria fazer até de olhos fechados.

Como acabou de fazer!

Porra!

Ela passou as mãos pelo cabelo, jogou a cabeça para trás e olhou para o teto.

— Dia difícil?

Dani deu um pulo, surpresa ao ouvir o tom caloroso e polido de Jameson.

Apesar da conversa estimulante consigo mesma, o calor inundou seu corpo com a aparição dele.

— Não mais — respondeu ela, pausando a música.

E então estava nos braços dele, seus lábios estavam colados e tudo se encaixou.

— Estou vendo que todos foram embora — disse Jameson quando enfim se afastaram.

— Sim, a última pessoa acabou de ir. Vão para um bar na cidade.

— E você não quis acompanhar todo mundo?

— Por que iria se toda a diversão que eu quero está bem aqui?

— Boa resposta. — Jameson mordiscou o lábio inferior dela. — No que você estava trabalhando quando entrei?

— Mexemos na coreografia de uma das minhas músicas e estou tendo dificuldade para me lembrar das mudanças.

— É, imagino que deva ser difícil.

— Só que não tenho tempo para isso ser um problema.

— Vem aqui — disse ele, se sentando em uma cadeira. Ele a puxou para o colo. — Nunca te vi trabalhando antes, mas acho que você anda muito preocupada na última semana.

— Isso é importante.

— Por quê?

— O quê?

— Por que isso é tão importante para você? O show. Esse evento. Não me entenda mal. É importante para mim também. Mas você não precisa disso ou de nós. Você é uma das artistas mais populares do mundo.

— Andou me pesquisando no Google de novo?

— Você não vai me distrair desta vez, por mais que seja boa nisso.

Dani suspirou.

— Já ouviu falar de uma cantora chamada Samantha Banks?

— Não. Deveria?

Ela riu.

— Ela acha que sim. É uma artista que acabou de aparecer e decidiu me encher.

— O que isso quer dizer?

— Ela está me usando como escada, arrumando confusão para conseguir mais publicidade.

Jameson passou o dedão na testa franzida dela.

— Entendo de pessoas tentando te usar para seus próprios propósitos, mas o que uma cantora de quem nunca ouvi falar tem a ver com você fazer o show?

— A questão não é ela. Não pra valer. Tem a ver comigo, com a minha marca e o acordo no qual estou trabalhando. Posso te contar, mas você precisa prometer não contar a ninguém.

— Hummm, isso pode ser difícil. Já que eu falo sobre você e nós o tempo todo, com certeza vou deixar escapar.

— Tudo bem. — Ela inspirou fundo. — Há muitos anos, fundei uma empresa de cuidados com a pele chamada Mela-Skin para fornecer produtos naturais para mulheres negras.

— Eu não sabia disso. Que incrível.

— Pensei que tivesse me pesquisado.

— Nunca passei das fotos e dos vídeos.

Dani sorriu com cautela.

— Ela tem ido bem e recentemente uma das maiores empresas de cosméticos do mundo se interessou pela marca.

— Isso é incrível — disse Jameson.

— É mesmo. É uma oportunidade e tanto, Jay.

— Posso ver. Mas é mais que dinheiro, não é?

— Te contei um pouco sobre a minha infância, não foi?

— Você foi criada por sua avó e por outros membros da família depois que ela faleceu.

— Sei que eu tive sorte de ter uma família que pôde me acolher. Mas naqueles anos depois da minha avó... A falta de estabilidade é difícil para uma criança. Não importa o que dizem, a gente só quer ter estrutura. Tinha dias em que saía para a escola e, quando voltava, ia morar com uma pessoa diferente. Eu nunca sabia para onde iria e quem tomaria decisões por mim. E eu não gostava disso. Jurei que um dia estaria no controle. Foi isso que guiou todas as decisões que já tomei na minha vida e na minha carreira. E, por mais que ser uma rapper seja ótimo e tenha me dado muitas oportunidades de conhecer pessoas e lugares que eu nunca imaginei, eu estava errada em achar que finalmente conseguiria tomar minhas próprias decisões. Tem mais pessoas me dando ordens agora do que quando eu era criança.

— Entendo. Isso é parte do motivo para eu ter resistido a ser uma pessoa pública por tanto tempo. Quando se trata da família real, não há eu. Há apenas a Coroa. A rainha espera que a gente viva a serviço da monarquia.

— Se a Genesis comprar a Mela-Skin, eles recebem a minha marca. E essa coisa com a Banks está atrapalhando. Pensamos que um pouco de publicidade positiva poderia ajudar.

— Tipo se apresentar em um evento em homenagem a um dos membros da família real mais popular de todos os tempos?

— Exatamente.

— E namorar um príncipe jovem e bonito? Ajudaria?

Dani deu um pulo para trás.

— Não sei. Você está oferecendo?

De repente, Jameson se contraiu e a olhou, pensando. O estômago dela revirou enquanto esperava pela resposta. Quando as piadas deles se tornaram algo mais sério?

Por fim, Jameson balançou a cabeça.

— Não.

Dani deixou escapar o ar preso. Alívio? Ou decepção?

— Eu queria poder. De verdade.

— Tudo bem. — Ela acariciou a parte da frente da camisa dele. — É o meu negócio. Agradeço você por tentar ajudar, mas posso lidar com isso sozinha.

Ele se inclinou e apoiou o queixo no topo da cabeça dela.

— Ser parte desta celebração é o mais perto que você desejaria estar da minha família.

— Ah, não sei. — Dani se remexeu no colo dele. — Gosto de estar perto de você.

— Estou falando sério, Dani. Esta família é uma loucura. Eu jamais deixaria que você se submetesse a ela. E se houvesse um sussurro sequer sobre nós dois, todo mundo ia se meter.

Meter... por que ela estava pensando como uma adolescente excitada?

— Eles poderiam tentar.

— Não iriam apenas tentar. Iam conseguir.

O coração dela apertou com a preocupação brilhando nos olhos de Jameson. Dani se lembrou de alguns comentários que a mãe dele havia feito e seu tom ao falar sobre a rainha e os outros. A família tinha mesmo aprontado com ele.

— Não importa. Nada disso vai acontecer. Vou acabar com todos os eventos da semana que vem e arrasar na apresentação. A cobertura será tão incrível que todas as empresas que desistiram vão voltar rastejando.

— Você tinha outros interessados além da Genesis?

— Tinha.

— Isso é incrível.

— Era. E é por isso que minha apresentação é tão importante e precisa ser perfeita. Não posso perder esse acordo.

— É tão importante assim para você?

— É a coisa mais importante da minha vida.

— Ainda mais que a música? Você está planejando largar sua carreira?

— Um dia. Sou boa fazendo rap e gosto, mas não é minha paixão. Eu ainda faria de alguma forma, mas nos meus próprios termos, seja lá o que eu escolha ser.

Jameson a abraçou.

— Você é uma mulher de muitos talentos, Dani Nelson.

Ela decidiu compartilhar mais um pedacinho de si com ele.

— Danielle. Meu primeiro nome é Danielle.

— Danielle Nelson — arfou Jay, como se inalasse o nome dela para dentro de sua alma. — Você é divina. Farei tudo o que for possível nos bastidores. Se você encantar as outras pessoas da mesma forma que me encantou, no final da semana eles dirão: "Quem é Samantha? Queremos mais Duquesa!"

— Eu não sabia que a Maggie Smith era minha fã — respondeu ela, rindo da voz que ele inventara do nada.

— Por que ela não seria? Eu sou.

A celebração era sobre a família *dele* e Jameson estava preocupado com ela? Seria possível o peito de Dani conter um coração que tinha dobrado de tamanho?

Olhando para o rosto bonito e sério dele, ela soube que ele sempre a apoiaria.

Não, ela não.

A sortuda que ganharia seu coração. Ele seria um marido e parceiro maravilhoso.

Para outra mulher.

Sorrindo fracamente, ela se levantou do colo dele e pegou uma garrafa de água próxima para lavar o gosto amargo da boca.

Capítulo Dezessete

Não cabe ao povo dar leis ao príncipe, mas obedecer ao mandato dele.
— Frederick I, imperador romano-germânico

— A rainha quer te ver hoje. Ela tem disponibilidade às três e meia.

Jameson fechou a mão em punho sobre a mesa. Por que ele não tinha seguido seu instinto e ignorado o celular quando viu o nome de Louisa aparecer na tela?

Porque ela ainda teria encontrado uma forma de contatá-lo. A coordenadora sênior de eventos da Casa Real tinha provado o quanto poderia ser insistente.

Ele olhou para o relógio.

— Isso é em duas horas.

— Então é melhor se apressar, senhor — respondeu Louisa antes de desligar.

Ele suspirou, olhando para suas calças e suéter.

Depois de vestir um terno escuro, feito sob medida para ele, Jameson saiu da casa principal e foi até o celeiro encontrar Dani. Ela estava cercada por dançarinas, como era de costume no momento, mas ele só tinha olhos para ela. E tinha certeza de que não era o único.

Jogando os braços no ar e balançando-os de um lado para o outro, Dani se agachou e abriu as coxas, juntando-as outra vez e rolando sensualmente para uma posição de pé.

Jameson ficou com a boca seca. Mais alguém estava sufocando de repente?

No fundo, ele sabia que as pessoas nem sempre eram o que pareciam. Que havia uma diferença entre quem ou o que as pessoas mostravam ser e quem elas realmente eram. A realeza vivia assim, e era por isso que ele ficava feliz em não estar sob os holofotes, para não ter que participar da farsa.

E ainda assim caiu na mesma armadilha fazendo suposições sobre Dani. Jameson presumira que ela era aquilo que ele via na mídia. Mas descobriu que ela era muito mais. Sabia que era inteligente; bastava ter uma conversa com ela para entender isso. Também era determinada. Além da música, tinha aberto uma empresa que estava indo tão bem que a Genesis estava interessada em comprá-la.

Jameson fez algumas pesquisas sobre a Mela-Skin depois que Dani lhe contou a respeito do negócio. Ela percebeu que havia uma demanda que não estava sendo atendida e tomou a iniciativa para resolver esse problema. As avaliações de seus produtos eram excelentes, e o mercado financeiro tinha ficado impressionado com o que ela havia realizado.

E aqueles últimos dias o haviam ensinado o quão trabalhoso era ser a Duquesa. A personalidade rapper fazia parte dela, mas era uma versão exagerada. Exigia muito esforço e um número significativo de pessoas para que tudo acontecesse conforme o planejado. Jameson entendeu por que ela não tirava férias havia anos. O sucesso de duas empresas multimilionárias dependia dela. Seu respeito e admiração por Dani haviam crescido.

Ela era uma mulher excepcional.

Quando deixou os devaneios de lado, os olhos de Jameson encontram os dela no espelho, e ver Dani abrir lentamente um sorriso fez o seu sangue correr direto para o pau.

Quem ele estava tentando enganar? Seu sangue montara acampamento lá embaixo no momento em que a viu pela primeira vez.

Mais alguns segundos, e Dani terminou.

— Gente, vamos tirar um momento para agradecer ao príncipe pela hospitalidade — disse ela, com um brilho nos olhos que Jameson conseguia ver do outro lado da sala.

De repente, uma chuva de aplausos e agradecimentos estava sendo direcionada a ele. Ele assentiu, embora não tenha conseguido evitar que seu rosto ficasse corado.

— Duquesa, posso falar com você?

Dani disse algo para uma mulher antes de ir em direção a ele, usando uma legging que deixava suas pernas torneadas e uma camiseta que parecia ser o uniforme de dança.

— Você está bonito — disse ela quando saíram. — Tem outra entrevista?

— Não. Fui convocado pela minha avó.

O sorriso provocador sumiu do rosto dela.

— Você precisa ser convocado antes de ir ao palácio? Quer dizer, você não pode simplesmente aparecer e passar um tempo com sua avó?

Jameson não tinha esse tipo de intimidade nem com seu avô, de quem havia sido mais próximo.

— Posso visitar o palácio quando eu quiser, mas, para ver a rainha, geralmente é recomendável que se agende um horário.

Dani o encarou.

— Uau. Sei que é a sua família, mas isso é superestranho.

Jameson entendia. Mas...

— É como as coisas são.

— Você é próximo da rainha?
— Hã, não muito.
— Não. Tipo, onde você está na linha de sucessão?
Ele riu.
— Por quê? Essa ideia te excita?
Dani inclinou a cabeça e a balançou de um lado a outro.
— Depende da resposta.
— Hã, bem abaixo.
— Perfeito. Porque, por mais que eu ame o tratamento real que você tem me dado, não estou interessada em dar o controle da minha vida a ninguém, e isso inclui respeitar noções antiquadas de propriedade para manter um sistema monárquico de governo em vigor.

Como ele disse.

Inteligente.

Jameson a encarou. Muitas coisas teriam que acontecer antes que ele pudesse ascender ao trono. Ele ignorou sua consciência avisando que se ela fosse uma parte permanente de sua vida, essas noções de propriedade entrariam em vigor imediatamente. Não era preciso se tornar rei.

— Então você pode ficar feliz, não tem nada com que se preocupar.

— Estou eufórica. — Dani sorriu, se inclinando na direção dele antes de se interromper no último segundo. — Bem, mande um "oi" por mim. Ou faça uma reverência ou seja lá o que as pessoas fazem.

Jameson queria tocá-la, mas sabia que não podia arriscar. Havia pessoas demais ao redor.

— Farei isso. Aproveite o restante do ensaio.

Dani fez um sinal de paz com os dedos e se afastou antes de dar as costas e ir para o celeiro.

— Muito bem, vamos de novo, e sexy!

DAQUELA VEZ, foi a sala de estar verde.

Jameson frequentava o palácio desde que era bebê. Ele não precisava do tour pelas salas de estar coloridas, mas parecia que era essa a experiência que estava tendo, querendo ou não.

Marina estava sentada em uma cadeira estofada esmeralda e dourada.

— Está pronto para os eventos da semana que vem?

— Estou.

Ele tinha revisado o cronograma várias vezes, confirmando onde estaria, quando precisava estar lá e o que seria exigido dele em cada aparição.

— E o prêmio?

— Vai levar algum tempo até que esteja tudo pronto, mas vou anunciar no baile. Pensei que seria uma maneira adequada de encerrar a celebração.

— Excelente. Então parece que eu estava certa em acreditar que você seria a pessoa ideal para assumir essa responsabilidade.

— Parece que sim.

O olhar dela endureceu.

— Então como explica isto?

Jameson se assustou com o baque de uma pasta de papel pardo caindo sobre a mesa. O impacto fez com que várias fotos deslizassem sobre o mogno polido. Semicerrando os olhos, ele as pegou. O choque o gelou por dentro enquanto olhava para as imagens dele e de Dani nas últimas semanas. Deles em Primrose Park, da noite em Baslingfield, da tarde na barraca.

As fotos eram inocentes, mostravam os dois andando pela propriedade, assistindo ao filme juntos, rindo enquanto tentavam assar *scones*.

A raiva embaçou sua visão.

— Onde a senhora conseguiu isto?

— Não me questione! — retrucou ela, a postura reta. — No que você estava pensando?

— Eu não estava pensando em nada. Porque não tem nada acontecendo.

— Não é assim que eu descreveria essas imagens. Estou vendo a forma como vocês dois se olham. Isso com certeza é alguma coisa.

— Ela está hospedada em Primrose Park, com a sua aprovação. Eu estava sendo hospitaleiro e a mantendo ocupada para que não fosse descoberta e tirasse o foco da celebração. Não é isso o que a senhora queria?

A rainha balançou a cabeça.

— Eu queria poder dizer que essa é a primeira vez que tenho esta conversa. Nunca pensei que a teria com você.

Ela jogou várias outras fotos na mesa, e Jameson estremeceu quando a de cima mostrou ele e Dani se beijando após a exibição em Baslingfield. A magia da noite e a beleza dela, sentada ao seu lado, o cativaram. Pensando que era seguro, ele a puxou para trás de uma cerca alta e pressionou os lábios nos dela, não querendo esperar mais um minuto para saboreá-la.

As outras fotos provavelmente tinham capturado incidentes semelhantes. Momentos em que ele tinha sido incapaz de se controlar.

— Eu esperava esse tipo de coisa de Julian. Ele nunca foi capaz de resistir a um rostinho bonito e fácil. Você assistiu aos vídeos dela? Minha secretária me mostrou. Ela está praticamente se oferecendo de bandeja.

O desgosto na voz da rainha era bem diferente da declaração pública que o Palácio havia divulgado ao anunciar a participação da Duquesa.

— Mas você, Jameson? Pensei que fosse melhor. Você é um intelectual. Como o meu John. Eu não imaginei que você cederia aos seus instintos.

Jameson fechou as mãos em punho.

— E será que preciso mencionar o seu pai? Eu amava meu filho, mas a personalidade fraca e o egoísmo dele quase nos arruinaram de vez. Certamente levaram à sua morte. Pensei que, de todos na família, você seria capaz de fazer a coisa certa.

O ressentimento o fez engasgar com a menção do pai.

— Você se lembra de como foi depois que ele morreu? O escândalo? A mídia? Como afetou a coitada da sua mãe?

Ele não tinha esquecido o preço que Calanthe tinha pagado. O olhar perdido, o desespero. Escondida no Palácio de Kensington porque era o único lugar onde estava a salvo dos paparazzi.

— E apesar de tudo o que ela passou, ela ainda pensou em você. No seu bem-estar. Você herdou responsabilidades naquele dia. Herdou o ducado de Wessex, mas não assumiu nenhuma das responsabilidades. Mesmo depois de fazer vinte e um anos, você não assumiu completamente seu papel. Eu permiti que você vivesse no seu mundinho.

Jameson engoliu seco e se forçou a falar.

— E sempre expressei minha gratidão por sua benevolência.

— Você tem uma dívida comigo. Com a sua mãe. Com esta família. Seu pai colocou os desejos dele acima do dever real. Você não fará o mesmo.

— Isto não é o que você está pensando...

— Recebi estas fotos do *Daily Express*.

Um tabloide britânico tirou aquelas fotos? Jameson pensou que Marina tivesse mandado alguém segui-lo. Mas a imprensa... era muito pior.

Os tabloides desenterrariam a morte de Richard e transformariam a relação de Jameson e Dani em algo obsceno.

Tal pai, tal filho.

Essa notícia tinha o potencial de acabar com os negócios de Dani.

Se envolver em um escândalo real não era o tipo de publicidade que ela queria gerar.

Ninguém sairia ileso.

Tudo porque ele tinha sido incapaz de conter os impulsos perto dela.

Porra!

Ele enfiou a mão no cabelo.

— Quando serão publicadas?

— Não serão.

Ele semicerrou os olhos.

— Não entendi.

— Nos esforçamos muito para evitar que publicassem essa história. Mas prometi a eles cobertura exclusiva dos bastidores da celebração. Foi contra a minha vontade, mas necessário. E eles sabem que manterei minha palavra. Muita informação já vazou desta família, mas apenas uma fração do que poderia ser.

Jameson compreendeu. A mãe dele estava certa.

Marina amava duas coisas no mundo: a monarquia e John.

E, aos olhos dela, as ações do neto tinham a possibilidade de arruinar ambas.

Ele tinha subestimado o que a avó estava disposta a fazer para preservar a monarquia.

— O que a senhora quer?

— Que você faça o que eu pedi desde o início: represente a família durante a celebração. Dê à imprensa, e ao mundo, o príncipe perfeito. E fique longe dela. — Marina inclinou a cabeça em direção às fotos dele com Dani.

— E se eu fizer isso, a senhora vai garantir que a imprensa não publique essas fotos?

— A imprensa não é o problema. Eu já cuidei disso. Meu trabalho é proteger esta família. Eu não deixaria ninguém publicar essas fotos, isso só nos prejudicaria.

E a Dani também.

Jameson não disse aquilo em voz alta. A avó não sabia o que estava em risco para Dani, e ele queria que continuasse assim, percebendo que Dani poderia precisar de proteção mais do que ele imaginava.

Marina pareceu suspeitar da preocupação dele quando disse:

— Claro, essas fotos *poderiam* sair na imprensa norte-americana e gerar rumores de que essa mulher está tendo um caso secreto com o príncipe. Isso pode não significar nada para os fãs, mas Louisa mencionou a situação dela. Imagino que um grande conglomerado interessado na marca dela não ficaria animado em assinar contrato com alguém envolvido em um escândalo.

As palavras o atingiram como um golpe. Jameson sempre soube que, como rainha, Marina tinha preocupações e responsabilidades que ele nunca poderia compreender. Mas ela ainda era sua avó. Eles nunca foram próximos, mas ele sabia o quanto seu avô a amava, e ao lembrar disso seus olhos brilharam.

Marina era implacável. Ele precisava se lembrar disso.

— Isso é importante para todos nós, Jameson. Quero que você assuma os negócios de John e continue supervisionando o prêmio. Sei que seu avô gostaria disso. Mas não vou deixar você nem ninguém arruinar a celebração. Foque nos seus deveres. E fique longe daquela rapper!

— Ei!

Jameson ergueu o olhar da mesa e encontrou Dani parada na porta. Ele tinha visto os carros e ouvido a música quando passou pelo celeiro uma hora antes. Considerando o que havia acontecido durante o encontro com a rainha — e seu mau humor resultante —, ele não quis incomodá-la, então foi direto para a casa principal e se escondeu no escritório.

— Eu estava procurando você — disse ela, cruzando os braços e se apoiando no batente. — Pensei que passaria por lá.

— Eu estava cansado. E vi que você ainda estava trabalhando. — Jameson a olhou de cima a baixo. Mesmo de legging preta e camiseta curta, sem maquiagem e com o cabelo preso em um rabo de cavalo, ela estava radiante. Mas para ele, ela era assim sempre. — Você está linda.

Dani revirou os olhos.

— Tá.

Ele se levantou.

— Sério.

— Obrigada. Mas não chegue perto demais — disse ela quando ele contornou a mesa. — Estou toda suada.

— Estou vendo. Metade do trabalho está feito então.

A risada dela se transformou em um suspiro quando ele a puxou em seus braços para um beijo. Jameson tinha entendido o aviso da avó, mas ela interpretou mal a situação. O que ele e Dani tinham era casual. Não estavam machucando ninguém. Ela não era um perigo para a monarquia. Jameson poderia cumprir seus deveres e continuar vendo Dani. Eles só teriam que ser mais cuidadosos.

— Humm, posso ser recebida assim depois de todos os ensaios? Jameson a levou para o sofá e a puxou para o seu colo.

— Fico feliz em contribuir.

Dani tirou um cacho de cabelo da testa dele.

— Como foi o encontro com a rainha? Deu tudo certo?

— Eu não diria "certo". — Ele abaixou o olhar e pegou um fio solto na coxa dela. — Não foi o que eu esperava.

— Como assim?

Ele devia contar. Das fotos e do aviso de Marina de que poderiam ser publicadas nos Estados Unidos. Mas era culpa dele. Dani não tinha feito nada de errado. Marina fizera a ameaça por causa dele. Era um problema seu, ele lidaria com isso e a manteria a salvo.

— Pensei que ela falaria de outra coisa, mas foi mais conversa sobre a celebração.

— Por que ela está enchendo seu saco?

Ele arqueou a sobrancelha.

Dani riu.

— Te perturbando. Por que ela fica te perturbando?

Jameson suspirou.

— A monarquia tem um sério problema de relações públicas e há rumores de abolição.

Ela arfou.

— Isso é possível?

— Já aconteceu em alguns países. Poderia acontecer aqui, mas seria necessário um ato sem precedentes do Parlamento ou um referendo público. Mas o fato de ela estar apreensiva é preocupante.

— É isso o que está por trás dessa celebração?

— Em partes. Ela amava o meu avô, sem dúvida, ela realmente quer celebrar a vida dele. Mas a exposição positiva que trará para a família é essencial.

— Você sabe que entendo de correr atrás de exposição positiva. — Dani riu. — O que não entendo é por que ela quer que você seja o rosto do evento. E por que você concordou.

Jameson suspirou, de repente não querendo falar do assunto.

— Que tal se nós dois pegarmos...
— Não, não tente fugir do assunto. Sua mãe já disse que você nunca quis ser o centro das atenções. Por que agora?

Ele agarrou os quadris dela e apertou.

— Meu avô doou a vida para suas causas. Vê-las nas mãos de um patife bêbado não me agrada.

Dani não estava convencida.

— Tente outra vez.

Ele arfou uma risada.

— Esta não é a família mais fácil de lidar.

— Sim, acho que já entendi isso.

— O que é irônico é que para evitar um escândalo, a rainha está usando a pessoa que é resultado de um. — Diante do olhar questionador dela, Jameson prosseguiu. — Meu pai, príncipe Richard, tinha dezoito anos quando engravidou minha mãe. Ela tinha dezessete e era de uma família tradicional. Como você pode imaginar, essas coisas não eram aceitáveis. Minha avó os forçou a se casar. Para...

— ... evitar o escândalo — completou Dani. — Parece uma novela.

— É bem pior. A ficção não se compara com a vida real. Ninguém acreditaria.

— Você estava dizendo...

Certo.

— Meu pai sempre foi mais extrovertido. Sociável, charmoso, atlético. Ele tinha certas ideias sobre o que um príncipe devia fazer e como devia agir, e elas não combinavam com um filho franzino e estudioso que preferia ler livros do que ir pra balada.

Ela arqueou a sobrancelha e se afastou, olhando-o.

— Não há nada franzino em você.

— Agora — disse ele, a nuca aquecendo. — Mas tive o que se chama de crescimento tardio. No meu primeiro ano da universidade, o ano em que meu pai morreu, cresci doze centímetros e ganhei peso.

— Isso explica.

— Explica o quê?

— Por que você não age como a maioria dos homens que se parecem com você e tem o que você tem.

— Obrigado, acho.

Dani apoiou as palmas das mãos nas bochechas dele o beijou levemente.

— É um elogio.

Jameson encostou a testa na dela antes de continuar.

— Minha mãe fez o que pôde para me proteger, mas meu pai não conseguia se controlar. Minha existência custou a ele sua juventude, e eu era uma decepção. Mas meu avô era gentil e compreensivo. Ele era o príncipe consorte e podia ser charmoso e extrovertido, mas também era um acadêmico.

Os olhos de Jameson brilharam ao lembrar do avô.

— Depois que meu pai morreu, eu sabia o que ia acontecer. Eu teria que abandonar meus interesses e assumir os deveres dele. E eu estava furioso. Precisaria desistir do que amava e ser forçado a assumir um papel que não queria, tudo porque ele não conseguiu exercer um mínimo de autocontrole.

— Mas isso não aconteceu.

— Não, porque minha mãe e meu avô lutaram por mim. Eles foram até a rainha e apresentaram meu caso. Por conta disso, nunca tive tanta exposição quanto minhas tias, meu tio e meus primos mais jovens. Portanto, sou a pessoa ideal para ser jogada aos leões agora.

— Você é bonito demais pra ser jogado aos leões.

Ela era adorável.

— Não sou bonito! Quanto ao por que concordei... não tenho escolha. Ela me nomeou conselheiro do Estado. Por lei, sou obrigado a cumprir os deveres oficiais. Mas devo muito ao meu avô. E essa é uma maneira de começar a retribuir.

— Tudo bem. — Dani o abraçou. — Entendi.

— Agora você sabe o real motivo por trás da celebração e por que a semana que vem é importante. O mundo inteiro vai assistir, tudo tem que ser perfeito. — Jameson pegou a mão dela e a beijou. — E precisamos tomar cuidado. Ninguém pode nos descobrir.

— Achei que a gente já tinha falado disso. Estou de acordo. Podemos nos controlar em público.

— Tem certeza?

— Você não é tão irresistível *assim*.

— Sim. Mas você é — disse Jameson.

Dani se levantou e se ajoelhou no chão diante dele.

— Mas estamos falando disso só em público, certo?

Ele assentiu, incerto sobre aonde ela queria chegar.

— Ainda podemos fazer o que quisermos no privado — declarou ela, correndo as mãos pelas coxas dele.

Ele pestanejou enquanto ficava cada vez mais excitado.

— Com certeza.

— Ótimo. — Dani umedeceu os lábios. — Porque pensei nisso o dia inteiro.

Ela pegou o cinto dele e rapidamente abriu sua calça.

O peito de Jameson se expandiu em gratidão quando percebeu que poderia nunca tê-la conhecido. Como teve tanta sorte? Por quê? Depois do primeiro encontro deles, ela teve todos os motivos para não querer mais vê-lo.

— Que bom que eu não sabia. Não ia querer essa imagem na minha cabeça enquanto falava com minha avó.

Dani olhou para ele, os olhos suaves e brilhantes, os lábios entreabertos.

— Falando em cabeça...

Dani enfiou a mão dentro da braguilha e envolveu os dedos ao redor do pau grosso, aplicando a quantidade perfeita de pressão enquanto o acariciava da base até a ponta.

Jameson cravou as unhas nas almofadas do sofá e ergueu os quadris.

Uma gota de gozo se formou na ponta, e Dani a lambeu antes de inflar as bochechas e engolir toda a cabeça, levando-o a loucura.

Jameson quase desfaleceu.

— Ah meu Deus, amor. Você está me matando.

Ela o olhou.

— O seu gosto é tão bom, amor.

O lamber rítmico da língua causou arrepios no corpo dele. E isso foi antes que ela voltasse sua atenção para as bolas.

Ela envolveu os joelhos de Jameson e o puxou para a frente até que seu traseiro estivesse perto da borda do sofá. Então embalou o saco nas mãos. O toque dela era incrível. Sua língua era ainda melhor. Dani a passou ao longo do espaço entre as bolas e puxou uma na boca.

Ele se contorceu.

— Me fode.

— Eu vou — respondeu Dani, capturando a outra bola e a girando com a língua.

Jameson estava se segurando quando ela soltou as bolas e depositou beijos molhados em seu eixo.

— Você gostou?

Ela não fazia ideia.

— Não vou aguentar muito mais.

— Aposto que aguenta.

Sem aviso, ela umedeceu os lábios e empurrou o pau dele através de uma abertura tão apertada que parecia que ele estava deslizando no mais aconchegante dos canais.

Caralho! Caralho! Caralho!

Se continuasse assim, ele não ia aguentar. Mas não podia tão rápido. Era bom demais.

Enquanto tentava se controlar, Jameson demorou para perceber que Dani havia parado.

Ele abriu os olhos.

— O que foi?

— Jay. Amor. Relaxa.

— Estou relaxado.

— Não está, não. Você está se segurando. Não precisa fazer isso. Você quer foder a minha boca? Fode a minha boca. Eu aguento.

De novo, os lábios dela envolveram seu pau. E daquela vez Jameson cedeu. Ele enfiou os dedos no cabelo dela e ergueu os quadris, metendo em sua boca quente de novo e de novo, e pedindo mais. Ele confiava nela, sabia que Dani aguentaria. Que o impediria se fosse demais.

A euforia tomou conta de Jameson, e ele apertou os dedos dos pés nos sapatos.

— Dani, amor, estou quase.

A umidade da boca dela foi substituída por sua mão.

— Quer gozar nos meus peitos? — perguntou Dani, acariciando-o rápido e forte.

Ele abriu os olhos e viu que ela se livrara da camiseta. Isso só o deixou mais excitado. A visão de seu pênis pálido na mão negra dela, a extensão nua de seu peito, seus seios perfeitos com mamilos duros e escuros...

— Quero, caralho.

Ele a olhou nos olhos, e viu algo profundo. Algo que ia além do desejo que ele também sentia. Algo intenso e muito real, mas que ele não sabia nomear. A potência desses sentimentos o atraiu, ele sabia que ela estava ali por ele.

Não por seus títulos. Ou pelo que poderia fazer por ela. Apesar de tudo isso.

— Estou com você, Jay — sussurrou ela. — Relaxa.

As bolas dele apertaram, e seu pau ficou duro até quase doer. Com o corpo em chamas, e com um rugido de estremecer o palácio, ele gozou, olhando para ela enquanto jorros de seu fluido cobriam os peitos de Dani. Enquanto ele se afastava do clímax arrebatador que ela lhe dera, Jameson jurou que faria de tudo para proteger Dani da avó.

A qualquer custo.

Capítulo Dezoito

Sou a deusa de tudo / Você não me tem / Tiro as vadias que vêm / Como em Showgirls, Nomi...

— Duquesa, "Nem tenta"

— D uquesa, o que está vestindo?
— Duquesa, você faria uma colaboração com Samantha Banks?
— Duquesa. Duquesa! Aqui!

Dani já havia sido convidada para alguns eventos luxuosos e extravagantes. O Met Gala, a festa pós-Oscar da *Vanity Fair* e a White Party de Diddy nos Hamptons eram só alguns exemplos. Mas nada poderia tê-la preparado para o espetáculo que estava vivenciando.

Os flashes ofuscantes das câmeras, a confusão de vozes gritando seu nome — aquilo tudo era um pouco demais e a levou de volta aos seus primeiros tapetes vermelhos. Ela pensou que nunca fosse se acostumar, mas um agente a ensinou a não parecer exausta, respirar calmamente e, sem pressa, começar no início da fileira de câmeras e mover os olhos lentamente até o fim. Fazer isso daria aos fotógrafos tempo suficiente para obter vários ângulos, já que as câmeras conseguiriam tirar várias fotos em um segundo. Exigiu prática, mas Dani conseguira se acostumar.

Endireite a postura. Ponha o queixo para cima, ombros para trás. Mostre o lindo vestido dourado com lantejoulas.

Arremesse o cabelo ou coloque a mão no quadril.

Semicerre os olhos com leveza para torná-los suaves e examine a multidão de fotógrafos, olhando logo acima deles.

Siga em frente.

E então ela entrou.

A East Gallery era diferente de qualquer galeria que Dani já tinha visto na vida. Era um grande salão com uma alcova em uma extremidade. No meio da sala, contra a parede esquerda, havia uma lareira esculpida em mármore branco. Acima dela, estava pendurado um retrato de corpo inteiro de alguém da realeza, rodeado por outros. Seda carmesim cobria as paredes, um contraste marcante com o teto esculpido em marfim e ouro, do qual pendiam grandes candelabros dourados. Os garçons circulavam carregando taças de champanhe.

— Duquesa!

Várias cabeças se viraram ao som do cumprimento, mas Dani viu o homem se aproximando e sabia que era a ela que ele se referia.

Lester Stone a agarrou pelos ombros, e deu dois beijinhos nas bochechas dela.

— Você está linda.

Dani passou a mão pelas lantejoulas iridescentes que cobriam sua saia e cauda varrendo o chão.

— Obrigada.

— Não acreditei quando vi que você tinha sido convidada. Graças a Deus. Achei que eu fosse ficar cercado por velhos caretas.

Lester Stone era um lendário astro do rock e, embora estivesse chegando aos setenta anos, ainda tinha uma alma jovem.

Ele era um dos artistas mais populares de todos os tempos e vendeu mais de 250 milhões de discos no mundo todo. Por mais que Dani não gostasse de sua banda, ela reconhecia seu talento.

Mas esse reconhecimento não dava a ele o direito de tentar algo com ela, embora Lester desse em cima de Dani toda vez que a via. Ela pesquisara no Google fotos dele mais jovem e certamente conseguia ver o apelo. Porém, entre os anos de muitas festas e cirurgias plásticas, seu rosto se tornou uma eterna expressão surpresa que nitidamente passara sob o bisturi vezes demais, o que o tornava nada atraente. Era óbvio que ele achava que ainda parecia ter trinta e cinco. Ou se apoiava no fato de ser uma celebridade. De qualquer forma, não ia rolar. E, depois de alguns encontros, ela deixou isso registrado.

Mas, apesar daquilo, Dani gostava dele, então não se ofendeu quando o abraço durou um pouco mais do que o normal e a mão dele de alguma forma roçou sua bunda.

— Fiquei honrada com o convite — disse ela.

— Mostra que a família real tem bom gosto. Vamos, estão todos aqui.

Ela colocou a mão no braço que ele ofereceu e o seguiu, mas procurou por Jameson enquanto andava. Ele não estava à vista.

A boceta dela ainda formigava pela maratona de sexo oral daquela tarde que só terminou quando Jameson saiu para se arrumar e realizar tarefas com a rainha e a família real. Tudo aquilo tinha começado com os dois fingindo que era algo casual ou uma aventura de férias. Mas Jameson era mais do que ela esperara. Eles eram tão diferentes; ela nunca teria pensado que teriam algo em comum, muito menos o suficiente para sustentar um relacionamento. Porém, àquela altura, Dani estava disposta a tentar. A ideia de dizer adeus a ele ao final daquela semana era muito dolorosa. Quase inimaginável.

Quando chegaram ao grupinho do outro lado da sala, Dani não conseguia acreditar.

Você se deu conta de onde está? Aquela garotinha de Hampton, Virgínia, está no Palácio de Buckingham, cercada pela realeza musical — e real mesmo!

As pessoas diante dela compunham a nata da música. Todos eles faziam parte do Hall da Fama de seus gêneros musicais, tiveram vários álbuns no topo das paradas e fizeram shows com ingressos esgotados em todo o mundo.

E a pequena Dani Nelson.

Não Dani Nelson.

Duquesa.

É quem você é. É o que te trouxe aqui. E assim como essas pessoas, é o que você está aqui para representar. Então recomponha-se e dê a eles o que esperam.

Então, ela deixou que sua persona tomasse conta.

— Olá, acho que não nos encontramos pessoalmente, mas é muito bom enfim te conhecer — disse, com uma voz peculiar, uma mulher pequena usando um vestido azul-escuro fluído, com um longo cabelo loiro platinado. — Sou uma grande fã.

Kay Morgan, uma das estrelas do rock mais bem-sucedidas e influentes do mundo, a mulher que mais ganhara Grammys até então, era fã *dela*?

— Igualmente — respondeu Dani. — É um prazer te conhecer.

— Olá, Duquesa — cumprimentou Carl Page, uma lenda do Motown. — Nos conhecemos nos bastidores do AMAs há alguns anos.

— É verdade — concordou ela, se inclinando à frente e o cumprimentando com dois beijos na bochecha. — Bom te ver de novo.

Ela reconheceu Bobby Worth, uma estrela do rock e pop britânico dos anos 1980 e 1990, mas eles nunca tinham se encontrado, e ele apenas acenou para ela antes de se voltar para a pessoa ao lado e retomar a conversa.

Olhando ao redor, Dani deu um sorriso charmoso.

— Então, o que traz todos vocês aqui?

Eles riram.

Uma voz divertida disse atrás dela:

— Como está a outra metade do mais novo casal da realeza musical?

— Liam! — exclamou ela, dando nele um abraço genuíno. Ela balançou a cabeça, sorrindo um pouco. — Do que você está falando?

— De acordo com o *Us Weekly*, estamos namorando.

— Pensei que fosse o *In Touch*?

— Na verdade, o *Us Weekly* confirmou os rumores.

— Ah, se o *Us Weekly* confirmou... — Ela riu. — Como vai?

— Apenas existindo até que te vi. Você está deslumbrante, como sempre.

Dani sorriu diante do carinho nos olhos cor de avelã dele.

— Tenho certeza de que não sou a primeira mulher para quem diz isso esta noite.

— Não — admitiu Liam. — Mas você é a primeira com quem estou sendo sincero.

— Sabe que sou imune ao seu charme, não é?

— Porque você não passou tempo suficiente comigo. Tenho uma semana para mudar isso.

— Boa sorte.

— E eu preciso de sorte? Ainda mais quando Vovô Stone é meu único adversário.

Ela deu um tapa no braço dele.

— Não diga isso. Pelo menos não em voz alta.

— Então, ele está te rondando desde que você chegou e fazendo cara feia para mim agora, mas vocês não estão juntos?

— Você enlouqueceu? Ele é um velho branco. De jeito nenhum faz meu tipo.

— E jovens brancos? Temos chances?

A ideia não era tão absurda. O *Us Weekly* e o artigo que Nyla tinha mencionado não foram os únicos que insinuaram uma relação entre eles. Seria mais fácil se fosse verdade. Liam Cooper entendia o mundo dela e o papel que a imprensa teria nele. Ele entenderia o que ela precisava fazer por sua imagem.

Dani o encarou.

— Julgando pela quantidade de olhares que estou recebendo, acho que você anda meio ocupado.

Lester apareceu ao lado dela, se enfiando na conversa.

— Ouvi seu último single. O clipe vai sair em breve?

— Filmei faz uns dois meses. Saiu semana passada.

— Ele com certeza vai bater uma quando vir — disse Liam baixinho.

Dani deu uma cotovelada nele.

Mas tinha que admitir que ficou grata quando outra pessoa chamou a atenção de Lester.

— Parece que o dinheiro que usaram para reformar o lugar compensou — comentou Kay, tomando um gole da bebida e olhando ao redor.

— Você já veio aqui? — perguntou Dani.

— Várias vezes. Principalmente quando o príncipe John era vivo. Ele era um cara ótimo. Muito inteligente. E sensível. Realmente se importava com o meio ambiente muito antes de isso virar moda. Por isso fiquei feliz quando me convidaram.

— As coisas certamente eram diferentes na época — acrescentou Bobby, se juntando a eles na conversa.

— Ele não se importava em ficar nos bastidores. Só se importava com os filhos. Não tinha essa bobagem de masculinidade frágil — falou Kay.

Dani a amou por dizer aquilo e pelo fato de ter dito sem se importar com os homens presentes naquela conversa.

— Não sei o que ele faria com Julian e Bettina — afirmou Bobby. — Eles não são anjos, mas sabem que não devem aprontar assim.

Kay assentiu.

— Eles estão velhos demais para essa merda. John certamente não ia tolerar.

— Ouvi dizer que a rainha está até considerando passar a coroa para Catherine em vez de Julian — disse uma mulher que ela achava se chamar Mona.

— É por isso que eles estão desesperados — afirmou Bobby. — Este é provavelmente o melhor golpe de marketing que a Firma conseguiu em anos.

— A Firma? — perguntou Dani.

Bobby assentiu, com um toque de condescendência no rosto.

— É o apelidinho que se deram. Só para aqueles de dentro.

— Foi esperto da parte dela colocar Jameson no centro das atenções — disse Mona, corando sob suas bochechas cobertas de maquiagem pesada.

Quando ouviu Jameson ser mencionado, o coração de Dani acelerou.

— Se fosse um dos outros, a imprensa estaria muito ocupada perguntando sobre os inúmeros escândalos deles — comentou Kay. — Jamais conseguiriam focar nas boas ações do príncipe e nas causas que ele defendia.

— E este agora é novinho em folha — falou Bobby, nitidamente interessado.

Era como naquele episódio de *Seinfeld*. Os mundos estavam colidindo.

De repente, Dani se deu conta de que, embora soubesse quem Jameson era, estava pensando nele como se pertencesse a ela.

Seu professor inteligente, sexy e engraçado que, por acaso, era um membro da família real. Mas ele não era só seu.

Nossa, como ela era egoísta. Estivera pensando no evento e em como isso a afetaria. O que ia fazer com a vida dela. Mas e a vida dele? Dani sabia como ele se sentia em relação aos holofotes. Naquele momento, Jameson estaria sob eles. E só ficaria mais intenso naquela semana. De repente, ela ficou aflita pelo príncipe.

Dani sabia por que ele estava fazendo aquilo. Mas Jameson sabia no que estava se metendo?

Uma trombeta soou antes que um quarteto de cordas, posicionado em uma plataforma que ela não tinha visto antes, começasse a tocar.

— Falando no diabo — murmurou Mona.

Um homem que parecia ter saído direto de um romance histórico, vestindo um traje preto e branco, apareceu na frente de um microfone e um suporte.

— Senhoras e senhores, apresento Sua Alteza Real, o príncipe de Gales...

Um homem arrebatador, com o cabelo preto caindo sobre a testa, apareceu e ficou atrás do outro.

— A princesa Catherine...

Uma mulher com um porte sereno e majestoso, o cabelo loiro avermelhado caído em ondas elegantes sobre um ombro, usando um vestido marrom e uma tiara de rubi e diamante, se juntou a ele.

— A princesa Bettina...

Uma mulher loira em um longo vestido preto, com uma linda tiara de diamantes e safiras ficou no fim da fila.

— E seu anfitrião para o jantar desta noite, Sua Alteza Real príncipe Jameson...

Jameson apareceu, e Dani perdeu o fôlego. Ele estava lindo em um terno preto formal, caindo com perfeição em seus ombros largos e um lenço de bolso azul marinho e dourado. Tão alto e forte. E, enquanto secretamente observava ao redor, ela notou todos os olhares de admiração que ele recebia.

Olhem o quanto quiserem, vadias. Sou a única aqui que sabe o gosto e o calor desses lábios e dedos. Sou a única que gritou o nome de Jameson enquanto ele a fodia nas primeiras horas da manhã.

— E Sua Majestade, a rainha.

A rainha apareceu e deslizou diante de todos, uma visão em um vestido verde-esmeralda que contrastava lindamente com a pele pálida e combinava com a tiara deslumbrante aninhada em seus cachos brancos como a neve.

Uau. Eles eram lindos. Olhando-os, eles se pareciam com o que se poderia imaginar que uma família real, de uma nação majoritariamente branca, seria. E, naquele momento, Jameson nunca pareceu tão distante de Dani.

— Duquesa. Sr. Cooper. Estão prontos para conhecer a rainha? — perguntou Louisa, aparecendo ao lado dela em um vestido preto simples que ficava lindo com seu cabelo ruivo.

— Agora? — perguntou Dani, surpresa.

— Sim. A rainha pediu para ser apresentada aos artistas e aqueles que falarão durante os eventos. O restante dos convidados irá para o salão de jantar. Mas vocês devem me acompanhar. — Ela gesticulou para Dani e os outros músicos.

Liam ofereceu o braço a Dani, e ela aceitou, seguindo Louisa e os outros enquanto cruzavam o corredor em direção às portas duplas no final da sala. Elas se abriram e revelaram uma longa mesa primorosamente posta para o jantar, cercada por várias mesinhas redondas que estavam igualmente bem-postas.

A maioria dos convidados estava sentada em suas mesas, e a família real estava posicionada entre as duas salas. Dani e Liam se juntaram a uma fila de pessoas esperando para conhecer os anfitriões.

— Meu primeiro *meet and greet* real — sussurrou Liam, se referindo ao momento antes dos shows em que fãs pagam pela oportunidade de tirar fotos e conversar com o seu ídolo.

— Quanto você acha que a rainha cobra por uma selfie? — perguntou Dani, rindo.

Ela ergueu o olhar e viu que Jameson a observava. Ela mordeu o lábio inferior e sorriu, mas o maxilar dele ficou tenso, e o príncipe desviou o olhar, focando na pessoa diante dele.

Ai.

Quando ela chegou ao início da fila, uma luva branca a interrompeu. Só quando Kay estava a várias pessoas de distância, a mão desapareceu e Dani pôde prosseguir.

Ela fez uma breve reverência à princesa Bettina, que a encarou de nariz em pé e murmurou:

— Como vai?

A princesa mal havia dito a última palavra quando seu olhar se voltou para Liam. Então seus olhos se iluminaram e os lábios sorriram com interesse.

Nem princesas eram imunes ao charme daquele homem.

Em seguida, Dani conheceu a princesa Catherine que, embora educada, a olhou com curiosidade.

Príncipe Julian, que fora anunciado como o príncipe de Gales, a encarou como se conseguisse enxergar através de cada camada das roupas. Ele estendeu a mão e, quando Dani a aceitou, ele a puxou para mais perto. Ela foi pega de surpresa. Assim como o comentário dele.

— Você parece um delicioso chocolate embrulhado em ouro. Posso ter a chance de te desembrulhar e ver se o seu gosto é igualmente doce?

Puta merda.

Ela arregalou os olhos, tentando — e falhando em — esconder o choque e o nojo. Não era a primeira vez que ela recebia esse tipo de comentário. Não tinha sido nem o mais vulgar. Mas foi o mais inesperado. Porque ela pensou que não aconteceria ali.

Consciente de que causara um breve atraso, Dani forçou um sorriso e puxou a mão.

— Acho que não, Sua Alteza Real. Alguns chocolates podem ser refinados demais até para você.

Babaca!

Ela expirou e tentou recuperar o fôlego, se forçando a se acalmar. Porque Jameson era o próximo, e Dani estava mesmo ansiosa por essa experiência.

Eles combinaram com antecedência como iriam agir, considerando que foi ele quem a convidou oficialmente, mas também queriam manter o relacionamento deles em segredo.

— Sua Alteza Real — cumprimentou Dani, enfim oferecendo a ele uma reverência perfeita.

— Duquesa.

Ela se acostumara tanto a ser chamada de Dani que ouvir a voz deliciosa dele pronunciar seu nome artístico a fez sentir ondas de calor.

Jameson estendeu a mão.

— Você está linda esta noite. Obrigado por vir.

— O prazer é meu — disse ela, apertando levemente e passando o dedo pela palma dele.

Os olhos de Jameson escureceram, as narinas inflaram, e Dani reconheceu aquela expressão. Sabia que ele estava se lembrando do prazer que dera a ela antes.

Lá estava ele. Lá estava seu Jay.

Dani segurou a mão dele por uma fração de segundo a mais antes de soltar.

Graças a Deus pelo enchimento do vestido. Os mamilos dela estavam tão duros que tinha certeza que estavam visíveis através do tecido metálico.

Não era a impressão que queria dar à rainha.

— Sua Majestade.

A rainha a olhou de cima a baixo, seus olhos azuis afiados.

— Devo admitir, você não é o que eu estava esperando.

Que diabos aquilo significava?

Ela não esperava que Dani fosse a artista que Jameson convidara para se apresentar?

Ela não esperava alguém com aquela aparência ser chamada de Duquesa?

Mas qualquer resposta àquelas perguntas teria que esperar. Outra mão de luva branca gesticulava para que Dani entrasse na sala de jantar e não segurasse a fila.

De novo.

Ela foi direcionada para um assento na longa mesa, a apenas duas posições da cabeceira. Se a rainha estivesse sentada ali e Jameson ao lado, isso colocaria Dani perto dele durante a noite. Ela se perguntou se ele tinha interferido no arranjo dos assentos.

— Intenso, né? — perguntou Liam segundos mais tarde, sentando ao seu lado. — Achei que conhecer o presidente tinha sido intimidador.

— Nem todos nós tivemos o prazer — comentou Dani.

— Acredite em mim, vai ser fácil. A princesa Bettina me deu mole. E o que aconteceu com aquele outro, príncipe Jameson? Achei que ele ia chamar os guardas e me jogar na masmorra! Parecia querer me matar.

O coração de Dani acelerou.

— Parecia?

— Sim. Talvez a namoradinha de escola dele tivesse uma paixonite por mim ou algo assim.

A música começou e todos se levantaram. A família real entrou e se sentou na mesa principal. Quando viu a disposição final dos assentos, Dani entendeu a loucura de seu pensamento anterior.

A rainha estava no centro da mesa, com Jameson à direita e o príncipe Julian à esquerda. Dani podia ver Jameson, mas eles não estavam sentados próximos o suficiente para conversar. Ele estava sentado ao lado de uma linda mulher de vestido rosa, seu cabelo loiro em um coque chique, que parecia muito à vontade com ele. Na verdade, a mulher parecia familiar para Dani também. Ela disse algo que o fez rir, e se inclinou até seus ombros se tocarem.

— Talvez amor à segunda vista dê certo — disse Kay, sentada do outro lado de Dani.

— Como é?

Ela gesticulou na direção de Jameson e a mulher loira.

— O príncipe e a lady Imogen Harrington. Os dois namoraram há alguns anos. Quem sabe ela esteja tentando relembrar os velhos tempos?

Ela era a mulher na foto que Nyla havia mostrado a Dani! Ele assentiu para algo que lady Imogen estava dizendo, a mão dela descansando confortavelmente no ombro dele.

Eles estão em público. São velhos amigos. Ele não pode ser grosseiro.

Mas aquilo não impediu que a raiva de Dani crescesse, mesmo sabendo que não fazia sentido estar tão chateada. Ela conversou com algumas pessoas ao redor, mas não conseguiu evitar que seus olhos se voltassem para os dois, que formavam um casal impressionante.

Que pareciam pertencer um ao outro.

Liam estendeu a mão e a colocou na dela. Dani deu a ele um olhar feio, então percebeu que Liam estava removendo a faca que ela estava segurando.

— Sei que isso não é totalmente a nossa praia. Mas daqui a pouco acaba — disse ele, interpretando mal o motivo da chateação dela. — Talvez eu te convença a tomar um drink comigo.

Ela sorriu e tomou um gole de água.

Controle-se, Dani.

— Sabe — prosseguiu Liam —, geralmente somos nós que chamamos atenção. Mas nesta situação, eles são as estrelas e nós somos a plateia. Nunca pensei que diria que alguém é muita areia para o meu caminhãozinho. Mas esse pessoal é de outro nível.

Dani olhou para Jameson no momento em que lady Imogen colocou a mão sobre a dele na mesa. Seus olhos ficaram vermelhos de raiva, então ela pegou a taça.

Ia ser uma longa noite!

Capítulo Dezenove

Sempre vá ao banheiro quando tiver chance.

— George V

Entre buquês de flores rosas e brancas e candelabros dourados, Jameson observou Dani jogar a cabeça para trás e rir de algo que Liam Cooper disse. O ciúme surgiu em sua mente e abriu caminho direto para seu coração. Não foi uma risada educada em resposta à conversa exigida. Foi genuína. E Jameson reconheceu porque era o jeito que ela ria com ele.

Na noite anterior, o príncipe esteve dentro dela, agarrou seu corpo exuberante contra o dele, inspirou seu cheiro enquanto sua boceta sugava seu pau quando ela gozou. E agora eles estavam separados, forçados a conversar com pessoas que não queriam.

Fale por você. Ela parece estar se divertindo.

Verdade. Quando Jameson entrou na sala, seus olhos varreram a multidão até encontrá-la. Dani se destacava, não porque era uma das poucas pessoas negras na sala, ou por causa do seu vestido. Mas por causa de sua essência. Sua aura. Ela exalava uma energia que era magnética.

Porém, ao localizá-la, Jameson viu outro homem tão perto que poderia ser um acessório extra. Seu primeiro instinto foi ir até lá e reclamá-la. Deixar que todos soubessem que ela lhe pertencia.

De onde vinha esse sentimento de posse? Jameson não era assim. Ele nunca foi ciumento.

Mas, também, nunca estivera com alguém como Dani. Pela primeira vez, ele entendeu como outras pessoas se sentiam ao namorar um membro da realeza. Alguém que o mundo acreditava pertencer a ele também. Todos a conheciam. Caramba, a maioria das pessoas a tinha visto quase nua.

E aquilo o tinha colocado em um estado vulnerável que Jameson não tinha previsto nem sabia como lidar.

E o comportamento de Julian durante a fila de recepção não tinha ajudado em nada.

— Aí está ela — disse Julian, acotovelando Jameson. — Porra, achei que ela era sexy nos clipes. Mas ela é gostosa pra caralho pessoalmente.

Jameson fechou as mãos em punho. Ele podia imaginar a baba caindo da boca de Julian enquanto os dois observavam Cooper pousar a mão na cintura dela e se inclinar para sussurrar em sua orelha. Um som de rugido preencheu sua audição. Se estivesse segurando uma taça de champanhe, teria quebrado a haste. Mas Jameson não podia dizer nada. Senão entregaria a si e o relacionamento deles.

— Você acha que ele está fodendo ela? — sussurrou Julian.

— Quê? — Jameson engasgou em seu nojo e raiva.

E ciúmes.

— É óbvio que está. Se ela faz o que as músicas e os clipes mostram, com certeza vou dar um jeito de me meter lá.

Meu Deus, seu tio era um filho da puta.

Jameson o encarou.

— Ela está aqui como nossa convidada. Você não quer irritá-la antes da apresentação.

— Não preciso que me diga isso. — Julian fez cara feia antes de ceder. — Você está certo. Minha mãe enlouqueceria se algo do tipo acontecesse. Talvez depois...

Quando Dani chegou a Julian, o príncipe agarrou a mão dela e praticamente a despiu com o olhar antes de fazer um comentário de mau gosto e inapropriado.

Jameson semicerrou os olhos e virou de costas antes que afundasse o punho na cara do tio, sem se importar com as consequências.

Mas Dani lidou bem com a situação. Jameson sabia que ela estava com raiva, mas ela se soltou com um sorriso e uma resposta afiada antes de sair andando.

E então estava diante dele.

A visão de Jameson ficou nítida. Sua respiração desacelerou. E o coração se estabilizou no peito.

Minha.

E teve mais certeza ainda quando pegou a mão dela e sentiu a conexão instantânea.

Um sorriso perverso surgiu na boca deliciosa dela, e Dani o encarou com aqueles olhos castanhos que prometiam tudo o que ele conseguisse aguentar e muito mais.

Mas então Dani fez uma reverência, se dirigiu a ele pelo título e seguiu em frente. A provocação visual e o autocontrole dela o fizeram ficar mais duro do que qualquer coisa.

Se Dani estivesse sempre ao meu lado, eu não me importaria de participar de mais eventos formais. Com ela por perto, tudo se tornaria mais suportável.

O pensamento espontâneo surgiu em sua cabeça, deixando-o chocado com o desejo.

Eles haviam concordado que o que tinham era temporário. Nenhum dos dois mencionara a possibilidade de aquilo continuar depois que ela partisse. Mas ele estava considerando o assunto. O que era loucura. Aqueles eventos eram a contagem regressiva para a partida dela. E, assim como a Cinderela, quando o baile acabasse em uma semana, Dani desapareceria.

Você está sendo dramático.

Certo.

Dani não ia desaparecer. Ela iria para casa se dedicar ao seu empreendimento. Mas o resultado seria o mesmo.

Ela partiria.

A dor que o atingiu ao lembrar que isso aconteceria em breve o teria derrubado se Jameson não estivesse sentado.

— Todo mundo está animado para a celebração. Só falam disso há meses — comentou Imogen, arrancando-o de seus pensamentos e o trazendo de volta.

Jameson sorriu e assentiu, o que foi suficiente para ela continuar.

Isso foi insensível, Jameson.

Lady Imogen Harrington era uma mulher gentil e ele tinha gostado do breve tempo em que ficaram juntos, dois anos antes. O Palácio tinha visto o relacionamento com bons olhos. Mas Imogen estava buscando alguém que fosse da realeza não só no nome. Eles se separaram cordialmente e conseguiram manter uma relação amigável. Em qualquer outra ocasião, ele teria gostado de ficar sentado ao lado dela.

Infelizmente, naquele momento, ele só queria estar sentado ao lado de Dani.

Ela é uma jovem adorável e perfeita na teoria, mas não te deixa assim.

A mãe dele estivera certa sobre Imogen.

Jameson arriscou uma olhadela em direção a Dani, e a viu conversando com os convidados sentados ao seu redor. Os olhos dele não conseguiam se decidir onde queriam focar. No rosto dela ou no decote, tentadoramente exibido naquele vestido incrível.

Dani mostrara o vestido ao príncipe antes do evento. Parecia convidativo no cabide, mas...

— Ninguém mais estará vestido assim.

— Você não gostou?

— Eu amei.

Mas era tão... extravagante. Todos os olhares estariam nela. O peito dele se apertou.

— Talvez você deva escolher algo mais parecido com o que Catherine ou Bettina vão usar.

— Por quê? Não sou membro da família real ou da alta sociedade britânica e não estou tentando ser outra pessoa além de mim.

E Dani estava certa. Ela era um pavão em meio a pardais, um rubi em um saco cheio de vidros coloridos, uma orquídea em um buquê de cravos. Em seu corpo, aquele vestido deslumbrante deveria ter sido proibido. O tecido dourado do corpete parecia se encaixar nela como se tivesse sido pintado, alargando-se logo acima dos joelhos para permitir que ela andasse. Quando ela atravessou a sala, o material fluiu atrás dela como um flautista, suas curvas eram uma atração difícil de resistir.

O sangue fez o pau latejante dele inchar, e Jameson se remexeu na cadeira. Ele esperava ser capaz de aguentar até o fim do evento naquele ritmo.

Cooper arruinou a imagem, inclinando-se e sussurrando no ouvido dela.

— Está tudo bem? — perguntou Imogen.

— Sim. Por que a pergunta?

— Sua expressão. Viu algo que te incomodou?

Sim, a porra do Liam Cooper parece ter problemas com espaço pessoal!

— Não. Está tudo bem.

— Que bom. Porque eu estava me perguntando...

O olhar dele foi outra vez atraído para Dani. Daquela vez, ele encontrou os olhos dela.

Ela deu uma piscadela.

Aquele único gesto foi como uma válvula de escape para tudo que o estava sufocando. Jameson não sabia que Dani tinha o poder de fazê-lo se sentir melhor, porém, até do outro lado da mesa, a influência dela era nítida.

Sorrindo, ele virou a cabeça e viu que a avó o encarava. Ela olhou para Dani rapidamente e, embora sua expressão não tenha se alterado, ele sentia o ar de desgosto. A rainha desviou o olhar e começou a conversar com Carl Page, um artista que o príncipe John adorava.

O pavor tomou conta de Jameson.

Aquilo não era bom.

DEPOIS DO JANTAR, eles voltaram para East Gallery, onde a orquestra tocava e vários casais foram para a pista de dança. De canto de olho, Jameson percebeu brilhos dourados. Ao se virar, ele viu Cooper escoltando Dani para fora no meio da multidão crescente.

Ao lado dele, Imogen suspirou.

— Eles fazem um lindo casal.

Embora doesse admitir, ela estava certa. Dani e Cooper ficavam ótimos juntos. Da mesma forma que Dani não estava vestida como qualquer outra mulher ali, Cooper parecia completamente diferente dos outros homens. Ele estava usando um smoking azul-marinho com uma gola preta de cetim, contrastando com seu cabelo loiro cacheado. Juntos, estavam magníficos.

Eles eram do mesmo mundo e entendiam os mesmos desafios. Talvez Cooper fosse uma opção melhor para ela.

— Eu nem sabia quem ela era — comentou Imogen. — Não escuto o tipo de música que ela faz. Mas quando vi os clipes, me preocupei que aparecesse aqui vestida daquele jeito! Acho que devíamos agradecer que não aconteceu. Até ouvi alguns convidados dizerem que ela é muito encantadora.

Jameson pressionou os lábios em uma linha fina. A arrogância dos convidados.

— Agora sim, esse é o tipo de música que prefiro. É Strauss. E perfeito para dançar... — Ela deixou as palavras no ar, de propósito.

Os protocolos e tradições da aristocracia britânica. Imogen queria dançar, mas não podia convidá-lo.

Dani nunca teve problema em dizer a ele o que queria.

Jameson estendeu a mão.

— Você gostaria de dançar?

Imogen sorriu.

— Eu adoraria.

Enquanto a orquestra começava a próxima música, Jameson a levou para a pista de dança e a puxou para o devido lugar. Ele tinha conseguido renunciar à maioria de seus deveres reais, mas sua presença e atenção ainda eram necessárias nos bastidores. Ele tinha suportado anos de aulas de dança, etiqueta e comportamento. Talvez não tenha tido tantas oportunidades para utilizar suas habilidades — felizmente! —, mas os movimentos estavam enraizados nele. Ele a conduziu pela pista com facilidade.

Quando a música terminou, lorde Croft se aproximou deles.

— Sua Alteza Real, lady Imogen, posso ter a honra da próxima dança?

Imogen o olhou, mas quando Jameson inclinou a cabeça, sinalizando que era escolha dela, Imogen deu um sorriso apertado e se voltou para o outro homem.

— Certamente.

Jameson fez uma reverência.

— Obrigado pela dança, lady Imogen.

Incapaz de se conter, ele buscou por Dani e viu Julian se aproximando dela como um míssil.

Sabendo o que poderia acontecer, Jameson se apressou para cruzar a pista, chegando antes de Julian por uma questão de segundos.

— Uma dança? — perguntou ele, um tanto sem fôlego.

Dani o encarou de olhos arregalados.

— O que está fazendo?

— Não é óbvio? Te chamando para dançar.

— Pensei que tínhamos concordado em manter distância em público.

Ele deu uma olhada ao redor. Várias pessoas os observavam, incluindo Julian, de olhos semicerrados e rosto vermelho.

— A essa altura, seria mais fácil você aceitar do que a gente ficar parado aqui tendo essa conversa.

Ciente dos julgamentos, ela deu a mão a ele e o seguiu para a pista de dança.

Jameson deslizou um braço ao redor do seu corpo e segurou a parte superior das costas dela enquanto Dani colocava a mão em seu ombro. Ele desejou poder abaixar a mão, puxá-la para mais perto e pressionar o rosto contra o cabelo dela, mas aquilo era o melhor que podia fazer para manter os dois livres de escândalos. Seus corpos ficaram na posição perfeita fora do centro, e ele a conduziu em uma valsa padrão ao redor do espaço.

Um, dois, três.

Um, dois, três.

Eles se moveram juntos sem esforço, e depois de alguns momentos todos os outros desapareceram até que fossem apenas os dois e a música. O cabelo de Dani tinha sido preso em um coque acima da cabeça, com mechas emoldurando seu rosto e plumas contra seu pescoço e clavícula nua.

— Você parece estar se divertindo — comentou Dani, olhando por sobre o ombro dele.

Jameson inspirou. O cheiro dela era incrível.

— Pareço?

— Sim. Com lady Imogen. Estavam relembrando os velhos tempos?

— Não. Falamos da celebração.

— Por quanto tempo vocês namoraram?

A zona de conforto em que estava sumiu.

Jameson franziu a testa. Por que estavam falando de Imogen? Principalmente quando ele passara a maior parte do tempo pensando em Dani.

— Seis meses, talvez.

Ele desejou que ela o olhasse, mas, em vez disso, Dani estava focada em algum ponto acima do ombro dele.

— Por que terminaram?

O peito dele se apertou. O que era aquilo?

— Pelo mesmo motivo que a maioria das pessoas. Queríamos coisas diferentes.

Dani olhou para ele.

— O que...

— E você? — perguntou Jameson, perdendo o resto da paciência. — Você já conhecia o Cooper?

Ela franziu as sobrancelhas.

— Liam? Lógico. Somos do mesmo selo da gravadora e já nos apresentamos juntos várias vezes.

— Você namorou com ele?

— Por que você está me perguntando... — Dani se interrompeu e respirou fundo, seus seios esticando os confins de seu corpete. — Não, nunca namoramos, embora a imprensa esteja dizendo que estamos namorando agora. Estávamos só conversando. Sendo educados. É o que se faz em festas.

— Educados? Antes vocês pareciam bem íntimos.

— Porque nos conhecemos. E nós dois estamos deslocados aqui, então é bom ver um amigo, um rosto familiar.

A tensão no peito dele aliviou.

— Foi assim com Imogen.

— Ah, não. Isso é diferente. Nunca namorei Liam, mas você namorou Imogen por seis meses.

Eles precisavam continuar essa conversa a sós.

— Vamos...

A música parou, e Louisa entregou um microfone a Marina. Dani se desvencilhou dele rapidamente. Ela cruzou os braços.

— Sua vez.

Droga!

Encontrando o olhar de Louisa, ele assentiu, mas apertou o cotovelo de Dani e disse:

— Fique aqui. Por favor. Não vou demorar.

Jameson não podia arriscar olhar para trás e confirmar se Dani ainda estava lá. Não com todos o observando. Ajustando os punhos de seu paletó, ele caminhou até onde a rainha estava em um palanque ligeiramente elevado e tomou o lugar ao lado dela. Então a avó começou a falar.

— Obrigada a todos por se juntarem a mim para celebrar meu amado John e seu trabalho beneficente. Como vocês sabem, meu marido foi um pioneiro da causa ambiental. Quando fomos apresentados, em 1965, eu estava tentando conhecê-lo e ele estava tentando me convencer de que o Palácio precisava reimplantar protocolos de reciclagem com o padrão da Segunda Guerra Mundial! — Marina esperou que as risadas passassem. — Ele faleceu cedo demais para o meu gosto, mas John era assim. Ele sempre foi à frente de seu tempo de muitas maneiras.

A rainha tirou um momento para se recompor antes de prosseguir.

— E eu não conseguiria pensar em nada que ele fosse amar mais do que um evento focado em seu trabalho beneficente e seus artistas favoritos. O lucro dos eventos da semana irão para o fundo de caridade de John. Então agradeço desde já por sua generosidade. E estou muito feliz por saber que o trabalho dele continuará a influenciar e beneficiar futuras gerações, graças ao nosso neto, Jameson. Vocês o verão e ouvirão falar mais dele esta semana, já que o nomeei representante da Coroa para a celebração. Ele é o futuro desta família, e nós estamos muito orgulhosos.

Houve arfares de surpresa e então uma rodada entusiasmada de aplausos. Jameson assentiu e deu um sorrisinho, mas sua atenção estava em uma pessoa.

Dani.

Ele observou a sala e a encontrou falando com uma garçonete num canto, longe dos convidados reunidos próximos à plataforma. Jameson cedeu à necessidade de estar ao lado dela e consertar a tensão entre eles, fodam-se as consequências. Ele pediu licença... mas encontrou seu caminho bloqueado por Julian. As bochechas do príncipe estavam coradas, seu cabelo um pouco desgrenhado.

— Como é estar aqui em cima e ser bajulado pela minha mãe? — perguntou ele, as palavras arrastando enquanto levava o copo à boca.

— Pare de beber, Julian — respondeu Jameson, tentando passar e seguir Dani.

— Isso não vai durar — afirmou Julian. — Ela só está te bajulando porque precisa de você. Mas quando esse evento acabar, meu Deus, quando você desapontar a rainha, será descartado como o resto de nós.

O que eles eram, dois adolescentes brigando pela mesma garota?

— A diferença entre nós é que eu não ligo para isso — rebateu Jameson antes de se afastar.

Ele se aproximou da garçonete, distinta no uniforme do palácio de cauda preta com colete vermelho e dourado.

— Aonde Dani foi?

— Sua Alteza Real? — a jovem perguntou, com um toque de confusão e pânico em sua expressão.

— Duquesa. Eu vi vocês duas conversando. Aonde ela foi?

— Ah. Hã...

— Sim?

— Bem, senhor, eu... — As bochechas dela coraram.

A impaciência estava tomando conta dele. A necessidade por Dani cravando garras em seu peito.

— Fale logo!

A moça se encolheu.

— Ela foi fazer xixi!

Ele piscou.

— Xixi?

— Não acredito que falei "xixi" para o príncipe Jameson — disse ela antes de se recompor. — Desculpe. Havia fila no toalete para onde devemos direcionar os convidados, então eu a levei a um perto do closet real. Sei que eu não devia, mas ela é a Duquesa. Não é uma pessoa qualquer...

— Tudo bem — disse ele, amansando o tom. — Você não está encrencada. Fez a coisa certa. Só não leve mais ninguém até lá.

O alívio tomou conta do rosto dela.

— Obrigada, senhor. E não vou. Prometo.

Ele saiu do salão de baile e correu pelo longo corredor até a sala que não continha mantos, coroas e cetros forrados de pele como o nome poderia sugerir. O local era na verdade onde a família real se reunia antes das cerimônias oficiais do Estado. Ele atravessou a porta que procurava e a fechou atrás de si.

Pequena para os padrões do palácio, a sala era semelhante a muitas outras por ser luxuosamente decorada, com uma lareira magnífica, cadeiras e mesas antigas em um enorme tapete Aubusson e pinturas de grandes artistas adornando as paredes.

E também estava vazia.

Vários momentos depois, a porta espelhada do outro lado da sala se abriu, e Dani apareceu, alisando a frente do vestido. Ele suspirou alto e ela paralisou, arregalando os olhos.

— Jay! Você me assustou.

Várias emoções passaram pelo rosto dela. Alívio. Afeição. Mágoa. Raiva.

Ela começou a andar.

— Você estava planejando encontrar sua namorada aqui?

Em vez de responder, Jameson a encontrou no meio da sala, agarrou a nuca dela e a trouxe para perto, calando Dani com um beijo e reivindicando seus lábios.

Não houve resistência enquanto ela se derretia nele. Dani tinha gosto de champanhe e doces e um sabor que era só dela. Ele estava viciado. Passou os braços em volta da cintura dela e pressionou o corpo contra o seu. Dani gemeu, e Jameson beijou seu pescoço, querendo possuí-la. Querendo provar toda a sua pele.

Como se não tivesse feito exatamente isso nas últimas três semanas.

Ele a beijou novamente e a ergueu em seus braços. Olhando ao redor — por que havia tantas estátuas e vasos ali? —, ele a levou até o único espaço vazio na parede, ao lado da lareira. As pernas dela apertaram a sua cintura. Jameson arrastou os lábios e a língua pelo decote que estivera observando antes. Ela gemeu e pressionou mais a cabeça dele contra seu corpo, arruinando o penteado.

Jameson não se importou.

Ele deslizou um dedo dentro dela e revirou os olhos ao sentir a umidade. Acrescentou um segundo dedo, entrando e saindo de sua boceta.

— Isso... amor — gemeu Dani, se agarrando a ele e cavalgando em sua mão.

Girando aqueles dedos, ele os curvou para cima e massageou seu ponto G.

— Caralho! Jay! Amor! — Ela explodiu contra ele.

Ele a beijou para abafar o som e abriu o zíper, permitindo que seu pênis ereto ficasse livre. Agarrando a base, ele o enfiou na boceta dela. Ambos gemeram com o ato e a testa de Dani caiu sobre o ombro dele. Então não houve sutileza, nem lentidão. Seus quadris se mexiam rápido enquanto a penetrava, incapaz de controlar a necessidade de possuí-la. De deixá-la saber o quanto ele a queria.

Usando o corpo e uma das mãos para mantê-la firme contra a parede, ele usou a outra para erguer a cabeça dela até que estivessem olhando um para o outro.

— Você é tudo. Eu só penso em você. Seu cheiro me seduz. Seu gosto me provoca. A sua pele é a mais macia. Sua bunda é incrível. E estar dentro de você é maravilhoso. Eu só penso nisso. É tudo o que quero. Entendeu?

— Entendi, amor. Entendi — gemeu ela.

O prazer o percorreu, e Jameson sentiu o gozo querendo se libertar. Mas era inevitável, assim como se apaixonar pela mulher em seus braços. Quando gozou, para abafar o grito que queria emergir, ele selou a boca no pescoço dela. Quando Dani se juntou a ele, vários momentos depois, uma das mãos agarrou a frente da camisa dele, e ela tapou a boca com a outra.

Ambos estavam respirando pesado, e Jameson levou um momento para organizar os pensamentos.

— Olhe para mim — pediu ele baixinho, querendo que ela visse a sinceridade em suas palavras.

Dani o encarou, com desejo e satisfação nos lindos olhos. Mas mesmo naquele momento, parte daquela satisfação cedia à mágoa de antes. Ele não deixaria isso acontecer.

— Tenho deveres reais. Principalmente com este evento. Mas eu preferia estar com você. Aqui ou em qualquer outro lugar. Fazendo isso ou não. Poderíamos assistir a um filme, jogar um jogo ou simplesmente ler. Desde que eu estivesse com você.

Ele buscou o olhar de Dani, esperando que ela acreditasse.

— Eu sei disso. Eu sei. É só que... Isto não fazia parte dos meus planos — respondeu Dani, em um suspiro pesado. — O que estamos fazendo?

Ah, se ele tivesse a resposta.

Capítulo Vinte

Não se engane com o nome / Nessa cama vou reinar / Então acerta / Aperta / Ou sua cabeça vai rolar!
— Duquesa, "Caça às vagabundas (Dirty Junkie feat. Duquesa)"

Outro dia, outra rodada de flashes tentando cegá-la.

O sol brilhava forte, e Dani estava na calçada, em Londres. Com lojas misturadas a casas geminadas, as ruas cheias de bicicletas, mesas de café e placas. O bairro era parecido com qualquer outro nos Estados Unidos.

Tirando a parte de que era impossível se mover. Em ambos os lados da rua, multidões de pessoas e fotógrafos estavam presos atrás de barricadas de aço pesadas, braços segurando celulares erguidos, os sons de gritos e aplausos ensurdecedores enquanto um grupo de celebridades e o membro da realeza mais conhecido do momento faziam a recepção em frente a um prédio branco de quatro andares. A polícia, de preto com coletes amarelo-neon e a segurança particular, incluindo o próprio guarda-costas de Dani, Antoine, percorriam o perímetro, virando as cabeças.

Louisa, em um adorável vestido verde floral, estava apresentando Jameson a várias pessoas. Ele sorria e assentia, casualmente sexy em calças cor de areia e uma camisa azul escura de botões de colarinho aberto, que combinava com seus olhos. Dani inspirou enquanto o calor passava por seu corpo. Será que algum dia ela não iria desejá-lo? Mesmo quando estava irritada com ele, como estivera no jantar, um beijo de Jameson já a deixara molhada e a fizera abrir as pernas.

O evento de abertura na noite anterior tinha sido a primeira aparição deles como Duquesa e príncipe Jameson, duas pessoas que se conheciam, mas que definitivamente não estavam transando.

Não tinha acontecido da forma que esperaram.

Nenhum dos dois sabia como reagiria ao ver o outro fora da bolha que criaram em Primrose Park. Foi um desafio para ambos. Eles precisavam se sair melhor.

Uma mulher branca baixa vestindo jeans e uma blusa amarela corou e curvou a cabeça quando Jameson apertou sua mão.

Dani resistiu ao impulso de revirar os olhos. Ela estava começando a perceber que ele tinha esse efeito em todos.

Louisa se moveu para ficar na frente dos microfones.

— Boa tarde. Eu apresento a vocês Sua Alteza Real príncipe Jameson.

Jameson abriu um sorriso tímido, mas não menos avassalador.

— Obrigado a todos por virem. Meu avô era patrono de centenas de organizações, embora não seja segredo que as causas ambientais eram sua paixão. Hoje estamos aqui na Bloom Urban, uma instituição de caridade que ocupava um espaço especial em seu coração. Criada em 1994, sua missão é ajudar áreas urbanas a se tornarem mais sustentáveis por meio de parcerias corporativas e campanhas ambientais. Quem está aqui para falar mais a respeito é Katie Fielding, diretora executiva da Bloom Urban.

A mulher de blusa amarela deu um passo à frente.

— Obrigada, Sua Alteza Real.

Jameson cedeu o lugar para ela e ficou com as mãos cruzadas atrás das costas, o que apenas enfatizava a amplitude de seu peitoral. Dani reparou que o príncipe a observava. Ele deu uma piscadela, e ela lutou para não sorrir, embora por dentro ela se sentisse como uma adolescente vendo um show do seu grupo favorito pela primeira vez.

Dani tentou se concentrar no motivo que a levara até ali e no que a mulher estava dizendo.

— O rápido desenvolvimento urbano está aumentando nossos problemas ambientais, e a Bloom Urban tem a tarefa de mudar isso. Queremos que nossas comunidades sejam sustentáveis, criando um ambiente saudável, uma economia próspera e uma vida mais feliz para as gerações que virão. O príncipe John e sua contribuição foram inestimáveis, e somos muito mais do que gratos por seu apoio. E quando conversamos com o príncipe Jameson, vimos que estaremos em mãos muito ca-capazes — gaguejou ela, suas bochechas corando novamente.

Jameson ficou ao lado dela.

— Tinha planejado revelar isto no fim da semana, mas já que este lugar era tão importante para o meu avô, esta é a oportunidade perfeita para anunciar que a família real vai instituir o Prêmio John Foster Lloyd pelo Ambientalismo. Será concedido anualmente a indivíduos e/ou organizações pelo trabalho na área dos estudos ambientais. Daremos mais informações nos próximos meses.

Katie bateu palmas.

— Isso é incrível e estamos honrados por você ter revelado aqui. Agora, temos uma manhã interessante organizada para vocês. Começaremos com um tour pelos escritórios da Bloom Urban e revisaremos algumas iniciativas em que o príncipe John trabalhou, assim como alguns projetos em desenvolvimento. Então, se vocês puderem me acompanhar...

Jameson parecia querer esperar por Dani, porém, com Katie aguardando cheia de expectativas, ele gesticulou para esta ir à frente.

Dani engoliu a decepção. Fazer o quê. Por mais que quisesse passar tempo com Jameson, ela precisava manter as aparências.

— Podemos ir? — perguntou Liam, oferecendo o braço a ela.

Dani sorriu para ele.

— Podemos.

Liam também chamava a atenção. Estava usando jeans escuros e uma camiseta verde com gola V, onde enfiou os óculos escuros, e um gorro que cobria grande parte de seus cachos. Ele parecia exatamente o que era, o pop star que entrou em muitas listas de músicos mais sexy de todos os tempos. Enquanto aceitava o braço dele, eles se juntaram à fila de pessoas subindo os degraus para o prédio.

Um grito cortou a multidão, e ela pensou ter ouvido: "Duquesa!"

Em reflexo, Dani se virou para ver de onde o som vinha. Havia uma comoção acontecendo à esquerda dela, mas a segurança parecia ter tudo sob controle, e Antoine não estava envolvido. Dando de ombros, ela prosseguiu.

Todo dia é assim
Vêm me perguntar
Por que os caras enlouquecem
Quando mando pular?

Alguém estava gritando a letra de sua música?

De olhos arregalados, ela se virou e viu um grupo de quatro garotas adolescentes se inclinando sobre as barricadas. Dois seguranças estavam diante delas, de braços esticados.

Quando Dani parou, as garotas começaram a gritar entusiasmadamente.

— Duquesa!

— Te falei que era ela! — disse uma das garotas.

— Ei, é ela mesmo — disse um garoto, se apressando para se juntar ao grupo.

— Para trás, agora! — ordenou o segurança.

Pressionando os lábios, Dani tocou o braço de Liam.

— Pode ir. Já, já estou lá.

Ela desceu os degraus rapidamente e cruzou a rua até a área onde os seguranças estavam tentando conter o grupo crescente de jovens. Conforme ela se aproximava, mais exaltados os adolescentes ficavam.

— Duquesa! Duquesa! Duquesa!

Enquanto uma garota continuava a cantar a letra de "Enlouquecer", dois garotos fizeram *beatbox* para acompanhá-la, e Dani não conseguiu deixar de balançar a cabeça e os ombros ao som improvisado.

— *É só o que eles veem / Minha feminilidade / Se acham donos da verdade / Mas são uns imbecis.*

Dani começou a cantar.

— *Você nunca vai ver / O que o meu destino é ser / Eu sou dona de mim...*

Toda a multidão terminou com ela.

— *Duquesa até o fim!*

— É! — O grupo de jovens bateu palmas e assoviou.

Dani riu, encantada com o amor deles. Ironicamente, embora estivessem gritando Duquesa, aquela foi a primeira vez, desde que os eventos começaram, que ela se sentiu mais como si mesma. Como Dani. Ver rostos negros, olhos brilhando e sorrisos enormes a lembrou de quem ela era antes de tudo começar. Da época em que ela estaria do outro lado da barricada.

— Ei, gente! E aí? — perguntou Dani, estendendo o braço e apertando mãos que acenavam em sua direção.

— Ei! Cuidado — gritou Antoine quando um dos garotos puxou a mão dela. O segurança se moveu para ficar entre ela e os adolescentes.

Dani sorriu.

— Tudo bem.

Ele a olhou e Dani entendeu que ele não ia ceder.

— Ele se empolgou um pouco. Prometo manter distância, mas não quero ficar longe como se eu fosse melhor que eles. Como se eu tivesse me esquecido de onde vim. Por favor.

Depois de um longo momento, Antoine assentiu e abriu caminho. Mas não antes de lançar um olhar ameaçador ao grupo, indicando que não ia tolerar brincadeiras. Vários olhos arregalados e murmúrios baixos provaram que a mensagem fora recebida.

Dani voltou a focar neles.

— Como estão?

— Ótimos agora que a gente conseguiu te ver — respondeu uma garota.

— O que você tá fazendo aqui? — quis saber um garoto.

Dani gesticulou para atrás de si.

— Agora, vou fazer um tour neste prédio.

— Ela tá aqui pra homenagem ao príncipe John, idiota — afirmou outro adolescente.

— Pera, você tá?

— Sim — confirmou Dani.

— O príncipe John era legal. Minha irmã mais velha conheceu ele quando ele foi lá na escola dela.

— Era sim — concordou uma jovem. — Agora eles só sabem ficar bêbados, fazer besteiras e reclamar. Como se a gente ligasse.

Dani ergueu as sobrancelhas. Jameson talvez estivesse certo sobre o problema de relações públicas da família real.

— Vocês vão ao show? — perguntou ela ao grupo de jovens.

— Tá de brincadeira, cara? Os ingressos são uma fortuna. A gente não tem grana pra isso.

Ela riu.

— Como assim?

— A gente não tem como pagar os ingressos — explicou outra garota. — Até os que não esgotaram estão caros pra caramba. Fiquei sabendo que estão mais de cem libras!

— E assim, sem querer ofender, mas não tô a fim de pagar isso tudo pra ver gente velha. Mas você e Liam? Ia ser incrível!

— Você gosta do Liam também?

— Óbvio! — Uma das garotas quase desmaiou. — Você viu como ele dançou no último clipe?

— Vi! — Algumas das garotas gritaram e fizeram um cumprimento antes de começar a cantar o último lançamento dele. — *Não vai embora, amor / Eu tava errado / O tempo todo / Eu sei que tava do meu lado / Me dá só mais uma chance / E vou te compensar / Até meu nome (meu nome) / Fazer seu coração palpitar!*

Que fofo.

— Incrível! — Dani mordeu o lábio inferior. — Me dá um segundo.

Ela correu de volta para o outro lado da rua, com a intenção de entrar no prédio e buscar Liam, porém, quando chegou ao pé da escada o viu parado, as mãos enfiadas nos bolsos de trás da calça jeans e um sorriso no rosto.

— Me procurando? — perguntou ele, erguendo a sobrancelha.

— Tem um segundo para vir conhecer uns amigos meus?

— Por você? Lógico — respondeu ele, descendo os degraus devagar, os olhos nunca deixando os dela. Quando a alcançou, disse: — Depois de você.

O grupo começou a enlouquecer de novo quando os dois cruzaram a rua.

— Gente, este é o Liam.

Ele acenou.

— E aí?

Duas garotas na frente gritaram.

De brincadeira, Liam tapou o rosto e ficou de costas.

— Ah, não. Eles me odeiam.

— Não, a gente não odeia não! Não vai embora!

Ele riu e se endireitou.

— Estou brincando.

Liam apertou algumas das mãos, e o som das câmeras fez Dani olhar por sobre o ombro. Em vez de entrar no prédio, a imprensa agora estava do lado de fora, as câmeras e celulares apontadas para a pequena reunião.

— Vocês vão ao show? — perguntou Liam.

Dani balançou a cabeça.

— Parece que os ingressos que sobraram estão bem caros.

Ela não tinha pensado em quanto custaria os ingressos ou em quem teria acesso ou mesmo seria capaz de ver o show. O que era uma pena. Dani entendia que o plano era doar o dinheiro para as instituições de caridade favoritas do príncipe, mas também achou que o objetivo era celebrar John. Com aqueles preços, apenas algumas pessoas seriam capazes de demonstrar apoio ou participar das festividades.

— Quer saber? E se eu doar trinta ingressos? Isso dá para todo mundo, certo?

— Ai, meu Deus, sério?

— Com certeza.

Aplausos soaram da multidão.

Liam sorriu para ela antes de dizer:

— Vou doar mais trinta. Tudo é mais divertido com amigos.

Ele se aproximou de Dani e a envolveu pela cintura.

Ela resistiu à vontade de revirar os olhos. Sabia que não devia levá-lo a sério. Sempre acompanhado por uma mulher diferente,

Liam era o sonho dos editores de revistas de entretenimento. No passado, talvez Dani tivesse dado uma chance a ele, mas, por mais atraente que fosse, no momento, isso não era uma opção.

Por causa de Jameson.

Mas ela e Jameson não eram uma atração pública. Eles ainda não tinham definido o que era relacionamento deles, porém, de qualquer forma, eles precisavam manter em segredo. Ela faria de tudo para garantir isso.

E foi por isso que Dani não escapou do abraço de Liam.

— Vocês estão namorando?

Liam sorriu e a apertou mais forte.

— Bem que eu queria, mas ela está me dando trabalho.

— Como deve ser — disse Dani, para as câmeras. — Mulheres, não se entreguem tão fácil. Se um homem te quiser, faça ele se esforçar um pouco, combinado?

— Uuuuuuh!

— Estou solteiro, Duquesa, se você mudar de ideia — disse um garoto.

Dani sorriu e lhe soprou um beijo. O rosto dele se iluminou, e vários dos amigos começaram a empurrá-lo de brincadeira.

— Para! Por que ela ia te querer se pode ficar com o Liam? Ele é supergostoso — disse outra garota.

— Você ouviu? Sou "supergostoso". Eles estão do meu lado — falou Liam, beijando a bochecha dela.

De novo, os flashes dispararam, e a multidão enlouqueceu.

Dani o encarou.

— Você adora flertar.

Um sorriso surgiu nos lábios dele, mas seu olhar estava firme.

— Acha que estou brincando? Estou falando sério.

Será? Ela achava que as brincadeiras deles eram inofensivas. Por mais que gostasse de Liam e sua companhia, ela não queria enganá-lo nem passar a mensagem errada.

Mas então a expressão dele se iluminou, e o alívio acabou com as preocupações dela. Lógico que ele não estava falando sério. Para ele, flertar era tão natural quanto respirar.

— Então tá — respondeu Dani. De volta para a multidão, ela disse: — Vocês são a melhor recepção que uma garota poderia querer e odeio interromper isso, mas — ela gesticulou para trás — preciso voltar ao trabalho.

— Quer trocar de emprego? — quis saber um garoto.

Ela colocou uma unha feita sobre os lábios como se estivesse pensando no assunto.

— O que você faz?

— Lavo pratos na Bird in Arms. É um bar no fim da rua.

Ela contorceu o rosto.

— De jeito nenhum, cara!

Todos riram, então Dani e Liam acenaram e se afastaram.

— Obrigada, Antoine — falou ela para o guarda-costas.

O cara grandão assentiu.

Com a mão na parte inferior das costas dela, Liam a conduziu para o outro lado da rua. Enquanto se aproximavam do prédio, a imprensa viu uma oportunidade.

— Você e Liam estão juntos?

— Há quanto tempo estão namorando?

— Você acha que os preços dos ingressos estão muito altos?

— Você acha que o Palácio devia ter oferecido ingressos mais baratos?

— Do que você mais gostou, da recepção de boas-vindas da rainha ou a dos seus fãs?

— A rainha não te fez se sentir bem-vinda, Duquesa?

Merda.

— Continue andando e não responda — pediu ela a Liam.

— Conheço o protocolo.

Outra voz gritou:

— Oi, Duquesa! Surpresa em me ver?

A imprensa poderia ser péssima, mas aquilo era pior. Raiva e irritação tomaram conta dela, e Dani se virou para ver Samantha Banks, usando uma saia branca curta e camiseta rosa, de pé na extremidade da multidão. Ela sabia que Antoine vira a mulher porque ele se moveu para se colocar entre elas.

— Ei, é a Samantha Banks!

— Samantha! Samantha!

Os cliques e flashs eram frenéticos enquanto a imprensa se concentrava na intrusa.

— Bem-vinda a Londres, Samantha!

— A Duquesa chegou a se desculpar?

— Vamos. — Ela ouviu as palavras de Liam. — Você não precisa disso.

— Não acredito que ela está aqui. Esquece. Acredito sim. Ela é a porra da minha sombra.

A audácia da garota não tinha limites?

— Samantha, a Duquesa te convidou?

— Você também vai se apresentar no show?

— Não vou me apresentar — respondeu Samantha, apoiando a mão no quadril. — Mas se a Duquesa me chamasse pra cantar com ela, eu iria. Seria a coisa certa a fazer, não é?

Os olhos de Dani ficaram vermelhos.

— Não fale com ela. Se fizer isso, vai dar o que ela quer.

— Cacete, eu sei disso, Liam.

Dani sabia. E ele estava certo, ela precisava sair dessa situação. E rápido. Os olhos do mundo estavam nela. Os olhos da Genesis.

— Leve ela para dentro! — gritou Antoine por sobre o ombro.

Inspirando fundo, Dani pegou a mão de Liam e continuou a subir os degraus.

— Duquesa! Não pode continuar me ignorando — gritou Samantha. — Não vou deixar.

A imprensa seguiu essa deixa.

— Você está ignorando ela, Duquesa?

— Por que está ignorando ela?

— Samantha Banks, você é uma *stalker* — disse uma das garotas do grupo de antes.

— É. Você disse que ninguém te convidou. Por que tá aqui?

— Eu não disse que ninguém me convidou — gritou Samantha de volta. — Eu disse que a Duquesa não me convidou.

Espera, o quê? Então alguém a queria ali? Quem?

— Deixa a Duquesa em paz — gritou um jovem.

— Ei, Banks, vaza.

— Isso mesmo! — acrescentou uma garota.

A multidão riu e começou a entoar:

— Vaza, vaza, vaza!

Tudo aquilo sendo registrado por celulares e câmeras. Não era a imagem que Duquesa queria, e ela sabia que a família real não ia gostar.

— Vamos. — Liam a escoltou para dentro do prédio.

A primeira pessoa que Dani avistou assim que entrou foi Jameson. Ela queria correr para ele e se jogar em seus braços. Contar que aquela vadia da Samantha Banks a seguira até ali. Dani sabia que ele a ouviria e a entenderia, porém ao olhar para a mandíbula tensionada e a sobrancelha franzida do príncipe, não teve tanta certeza.

— Espero que a gente não tenha atrasado o tour — disse ela, pedindo com os olhos que ele ficasse tranquilo.

Vou explicar tudo depois.

— Eles foram para a galeria. Estava te procurando, pensei que estivesse perdida.

— Não. Eu só estava conversando com meus fãs.

— E ele precisava ir junto?

— Eu chamei Liam quando percebi que eram fãs dele também.

— Não se preocupe, Sua Alteza Real — falou Liam. — Fiquei de olho nela o tempo todo.

Jameson ergueu as sobrancelhas, porém não disse nada. Ele deu meia-volta e foi para o escritório.

Merda.

Capítulo Vinte e Um

Ciumento pra caralho / Cê sabe...

— Duquesa, "Cê sabe"

De sua posição na terceira fila do camarote real, Dani olhou para a quadra de tênis mais famosa do mundo. O padrão alternado de listras claras e escuras do gramado, as linhas brancas e nítidas da quadra, os funcionários de pé nas saídas, gandulas correndo de um lado para o outro e as quase quinze mil pessoas enchendo as arquibancadas. Ela resistiu ao impulso de se beliscar.
Estou em Wimbledon!
Afastando a longa saia assimétrica de seu vestido floral Prabal Gurung, Dani se inclinou para frente e apoiou o cotovelo no joelho nu, sustentando o queixo nos dedos curvados.
Tecnicamente, ela não estava. Wimbledon era o nome do torneio; o local era o All England Lawn Tennis and Croquet Club. E a competição só aconteceria na próxima semana. Ainda assim, as duas coisas estavam conectadas em sua mente.
Ela não sabia nada sobre tênis. Mal conhecia as regras e havia segurado uma raquete apenas uma vez na vida! Mas se Venus ou Serena estivessem jogando, nada disso importava. Aquele interesse, aquela vontade instintiva de torcer por todas as tenistas

negras que vieram depois, era um dos maiores legados das irmãs Williams. Foi assim que Dani teve a sorte de conhecer Yolanda Evans, uma estrela em ascensão no tênis que venceu o Aberto dos Estados Unidos dois anos antes.

Yolanda a ensinou sobre a história do clube e do torneio. Que os negros não tiveram permissão para jogar no clube até 1951 e que o torneio não pagava prêmios iguais para homens e mulheres até 2007.

E agora meu traseiro negro está sentado no Center Court, no camarote real, para todo mundo ver.

Surreal demais.

— É bem interessante, não é? — A voz suave de Liam alcançou seu ouvido.

Dani sorriu.

— É mesmo.

— Você joga?

Ela se virou para ele, sua expressão de "Tá falando sério?" quase escondida pelos óculos Gucci enormes que estava usando.

— Não.

— Joguei quando era adolescente. Eu era muito bom, mas quando a banda decolou, não consegui me dedicar.

— Que incrível. Não fazia ideia. Você ainda joga?

— Tenho uma quadra em casa. Você devia ir lá e jogar comigo algum dia. — Ele sorriu. — Eu tenho um saque incrível.

Dani inclinou a cabeça, os cachos tombando sobre o ombro.

— Aposto que sim.

Liam pegou um dos cachos e brincou com ele.

Imediatamente, ela ouviu os cliques e flashes incessantes, seguidos de "Sorria, Duquesa!".

Droga!

Um bando de fotógrafos estava acampado embaixo deles, no local perfeito para tirar fotos da partida, mas também das celebridades no camarote e na torcida. Sem dúvida, eles tinham capturado aquele momento.

E Dani estava em conflito com aquilo. O incidente do dia anterior na Bloom Urban foi noticiado por todos os meios de comunicação do mundo. Embora a organização e o show tenham recebido alguma atenção, foram amplamente ofuscados por ela.

As notícias, em sua maioria, tinha sido positivas para Dani. A maneira como ela lidou com Samantha Banks fora elogiada, e alguns veículos até questionaram a presença de Banks no local.

— Por que ela está lá? — perguntou uma mulher a seu co-âncora.

Dani ainda não sabia a resposta. Estava esperando que a cantora aparecesse e a desafiasse para uma partida de tênis.

Algumas matérias focaram na interação de Duquesa com os fãs e sua oferta de comprar ingressos para eles. Aquela atitude também tinha sido elogiada, porém provocou uma discussão sobre o preço dos ingressos.

Mas o assunto principal tinha sido o possível relacionamento dela com Liam.

Claro, *Bossip* tinha superado as outras manchetes com "Duquesa está saboreando o mel do pop star?".

Mas *People, Entertainment Weekly, TMZ, Radar, Daily Mail* e outros fizeram alguma versão da mesma pergunta: Liam e Duquesa estão prontos para reinar como o novo casal mais poderoso da música?

Aquilo não era verdade, mas ela não podia negar que as especulações ajudavam nas negociações com a Genesis. Um possível romance secreto entre duas estrelas da música era mais interessante que uma rixa sem sentido. E, como bônus, se a imprensa estivesse focada na relação com Liam, ninguém iria desconfiar do que estava acontecendo entre ela e Jay. Dani jurou que ia tentar explicar e ligou para Jameson, mas, ao ouvir a voz dele, percebeu que estava cansado e de mau humor.

Após o evento beneficente do dia anterior, Dani tinha ido ao local do show para um ensaio geral. Faltavam dois dias para o evento, e eles precisavam ter certeza de que tudo correria bem.

Aparentemente, Jameson passara aquele tempo com a avó. A rainha não ficara feliz com a cobertura da imprensa. O incidente com Samantha Banks ofuscara o anúncio de Jay do prêmio em homenagem ao príncipe John e o trabalho que a Bloom Urban vinha fazendo. Dani ficou chateada porque sabia o quanto o prêmio era importante e o quanto significava para ele homenagear o avô. E Jameson não estava nada feliz com todas as especulações sobre Dani e Liam.

— Mas não é verdade. E é bom a imprensa não ficar no nosso pé, não acha? — perguntara ela durante a videochamada deles.

— Eu entendo — respondera Jameson, deitado na cama sem camisa, a expressão tensa. — Mas não gosto.

— Eu sei. Mas você gosta de mim, não gosta?

— Sim, me mostra uma das coisas que eu mais gosto em você — pedira ele.

Então uma sessão de masturbação mútua muito satisfatória começou.

Mesmo que tenha terminado "feliz", a ligação foi a primeira vez que ela se deu conta que os objetivos deles poderiam ser diferentes, até opostos.

Porém não o culpava. Porque ela também não gostava. Lady Imogen era uma das convidadas para aqueles eventos, e, embora Dani soubesse que não havia nada entre eles, ainda era doloroso vê-los juntos.

E era por isso que Dani estava evitando olhar para a quadra, onde Jameson estava conversando com Louisa e Imogen.

O que aquele homem conseguia fazer com uma roupa casual...

Em qualquer outra pessoa, o terno pareceria clássico e banal, mas Jameson o preenchia muito bem, a cor cinza-azulada clara e o corte justo o deixando mais jovem e moderno, atraindo muitos olhares.

Não se preocupe. Ele não está interessado nela. Ele gosta de você.

Só que parecia que ele estava com Imogen. As mesmas revistas que comentaram sobre ela e Liam noticiaram algo sobre Jameson e Imogen.

Como eles ficavam ótimos juntos.

Como suas famílias se conheciam há muito tempo.

Como ela seria uma ótima duquesa.

Essa doeu.

Dani não tinha ciúmes de homem algum. Mas estava sentindo algo parecido por Jameson.

Ela confiava nele. Mas também queria expor o que eles tinham. Ir até lá, pegar o microfone e deixar todo mundo saber que o príncipe lhe pertencia.

— Você está bem?

A mão de Liam descansou sobre a dela, fazendo com que Dani percebesse que tinha fechado os dedos em punhos. Ela flexionou a mão, afastando a mão dele.

— Estou bem. Só um pouco impaciente, acho.

— Não se preocupe. Vai começar em breve. Até lá, vou ter que me esforçar para mantê-la entretida — disse ele, deslizando um braço em volta do ombro dela.

Dani se assustou e o olhou, surpresa ao encontrar o rosto de Liam a apenas alguns centímetros do seu.

Mais cliques e flashes.

Isto é bom. Isto é bom.

Ela continuaria dizendo aquilo até acreditar.

— Duquesa? — chamou um jovem que estava no final de sua fileira. — Tem alguém que quer dizer oi.

Ele apontou para a entrada do camarote.

Reconhecendo a mulher, Dani pulou e acenou para ela descer. Pedindo licença, passou por Liam e chegou ao fim da fileira.

— Stephanie! — Ela abraçou a jovem. — Ai, meu Deus, quanto tempo! O que você está fazendo aqui?

Stephanie Evans, irmã mais nova de Yolanda, sorriu.

— Torcendo pra te encontrar! Você está incrível.

— Você também. Espera. — Dani se virou para olhar para a quadra. — A Yolanda está aqui?

Stephanie assentiu.

— Sim, ela vai jogar.

Dani franziu a testa.

— Achei que seria um jogador britânico e alguém da França.

— Sim, mas Caroline torceu o joelho e preferiu descansar para o Wimbledon, desistiu no último minuto. Já que Yoli estava se preparando para o torneio, eles pediram que ela viesse, e ela aceitou.

Dani sorriu. Ia ser mais divertido do que imaginara.

Percebendo o interesse de Liam, ela se virou e tocou o ombro dele.

— Stephanie, você conhece Liam Cooper?

— Acho que não fomos apresentados.

Ele sorriu e apertou a mão dela.

— Muito prazer. Sou um grande fã da sua irmã também.

— Vou contar isso a ela... depois da partida. Não quero distraí-la. — Stephanie riu. — Preciso ir. Só queria dar um oi.

— Que bom que veio. Por favor, diga a Yolanda que estamos aqui torcendo por ela.

— Vou dizer. Foi bom te ver. E prazer em te conhecer, Liam.

— Eu não sabia que você conhecia Yolanda Evans — disse Liam quando Stephanie saiu.

— Sim, nos conhecemos no ESPYs há muitos anos — explicou Dani, referindo-se à cerimônia anual que reconhecia conquistas extraordinárias no esporte, porém era frequentada por celebridades de todas as áreas.

— Ela é muito boa. Eu estava louco para vê-la jogar em Wimbledon este ano — respondeu ele, com um interesse genuíno em seu olhar, diferente do flerte de sempre.

Interessante.

Houve um movimento na quadra. À esquerda dela, duas fileiras de jovens marcharam e pararam.

— Senhoras e senhores, é hora de o evento começar — anunciou uma voz feminina no interfone. — Por favor, deem as boas-vindas a Sua Alteza Real príncipe Jameson.

Jameson entrou na quadra para encontrar uma jovem segurando um microfone. Embora Dani soubesse o quanto ele odiava aqueles eventos, o príncipe estava incrível, emanando sofisticação e naturalidade, como se fazer aquilo fosse tão fácil quanto respirar. Outros homens poderiam tentar, mas Jameson era simplesmente assim.

— Em nome de Sua Majestade, a rainha, e do resto da minha família, é uma honra recebê-los aqui hoje. O príncipe John adorava tênis, principalmente Wimbledon. Ele nunca perdeu uma final. Não podíamos deixar de incluir algo que ele tanto gostava nessa celebração. Quero agradecer aos jogadores que tiraram um tempo dos treinos poucos dias antes de Wimbledon para entreter vocês por uma boa causa. Vamos dar as boas-vindas a Pauletta Cornet e Yolanda Evans.

As duas jogadoras apareceram, entre as fileiras de meninos e meninas, e a multidão enlouqueceu. Dani aplaudiu quando viu a amiga e, quando Yolanda olhou para o camarote real e acenou,

Dani se levantou e acenou de volta. Liam estava com ela, e, ao olhar em volta, percebeu que eles eram os únicos de pé. Com um sorriso brincalhão, Dani se sentou.

— Eu também quero agradecer aos nossos músicos convidados lá em cima — disse Jameson, gesticulando para onde ela e os outros artistas estavam sentados.

Os aplausos foram ensurdecedores, porém, quando seus olhos se encontraram, Dani não conseguiu ouvir nada além do próprio coração batendo. O calor fluiu através dela. Havia alguma esperança para eles? Eles deveriam acabar com aquilo naquele momento e se poupar da dor?

Quando os aplausos cessaram, Jameson desviou o olhar, cortando a conexão.

— Por causa de sua generosidade, mais dinheiro foi arrecadado para homenagear o trabalho do príncipe John em causas ambientais. — Jameson sorriu. — Agora, que comece o jogo.

O SORRISO SUMIU do rosto de Jameson no momento em que as portas duplas se fecharam atrás dele e ele voltou ao vestiário.

— Cadê o Julian?

Como presidente e patrono do All England Club, um papel que ele herdara do príncipe John, o tio de Jameson estava escalado para ficar com ele durante todo o evento daquele dia.

— Ele ligou pouco antes de você sair. Disse que já que a rainha quer que você seja o rosto da família, então você deveria dar conta disso sozinho.

— Ótimo.

Louisa exalou.

— Ela não está feliz.

— Me conta uma novidade — zombou Jameson, passando a mão no cabelo.

— Estou falando sério.

— Eu também. Estou fazendo tudo o que ela me pediu para fazer.

Louisa o olhou.

— Exceto controlar Dani.

— Desde quando isso é parte do meu trabalho? Na verdade, a última vez que respondi à convocação da minha avó, ela me disse pra ficar longe dela.

Jameson tinha entendido bem as instruções da avó. Era aquele o motivo da confusão atual.

— Você viu as manchetes esta manhã? — perguntou Louisa.

Jameson suspirou e foi até o camarote real.

Louisa o acompanhou.

— *The Telegraph*, *The Times*, *Daily Mirror*, *The Sun*...

— Eu vi. — A maioria. — A Bloom Urban teve uma boa cobertura.

— Nas poucas vezes em que foram mencionados! A maior parte da cobertura focou em Dani, na briga dela com essa cantora Samantha Banks ou no relacionamento com Liam Cooper.

Jameson sabia bem. Ele tinha sido atormentado por aquelas imagens. Cooper parado muito perto de Dani. Olhando para ela. Tocando-a. Eles pareciam atraídos um pelo outro. Até ele percebia isso. E sabia a verdade.

Na semana anterior, os dias deles tinham sido cheios de eventos, o que significava que as noites de Dani estavam cheias de preparativos para o show. Eles não tinham tempo para passar juntos, e Jameson estava sentindo muita falta dela.

Ver as notícias sobre ela e Cooper não melhorou seu humor, porém ele sabia como devia ter sido angustiante para Dani ver surgir aquela tal de Samantha Banks. Tudo o que ele queria fazer era abraçá-la e dizer que tudo ficaria bem. Ele teve que se contentar com um telefonema.

— Você não tem nada com que se preocupar — garantiu Dani.

— Eu não estou preocupado.

Pelo menos não da maneira que ela achava.

— Não estou interessada em Liam. Mas a imprensa acha que estou... isso é bom, Jay. Se estiverem focados nesse romance, então *você* e eu podemos ficar em segredo. E esse é o plano, não é?

Era. Mas Jameson não sabia mais o que queria.

Louisa estava reclamando da situação.

— A imprensa também está dizendo que os ingressos são caros demais.

— Dani não disse isso.

— Ela também não negou. — Louisa soltou o ar, massageando as têmporas. — Foi uma manhã difícil.

— Sinto muito, Louisa.

— Está tudo bem. Agora vai ser mais fácil. Apresente a partida. Assista à partida. Nada que possa tirar a atenção do evento e do show amanhã à noite. Nada para manchar a imagem da família.

— Você se importa com a imagem da família?

— A rainha, sim. E o que ela pensa sobre o evento afeta meu desempenho, e isso vai ser decisivo caso ela pretenda me dar outra tarefa importante.

O peso de tudo estava sobre os ombros de Jameson. Muita gente dependia dele. Ele desejou poder voltar no tempo para quando era o único afetado pelas decisões que tomava.

Mas será que aquele tempo sequer tinha existido?

Louisa empurrou as portas duplas que davam para os assentos.

— Você deveria ir assistir ao jogo.

Ele não estava particularmente animado com o evento. Seria uma tortura. Ele queria passar um tempo com Dani em público.

Naquele momento estava tendo sua chance, embora não como pretendia. Ele deveria manter tudo profissional. E se estivesse lá, talvez ela nem sentisse necessidade de conversar e rir com Cooper.

— Guardei dois lugares para você no camarote real.

— Dois lugares?

Louisa pigarreou e gesticulou à frente.

— A rainha convidou lady Imogen para se juntar a você hoje.

A cabeça de Jameson virou, e ele viu Imogen esperando na entrada. Ela sorriu e mexeu os dedos em um aceno.

Isso está ficando cada vez melhor.

Ele sabia o que a avó estava fazendo e odiava a pressão que colocava sobre ele e as esperanças que dava a Imogen. Jameson queria ser amigável e educado porque eles se conheciam há muito tempo e suas famílias eram próximas, porém, se o fato dela estar ali incomodava Dani tanto quanto ver Dani com Liam o incomodava, ele teria que repensar em como lidaria com a situação.

— Acabaram de me contar que você pediu para sentarmos juntos. Que legal! Por que não me contou? — perguntou Imogen, dando um beijo na bochecha dele.

Verdade, por que não tinha contado?

Jameson lançou um olhar para Louisa, que já tinha se virado e voltado ao vestiário.

— Só fiquei sabendo agora.

Imogen sorriu e apertou o braço dele.

— Não importa. Estou feliz por estar aqui e passar mais tempo com você.

Inferno. Maldita Louisa. E maldita rainha por colocá-lo naquela confusão.

— Depois de você — disse Jameson, gesticulando para que ela fosse à frente. — Você já conheceu nossos convidados?

Só havia uma convidada na qual ele estava interessado. E tudo que ele queria era ser convidado a visitar as partes íntimas dela.

Calma, Jameson. Não é hora nem lugar.

Ele acompanhou Imogen e subiu os degraus até o camarote privado. Avistou Dani e Cooper logo de cara, sentados na terceira fila. Ela sempre atraía seus olhos. Quando eles estavam no mesmo cômodo, ele a procurava. E se ela não estivesse presente, Jameson olhava em volta, esperando uma surpresa...

Dani estava deslumbrante em um vestido floral em tons de vermelho e rosa, e o cabelo em uma massa de cachos que caíam do topo de sua cabeça.

— Sua Alteza Real! Se juntará a nós? — quis saber Bobby Worth.

Com a pergunta do cantor, todos no camarote se voltaram para eles, incluindo Dani. O prazer brilhou na expressão dela antes que Cooper a chamasse.

Merda.

— Fiquei sabendo que estes são os melhores assentos do estádio e que vocês são a melhor plateia.

Ele apertou as mãos e falou com os membros do camarote enquanto o assistente levava Imogen ao lugar deles. Quando ele enfim se juntou a ela, Imogen estava acomodada ao lado de Dani.

— Da última vez que vim aqui, fiquei bem atrás — afirmou Imogen, sorrindo.

O sorriso de Jameson estava tenso, mas ele se inclinou e, enfim, se permitiu admirar Dani. Fazia dias que eles não ficavam juntos, de um modo mais íntimo.

— Duquesa. Cooper. Espero que estejam se divertindo.

— Estamos, Sua Alteza Real — respondeu Cooper, passando o braço pelos ombros de Dani.

Jameson observou o movimento e agradeceu à sua educação real britânica por ensiná-lo a se conter. Ele olhou para Cooper e percebeu que o cantor sabia o que estava fazendo.

— Vocês já foram apresentados a lady Imogen Harrington?

— Não, mas foi difícil não notar quando você entrou — retrucou Dani, fingindo inocência.

Jameson não conseguiu evitar um meio sorriso com a observação. Seu olhar encontrou o de Dani, e isso o tranquilizou.

— Aproveitem a partida — disse a eles.

— Vamos aproveitar.

Eles se acomodaram quando a competição começou. Normalmente, ele gostava de assistir tênis, e embora parecesse que seria uma boa partida, ele só sabia olhar para Dani, sentada a menos de um metro e meio de distância dele. Ele a pegou se remexendo no assento e cruzando as pernas, o tecido de seu vestido se abrindo para revelar uma linda pele negra brilhante. Ele também estava ciente de Cooper se inclinando perto dela, sussurrando em seu ouvido. De Dani rindo do que o cantor dizia.

— Parece que é verdade no fim das contas — sussurrou Imogen no ouvido *dele*.

— O que é verdade?

— Liam Cooper e a Duquesa. Eles ficaram juntos a semana toda. Acho que são um casal mesmo.

Não olhe. Não olhe.

Ele olhou e quase explodiu uma veia. Os músculos de seu corpo ficaram tensos.

Jameson precisava se controlar. Estava sendo possessivo e ciumento, e ele não era assim. Não conseguia controlar suas emoções e isso o estava deixando louco.

A falta de caráter e o egoísmo dele quase nos arruinaram... Seu pai colocou seus desejos acima do dever real. Você não fará o mesmo.

Jameson apertou a mandíbula. Será que ele era mais parecido com o pai do que pensava?

Do que temia?

Capítulo Vinte e Dois

Uma multidão / Gritando o meu nome / Tô nem aí se você vai se juntar / Depois que chegou lá...

— Duquesa, "Grita pra mim"

Dani já estava consumida pelo cansaço quando vestiu o roupão e entrou na sala de estar da suíte. Vinte minutos antes, a sala estava cheia, desde sua equipe de beleza até a de figurino e o pessoal da turnê, repassando os detalhes de última hora antes do show do dia seguinte. Entre a partida de tênis daquela tarde, o ensaio de gala e a reunião com sua equipe, ela não queria nada além de mergulhar na cama e cair no sono.

Que mentira. Você quer mais. Você queria que Jay estivesse aqui.

Ela se contentou em ficar encolhida no sofá branco em forma de L.

Dani suspirou. Era verdade. Não podia negar que amava a companhia dele, mesmo quando havia outras pessoas por perto. Na partida de tênis, eles encontraram pequenas formas de compartilhar momentos, trocando olhares e sorrisos diante de um comentário ou piada, enquanto permaneciam com seus acompanhantes. As interações no camarote real atraíram os olhares da imprensa, e os fotógrafos passaram mais tempo com suas lentes apontadas para os convidados do que para o jogo que ocorria na quadra.

Mas o comportamento dos dois era arriscado, principalmente com tanto a perder se fossem pegos. No entanto, aqueles breves flashes de intimidade não foram suficientes. Ela queria mais. Queria que Jameson e ela pudessem ficar juntos, sem mais ninguém. Queria que a mão dele segurasse a sua enquanto conversavam baixinho e queria ainda se aconchegar nos braços dele.

Mas aquilo nunca aconteceria.

Jameson e ela? Juntos em público? Oficialmente?

A rapper negra e o príncipe branco.

Quem Dani queria enganar? A imprensa nunca os deixaria em paz. Seria invasivo demais. Alguns veículos fariam matérias positivas, porém, ela não era boba e sabia que também teria que lidar com vários comentários racistas.

Jameson odiaria aquilo. O lembraria dos momentos traumáticos após a morte do pai.

E Dani? Como a atenção da imprensa afetaria os planos da Mela-Skin e de seu futuro? Uma matéria sobre ela e Jameson faria a situação com Banks parecer brincadeira de criança. Isso ajudaria ou atrapalharia as chances de levar sua empresa para um outro patamar?

E eles ainda teriam que pensar em como fazer esse relacionamento funcionar no dia a dia. Agendas cheias, fusos horários muito diferentes, voos longos para visitas curtas. Ela achara um desafio namorar alguém da outra costa do país, quem dirá de outro continente.

E se aquilo não fosse nada além de uma aventura de férias? Eles queriam se arriscar por algo que poderia ser apenas uma atração física?

Em Primrose Park tudo parecera muito fácil, e as oportunidades, infinitas. A semana anterior tinha lhe dado um gostinho do que um romance entre eles na vida real poderia ser. E Dani não tinha certeza se algum deles estava pronto para aquilo.

Apesar de tudo o que acontecera, as notícias sobre Dani tinham sido incrivelmente positivas. Bennie a informou de que as matérias sobre a Duquesa conquistando o Reino Unido (#VigilânciaDaDuquesa) lideravam todos os programas de entretenimento e rádio. Produtores do *The Tonight Show*, *The Real* e *The Kelly Clarkson Show* entraram em contato para marcar aparições.

E o mais importante, a Barbara da Genesis deu o sinal verde. Se Dani fizesse um show incrível e tivesse um ótimo desempenho no baile, poderia voltar para os Estados Unidos pronta para assinar o contrato.

E aquele era o objetivo da visita. Não sentar em um príncipe gostoso.

Quando a campainha tocou, Dani quis ignorá-la. Não estava com vontade de ver ninguém. Mas Tasha mandou o serviço de quarto enviar um smoothie de proteína antes que ela dormisse. Ela se levantou, se arrastou até a porta e encontrou Jameson parado ali, ainda vestido com as roupas de antes, mas sem a gravata e o paletó pendurado no braço.

A alegria tomou conta dela, mas logo depois foi substituída pela apreensão.

— O que está fazendo? — Dani agarrou o braço dele e o puxou para dentro. — Entra antes que alguém te veja.

Jameson foi direto para sofá, sentando-se e jogando a cabeça para trás.

Dani o seguiu e se acomodou ao lado dele.

— Você está horrível.

— Obrigado. — Ele estendeu a mão e tocou a bochecha dela. — E você está linda como sempre.

Linda? De cabelo preso e sem maquiagem? Se ela tinha dúvidas antes...

— Você enlouqueceu? E se alguém tivesse te visto?

— Já passou da uma da manhã. Até os paparazzi dormem, certo?

— Será? Eles são devoradores de almas. Talvez não precisem de tanto tempo de sono quanto nós, meros mortais. — Ela tirou uma mecha de cabelo da testa dele. — Sério, Jay. Você não devia estar aqui.

— Eu sei. Mas estou mesmo assim. — Jameson se moveu para ficar de frente para Dani. — Senti sua falta.

O coração dela derreteu.

— Eu sei. Também senti sua falta.

— Sério? Porque você parecia muito à vontade com Cooper.

Dani se afastou, como se tivesse sido ferida. Não estava com paciência para aquela palhaçada. Não naquela noite.

Ela cruzou os braços.

— Fico surpresa por você ter percebido, considerando que lady Imogen estava pendurada no seu braço como uma Birkin rara.

Eles ficaram ali, o silêncio absoluto.

— O que é uma Birkin? — perguntou ele por fim.

— O que você quer, Jay? Estou exausta. E, caso tenha se esquecido, tenho um show importante amanhã. Eu devia estar na cama.

— Então vamos.

Ela pousou a mão no braço dele.

Jameson suspirou.

— Desculpe. Sei o que conversamos. E faz sentido. Faz mesmo. Daqui alguns dias você vai para casa e, se tudo der certo, vai ter boas notícias sobre o seu negócio.

— E você vai planejar o novo prêmio que criou para homenagear seu avô e assumir o trabalho dele.

— Sim.

Dani mordeu o lábio inferior.

— Não sei o que sua avó te falou, mas você não vai conseguir voltar a dar aulas. Sabe disso, não sabe?

O mundo o experimentara. Ele nunca mais conseguiria voltar a se esconder no campus da faculdade. O privilégio que a universidade e a imprensa tinham dado a ele antes, acabara. Ele nunca seria tratado como apenas mais um funcionário novamente.

Jameson suspirou.

— Espero que não seja verdade.

— Mas se for, você vai ter que assumir suas responsabilidades como membro da família real em tempo integral.

Eles ditariam a vida dele: o que fazia, aonde ia, quem poderia ver.

Jameson fechou os olhos e balançou a cabeça.

— Isso não vai dar certo.

— Isso não vai dar certo — concordou Dani, enquanto seu coração se partia.

— Então por que eu te quero com uma vontade que nunca senti antes? Por que sua ausência causa uma dor no meu coração que só você pode aliviar?

As palavras dele eram inebriantes demais.

— Ah, Jay.

— Preciso de você, Dani. E isso não tem nada a ver com tempo, família ou deveres. Tem a ver com nós dois ficarmos juntos. Não sei se vou conseguir deixar você ir.

— Então não deixa.

Os lábios deles se encontraram, e a conexão foi além de seus corpos. E o que começou frenético e selvagem se tornou algo mais profundo e duradouro. Dani foi devagar, a boca na dele, acariciando-o com a língua, mordiscando sua mandíbula. Ela saboreou a experiência, como se estivesse tomando uma garrafa de champanhe vintage ou ouvindo um álbum muito bom. Como se aquela fosse sua última chance.

Porque era a última vez que estaria com ele.

Ela desceu pelo peito de Jameson, as mãos trêmulas, se atrapalhando com a necessidade de desabotoar a camisa dele. Ao terminar, passou as unhas pelo torso firme. Jameson estremeceu e agarrou seu quadril.

Dani queria ficar mais perto. Ela rastejou para o colo de Jameson, girando os quadris e se esfregando contra ele. O príncipe jogou a cabeça para trás e gemeu quando o pênis ficou ereto debaixo dela. Dani guardou o som dos gemidos dele em sua mente para revisitar mais tarde.

— Minha vez — arfou Jameson, deitando-a de costas. Ele abriu o robe dela e arfou audivelmente diante da nudez. — Jesus, Dani, não dá pra descrever o quanto você é linda pra caralho.

Ele enfiou o polegar na boca antes de massagear o mamilo duro dela. Dani sibilou e se arqueou ao toque.

— Hmmmmm — gemeu ele, o som baixo e sexy demais.

Ele chupou o polegar mais uma vez, daquela vez esfregando a boceta dela. O corpo de Dani tremeu.

— Você faz ideia do efeito que te dar prazer tem em mim? Como me sinto quando você responde ao meu toque? — perguntou Jameson, as pálpebras tão baixas que estavam quase fechadas, suas bochechas coradas.

Dani mordeu o lábio inferior e o soltou devagar.

— Por que não me mostra?

— O plano é esse. — Ele tirou a calça, então enfiou a mão no bolso e pegou uma camisinha.

Dani sorriu.

— Veio preparado, né?

— É lógico — grunhiu Jameson antes de entrar nela.

Dani gritou, deleitando-se. O pau acariciou suas paredes internas e flertou com seu ponto G, a fricção incrivelmente boa. Mais rápido do que ela queria, porém ainda não o suficiente, a pressão se enrolou na parte inferior de sua barriga e cada vez que ele metia ela sentia fragmentos de prazer por todo o corpo.

Caramba! As estocadas dele eram potentes. Ela se apertou ao redor de Jameson. Ele rosnou e aumentou o ritmo, a força de seus golpes poderosa o suficiente para empurrar o corpo dela pelas almofadas, exceto pelo braço que ele tinha deslizado ao redor de suas costas, prendendo-a no lugar.

— Olha para mim, amor. Abre esses lindos olhos.

Dani abriu, e eles se encararam. O tempo desacelerou, e tudo o que conseguia ouvir era seus gemidos combinados.

E palavras.

— ... bom pra caralho...

— Isso aí, amor...

— ... minha boceta?

— Me fode...

Arrepios subiram por seu corpo, e ela pressionou as coxas contra os quadris dele e o incitou a ir mais rápido, mais forte, mais fundo.

— Tão... perto — choramingou ela. — Quase... lá...

— Isso, Dani. Porra, goza para mim!

— Jay! — gritou ela, antes de perder a habilidade de fazer qualquer coisa além de se entregar às sensações que a consumiam.

Quando eles enfim conseguiram respirar de novo, Jameson a ergueu em seus braços e caminhou até o banheiro. Ele a ensaboou e enxaguou do pescoço aos pés, sabendo que não devia molhar o cabelo dela. Depois a secou, aplicou loção na pele úmida e a carregou para a cama, onde a puxou de volta contra seu peito quente e nu.

— Você precisa descansar. Vai dormir, amor.

E ela dormiu.

O ESTÁDIO ESTAVA LOTADO. Quase 95 mil pessoas foram celebrar a memória do príncipe John, aprender sobre as causas pelas quais ele lutava e curtir os espetáculos musicais. Os eventos da semana anterior transformaram o show em algo imperdível, o que fez os ingressos esgotarem, apesar das críticas quanto ao valor.

Graças à cobertura da imprensa global, eles também fizeram um acordo para vender os direitos de distribuição mundial do show para uma rede de streaming. O crescimento do interesse significava que o lucro tinha aumentado. O dinheiro que ganharam seria bem usado, financiando o Prêmio Lloyd e apoiando as instituições de caridade que o avô de Jameson tanto amava. Além disso, a opinião sobre a família real estava melhorando. Parecia que o plano da rainha havia funcionado.

Jameson abriu o show com um discurso seguido de um vídeo celebrando a vida e o legado do príncipe John. Então Julian, Catherine e Bettina apareceram para compartilhar uma história pessoal sobre o pai. Carl Page foi o primeiro a se apresentar, e os artistas seguintes foram apresentados pelo membro da realeza que o chamara pessoalmente ou por um vídeo do príncipe John. Kay Morgan estava terminando e então seria a vez de Dani.

A música e o barulho da multidão fluíam nos bastidores, ocupado por equipamentos, cordas e caixas. Era difícil ouvir alguma coisa, mas havia um zumbido de animação. De antecipação. Era visível nos rostos corados, nos olhos brilhantes e movimentos apressados.

Aquele era o mundo de Dani. E Jameson estava ansioso para vê-la brilhar.

Enquanto ia para a parte da arena reservada para os artistas, ele pensou na sua situação atual. Um mês antes, se alguém lhe dissesse que ele se envolveria com uma rapper norte-americana, Jameson teria sugerido que procurassem um médico. Mas aconteceu. E agora que tinha acabado, ele não estava nem um pouco feliz.

Jameson acordara antes do sol nascer naquela manhã, beijando o corpo macio e quente dela, inspirando seu cheiro, e lambendo sua boceta uma última vez, em uma tentativa de gravar o gosto em suas papilas gustativas. Depois que Dani gozou, ele precisou de toda a força de vontade para sair da cama, mas tinha sido a coisa certa a fazer. Eles tinham concordado que era loucura imaginar um futuro juntos. Um rompimento tranquilo seria melhor.

Ou tão tranquilo quanto possível considerando que teriam que interagir por mais um dia e meio.

Alcançando a porta da sala de espera de Dani, Jameson respirou fundo, ajustou os punhos e a jaqueta esporte que estava vestindo e bateu. Uma mulher que parecia vagamente familiar abriu.

— Sua Alteza Real — cumprimentou ela, com a reverência adequada. — Muito prazer. Sou Nyla, amiga de Dani.

Certo. Ela era o rosto no tablet que observara Dani destruir a cozinha dele.

Aquilo parecia ter acontecido em outra vida.

— Olá. — Jameson estendeu a mão, e ela apertou. — Por favor, perdoe meu comportamento naquele dia. Não tenho desculpas, só fiquei chocado com o que encontrei.

— Não se preocupa — respondeu Nyla, acenando de forma indiferente com a mão. — Duquesa inspira... fortes emoções nas pessoas. São águas passadas.

Estava nítido que Dani e a mulher eram próximas. Ele não sabia o que Dani havia dito à amiga, mas elas deviam ter conversando sobre o relacionamento deles. Jameson e Nyla se observaram, duas pessoas que se importavam com Dani.

Ela assentiu, mas ele não sabia se era um sinal de aprovação ou se ela só tinha terminado de avaliá-lo, então recuou.

— Entre.

Sofás e cadeiras de couro preto foram posicionados em um arranjo acolhedor perto de uma mesa de bufê empilhada com bebidas, lanches, travessas de frutas, queijos e vegetais.

Jameson esperou até que ela fechasse a porta.

— Dani não disse que você viria.

Nyla sorriu.

— Mexi uns pauzinhos e consegui um convite.

— Se eu soubesse, teria resolvido. Você vai ao baile?

— Sim, Dani falou com a Louisa.

— Ótimo. Tenho certeza de que Dani ficou feliz com isso. Como ela está?

— Se preparando para o show. — Nyla gesticulou para os fundos. — Ela está lá.

Cortinas separavam a grande área em que estavam de outra zona. Jameson atravessou o divisor de tecido e entrou em um ambiente agitado. Dani estava cercada por pessoas aplicando maquiagem, penteando seu cabelo e ajustando suas roupas. Ela estava de costas, mas ele teve um vislumbre de seu reflexo no espelho. O príncipe cambaleou, tonto com a visão.

Dani usava um top vermelho de mangas bufantes compridas que pareciam nuvens. Parava logo abaixo dos seios, deixando a barriga nua, exceto por uma fina corrente de diamantes que brilhava contra a pele. Shorts de couro vermelho mal cobriam a suntuosa bunda redonda e botas de cano alto, na mesma cor carmesim, completavam a roupa.

Seus olhos grandes estavam fortemente delineados, os lábios destacados com a mesma cor vermelha intensa, e o cabelo preto estava preso em um rabo de cavalo elegante. Havia mechas fininhas formando cachos em torno de sua testa e têmporas, e grandes aros de diamante balançavam de suas orelhas.

Ela era uma sereia sexy. Intocável. Algo para olhar e adorar de longe.

Sua expressão estava tensa e focada, fazendo com que ela parecesse mais com Duquesa e menos com Dani.

Mas então, o olhar dela encontrou o de Jameson no espelho, e Dani sorriu.

Aí está ela.

— Olá.

— Olá — disse ele, percebendo que o sorrisinho estava tão bobo quanto parecia. Ele pigarreou. — Kay está quase terminando a apresentação, depois é a sua vez. Eu só queria garantir que você está bem antes de ir lá te anunciar.

— Estamos bem. — Dani olhou para o grupo ao redor. — Podem nos dar um momento? Encontro vocês lá fora.

E então os dois ficaram sozinhos.

— Você está incrível.

Ela fez pose.

— Essa coisa velha? Só vesti e pronto.

Jameson riu. Ele pegou as mãos de Dani, erguendo as sobrancelhas ao ver as longas unhas vermelhas.

— Norte-americanos e suas armas. Você tem autorização para isto? São perigosas.

— Combina com o visual. E podem cortar uma vadia caso aquela stalker da Samantha apareça.

Ele decidiu não contar que a cantora realmente tinha tentado entrar nos bastidores antes. Depois da confusão na Bloom Urban, Jameson discutiu a possibilidade com Louisa, então eles garantiram que os seguranças soubessem quem é a estrela pop e ordenaram que ela não tivesse acesso. Dani não precisava se preocupar com "Samantha Stalker". Sua única preocupação seria fazer o melhor show possível.

Jameson apertou as mãos dela uma vez antes de soltá-las.

— Você vai arrasar.

Dani deu de ombros.

— Não estou preocupada com a apresentação.
— Não?
— Não. Estou um pouco nervosa porque esse é um público um tanto diferente, mas amo me apresentar. É bem diferente de tudo. A energia que recebemos da plateia é indescritível.
— Bom, estou animado para ver.
— Você já viu uma parte, quando estávamos ensaiando no celeiro.

A menção ao celeiro trouxe lembranças do tempo que passaram juntos em Primrose Park. E ele lembrou que Dani partiria em breve.

— Quanto tempo você vai ficar depois do baile?
— Um dia. No máximo, dois.

Jameson engoliu o nó que se formou em sua garganta e assentiu.
— Então é isso?

Ela cutucou a gola da camisa dele.
— Te vejo no baile amanhã.
— Eu sei. Mas não vai ser a mesma coisa.

Um mês antes, aquilo seria fácil. Eles se sentiram loucamente atraídos um pelo outro e o sexo era incrível. Por que não se conhecerem e se divertirem um pouco? Apenas uma aventura de verão. E, no entanto, o que ele estava sentindo naquele momento não podia ser descrito como fácil ou divertido. Era profundo, emocionante e complicado demais. E desistir, deixá-la ir, estava se tornando mais difícil do que o esperado.

— Dani...
— Jay, eu...

Eles riram. Ele gesticulou para que ela continuasse.
— Pode falar.
— E se...

Uma batida na porta, e então alguém chamou:
— Hora do show, Duquesa!

Inferno.

— "E se" o quê? — perguntou Jameson.

— E se... — Dani fechou os olhos, e ele esperou, ofegante, sem saber qual seria sua resposta, só torcendo que ela dissesse.

Mas então Dani franziu os lábios e balançou a cabeça.

— Nada. Era besteira.

Ele se sentiu decepcionado.

Dani se inclinou à frente e o beijou de leve.

— Até mais tarde, Sua Alteza Real.

— Tchau, Duquesa.

E então ela se afastou, desaparecendo atrás da cortina. Ele levou um tempo para se recompor e colocar em ordem a confusão de emoções que estava sentindo antes de voltar para o palco. A agitação da plateia se transformou em aplausos e gritos enquanto ele caminhava até o microfone.

— A incomparável... Duquesa.

As luzes piscaram e a multidão foi à loucura. Uma batida forte soou dos alto-falantes, e a enorme tela na parte de trás do palco ganhou vida. Cinco mulheres, vestidas de branco, dançavam contra um fundo preto ao ritmo da música. Na tela, Duquesa surgiu, sua figura vermelha contrastando com o pano de fundo neutro.

A plateia foi à loucura.

Ela executou os mesmos movimentos que as dançarinas, seu corpo gracioso despertando todos os tipos de sentimentos dentro de Jameson. E então tudo ficou escuro.

Quando as luzes voltaram, a imagem que estava na tela estava em pessoa no palco.

A multidão ficou ainda mais animada.

— Duquesa na área! — anunciou ela.

— Se ajoelhem, vadias! — veio a resposta.

— É. — Ela sorriu, como se tivesse um segredo. — E aí, Wembley? Como vocês estão?

Um coro de respostas chegou ao palco.
Dani inclinou a cabeça em um movimento que Jameson tinha visto em vários dos clipes dela.
— *Vem comigo / Mãos para o alto / Rebola se não tá nem aí / Se tu é fodona / Curte com a Duquesa / E grita, "Isso aí!"*
— Isso aí!
Dani era uma potência que comandava o palco e atraía a atenção de todos os presentes. Seus clipes não mostravam o suficiente o quanto ela era talentosa e esforçada. Ela deslizou pelo palco, dançando, fazendo rap, sem perder uma única deixa. Uma música, duas, três. Dando o seu máximo em todas. E ela fazia tudo aquilo usando saltos de dez centímetros.
Jameson não conseguia parar de olhá-la.
Após a terceira música, ela fez uma pausa. Uma de suas dançarinas se aproximou e lhe entregou uma toalha e um copo de água.
— Obrigada a todos por virem esta noite para relembrar o príncipe John e apoiar seu legado. Tenho aprendido muito sobre ele e, quanto mais aprendo, mais gostaria de tê-lo conhecido. Ele deve ter sido uma pessoa maravilhosa para inspirar tanto amor e respeito.
Dani olhou para onde Jameson estava. Seus olhares se encontraram e se entrelaçaram por um breve segundo, e sua expressão pareceu suavizar antes que ela quebrasse a conexão visual.
— Ele acreditava de verdade na sustentabilidade; não apenas trabalhando para proteger o meio ambiente, mas também focando em como, enquanto comunidade, podemos viver, trabalhar e nos divertir sem esgotar nossos recursos naturais para as gerações futuras. E você não precisa ser rico ou da família real para fazer sua parte. O ativismo nesta questão precisa ser acessível e inclusivo. É nosso planeta também! Então, quando você sair daqui hoje, pense em uma coisa pequena e sustentável que possa fazer e a incorpore em sua vida. Imagine o impacto que podemos

ter se todos aqui fizessem uma pequena mudança sustentável. Acho que o príncipe John aprovaria!

O coração de Jameson batia forte no peito. Ele mencionara o avô com frequência, porém, naquele momento ele teve certeza de que ela o ouviu. E se lembrava. Ele sentiu as lágrimas arderem nos olhos.

Não faça papel de bobo.

Jameson abaixou a cabeça e pressionou a ponta do nariz.

Aquela mulher seria sua perdição.

A plateia aplaudiu e gritou em aprovação.

Dani devolveu o copo à dançarina.

— Eu estava me divertindo tanto que me esqueci que trouxe um amigo para me ajudar, caso eu ficasse assustada ou nervosa. É tarde demais? Vocês se importam se eu chamar ele aqui?

Um amigo? Quem?

Jameson se virou e viu Liam Cooper passar por ele e entrar no palco.

Inferno!

A multidão explodiu enquanto o cantor pegava a mão dela.

— Ei, Duquesa!

— Vocês conhecem Liam Cooper, certo? Liam foi muito legal em aceitar me ajudar, mas vocês têm sido tão legais que acho que não preciso mais dele.

— Eu estava assistindo. Você foi incrível. Não foi? — perguntou Liam à multidão.

Eles ficavam fantásticos juntos. Como se realmente pertencessem ao palco. E a química era palpável. Quando Dani voltasse para casa, será que começaria a namorar Cooper? A imprensa gostaria daquilo. E poderia ajudar a empresa dela...

— Mas me sinto mal — Dani estava dizendo. — Ensaiamos tanto.

Liam assentiu.

— É verdade.

— Talvez a gente ainda possa mostrar para eles. Vocês não se importam, né?

Começou uma música que Jay não conhecia, mas a multidão sim, porque enlouqueceu. Dani começou a fazer rap e quando Liam cantou as primeiras estrofes, Jameson quis odiá-lo, mas não conseguiu. A voz dele era impressionante.

— Caralho! Parece que ninguém é imune a Duquesa — disse Julian, ao seu lado. — Viu como ela dança? Consegue imaginar tudo aquilo quicando no seu pau?

Jameson fechou as mãos em punho. O tio estava passando dos limites.

— Leva a sua vulgaridade para longe daqui.

— Relaxa. Você não precisa fingir. Minha mãe não está aqui. Além disso, eu vou apresentar a próxima atração.

— Mas isso não quer dizer que a gente precisa conversar, certo?

— Você conseguiu se safar até agora, mas a celebração ainda não terminou. De certa forma, está apenas começando.

Com um sorriso e um aceno de cabeça, Julian se afastou.

O que aquilo significava? Agora ele tinha que se preocupar com o que seu tio estava planejando?

A música terminou, e Liam beijou a bochecha de Dani, levando o público ao êxtase. Então deu tchau e correu para fora do palco.

— Uau, a plateia é incrível! Espero que ela fique animada para o meu show — disse Liam, ficando ao lado de Jameson.

— Você se saiu bem.

No palco, o som de um disco arranhando fez a batida mudar.

— Vamos terminar com um sucesso, Wembley! — gritou Dani no microfone. — *Todo dia é assim / Vem me perguntar / Por que os caras enlouquecem / Quando mando pular...*

— Obrigado. Não dá para evitar. Dani faz a gente dar tudo de si, exige o nosso melhor. É uma das coisas que amo nela.

Liam aceitou uma toalha da equipe de apoio e se afastou.

Jameson se virou para observar Dani, as palavras do cantor reverberando em sua mente.

... *é uma das coisas que amo nela.*

... *amo nela.*

... *amo...*

Ele sentiu o estômago se revirar e a pulsação soar alta em seus ouvidos, mais alta do que a música e a plateia cantando em uníssono.

Ele tropeçou alguns passos para trás e estendeu a mão para se apoiar em um equipamento quando seus joelhos ameaçaram dobrar.

Ele amava isso nela também.

Porque ele...

Amava...

Ela.

Capítulo Vinte e Três

Se perdeu nas minhas curvas / Meu quadril e muita bunda / Toda natural, bonita pra caramba / É gostosa que chama...
— Duquesa, "Ferver"

Uma multidão se aglomerava ao redor da Approach Gallery, o espaço que levava ao salão de baile. O teto era abobadado em forma de barril, o céu noturno ligeiramente visível através do vidro em relevo. Tapeçarias florais adornavam a parede acima de espreguiçadeiras e grandes vasos de porcelana. Mais à frente, uma fila de pessoas esperava para entrar no salão de baile.

— Você está pronta? — perguntou Nyla, encarnando a prima mais velha e sexy da Cinderela em um deslumbrante vestido azul-claro sem alças.

Hora do show.

Dani sorriu.

— Não sabia? A Duquesa está sempre pronta.

Nyla a olhou e pegou sua mão.

— E a Duquesa está incrível.

Dani estava realmente confiante quanto àquilo. Ela amou o vestido feito sob medida por Aurora Kerby, uma designer negra em ascensão que estava fazendo um trabalho impressionante, mas ainda não havia estourado. Nyla usou uma criação da estilista no Globo de Ouro no ano anterior e fez questão de recomendá-la. Durante sua temporada em Nova York, Dani se encontrou com Aurora e gostou do que viu. E, quando recebeu o calendário de eventos para a celebração e percebeu que precisaria de um vestido de baile, a escolha fora óbvia.

Era um vestido dramático em forma de A feito de tule preto; o corpete sem mangas tinha um decote em V profundo que mostrava a suave e tentadora extensão de pele da base do pescoço até a cintura. Lantejoulas haviam sido aplicadas estrategicamente em todo o tecido da saia ampla, que se espalhava pelo chão, para dar a impressão de uma noite estrelada contra um vasto céu escuro. Miss K replicou aquele brilho em seu cabelo usando grampos de diamante para arrumar um penteado alto parcial de cachos que emolduravam seu rosto e desciam pelas costas. Grandes brincos de rubi e um bracelete de rubi e diamante no braço esquerdo completavam o visual sensual, mas romântico.

— O príncipe vai amar te ver assim.

— Não me vesti para ele — respondeu Dani, com uma indiferença que não enganava nenhuma das duas.

— Mas isso não significa que você não se importe com o que ele pensa.

Dani suspirou. De fato.

Quando ela o viu nos bastidores de Wembley, parecendo mais arrumado do que o habitual em calças cáqui carvão, uma camisa azul-clara de botão e um blazer azul-marinho, seus joelhos enfraqueceram. Porém, sua ruína fora o desejo que ela viu em seu olhar enquanto ele a observava pelo espelho. Dani realmente pensou em sugerir que eles continuassem a se ver depois que ela fosse embora. Mas então, o universo intercedeu, trazendo-a de volta à realidade.

O Senhor protege os simples.

Desde os seus vinte e cinco anos ela sabia que sua vida seria assim. Pensar que ela e Jay poderiam ficar juntos era o auge da tolice. Mas vê-lo e estar com ele, tinha colocado aqueles pensamentos em sua cabeça. Fez Dani pensar que o impossível poderia se tornar possível.

— Devo ter feito algo na vida passada para ter a sorte de acompanhar duas moças lindas esta noite — disse Liam.

— Obrigada. — Dani sorriu e observou o smoking clássico que ele usava. — Você está bonito.

— E mesmo assim ninguém vai me olhar. — Liam se virou para a amiga dela. — Nyla! Bom te ver!

Nyla aceitou o beijo na bochecha.

— Você também, Liam.

Dani olhou feio para Nyla. Ela não tinha mencionado que eles se conheciam.

— Vocês se conhecem?

— Como todo mundo na indústria do entretenimento, já nos cruzamos por aí — respondeu Liam.

— Sempre pensei que o *nosso* mundo fosse pequeno e exclusivo — completou Nyla.

— Nada disso. — Liam ofereceu um braço para cada uma delas. — Podemos ir?

Dani examinou a multidão. Podia ser besteira, mas ela esperava ver Jay. Talvez encontrar uma forma de entrarem juntos. Mas ele não estava por ali.

Você está mesmo enlouquecendo, não é? Depois da conversa sobre manter o relacionamento em segredo, ele seria um idiota de acompanhá-la até o evento de encerramento da celebração.

Dani endireitou os ombros para trás e apertou o bíceps de Liam.

— Vamos lá.

O trio se juntou à fila que esperava para entrar no baile. Quando chegaram ao topo da escada, Dani arfou com a visão.

A primeira coisa que notou foi a altura do teto. A elevação, mesmo da perspectiva dela, dava à sala uma sensação imponente. Rosetas abertas esculpidas adornavam o gesso, do qual pendiam grandes candelabros de ouro e cristal.

Abaixo, era como uma cena de um conto de fadas ganhando vida. Homens de *black tie* e mulheres em tons neutros e coloridos, brilhantes e suaves, ocupavam o enorme espaço. Um dossel de trono, dourado e vermelho intenso, adornava uma plataforma na extremidade da sala, sob o proeminente brasão da Casa de Lloyd. Cadeiras em um tecido combinando encontravam-se em ambos os lados da área, proporcionando aos convidados lugares para se sentarem durante as festividades. Havia candelabros dourados por todo o perímetro, a cintilação das velas adicionando um brilho sobrenatural.

Dani achara que o esplendor do jantar comemorativo tinha sido impressionante. Mas aquilo fazia o evento anterior parecer sua festa de formatura do ensino médio. O salão de baile do Palácio de Buckingham era simplesmente espetacular.

O recepcionista ao lado deles anunciou:

— Duquesa e senhorita Nyla Patterson acompanhadas por Liam Cooper.

Embora as atividades do outro lado da sala continuassem, as pessoas mais próximas se viraram para observar enquanto eles desciam as grandes escadas.

Não tropeça. Não tropeça. Por favor, não tropeça. Seja graciosa. Você fez performances em palcos escorregadios de salto agulha. Você consegue.

Os olhos dela percorreram a multidão, e ela perdeu o ar quando o viu. Se alguma vez um homem foi feito para usar *white tie*...

Ele estava magnífico em trajes reais completos. Seu fraque foi feito sob medida para enfatizar os ombros largos, quadris finos e pernas longas, enquanto a faixa azul-marinho, fitas multicoloridas e medalhas lhe conferiam estatura e seriedade. Ele parecia um sonho realizado. Um sonho que ela nunca soube que queria até conhecê-lo.

Até aquele momento.

Do outro lado da sala, seus olhos se encontraram. A visão dela se estreitou até que não conseguisse ver mais ninguém.

Depois desta noite, você nunca mais o verá.

O pensamento a invadiu, deixando-a desolada. Dani estremeceu, e a breve perda de foco a fez tropeçar. Ela se endireitou, apertando o braço de Liam.

Eles estavam sendo precipitados? Tinha que ser tudo ou nada? Eram duas pessoas com meios e influência. Eles poderiam encontrar uma maneira de manter suas viagens em segredo, evitar lugares e eventos de alto nível, usar disfarces. Se quisessem, poderiam fazer dar certo. Precisavam fazer. Porque a ideia de nunca mais vê-lo era insuportável.

Ela não estava pronta para deixá-lo.

Quando ela, Nyla e Liam estavam quase no final da escada, Dani o perdeu de vista. Enquanto o recepcionista apresentava o próximo casal, eles foram cercados por outros convidados.

— Foi uma performance sensacional — elogiou uma mulher à esquerda dela.

— O show foi incrível. Acho que o príncipe John teria ficado orgulhoso.

— Gostei demais de vocês dois se apresentando juntos. Química intensa — declarou Kay Morgan, exibindo seu estilo icônico com um sobretudo e vestido preto esvoaçante, suas ondas loiras acinzentadas juntas em um nó bagunçado no topo da cabeça.

— Obrigada — agradeceu Dani. — Também vi o seu show. Foi demais.

— Preparando eles para você. — Kay deu uma piscadela.

Um pigarrear fez Dani rir.

— Kay, esta é a minha amiga Nyla Patterson.

— Prazer — disse Nyla, aceitando a mão estendida de Kay. — Sou uma fã.

— Obrigada. Você também é cantora?

Dani balançou a cabeça.

— Ela é atriz.

— Não assisto muita TV ou filmes hoje em dia. Me diz algo que você fez.

Enquanto Nyla começava a recitar seu currículo. Liam tocou o cotovelo de Dani.

— Que tal um champanhe?

— Você quer mesmo me conquistar! Sim, por favor.

Ele pediu licença e a conduziu a um garçom e sua bandeja cheia.

— Obrigada — disse ela, aceitando a bebida.

— De nada. — O sorriso dele rivalizava com as bolhas em suas taças. — Gostei demais desta semana.

— Eu também. Acho que deu tudo certo.

— Gostei principalmente de passar um tempo com você. Quando voltarmos para casa, devíamos passar mais tempo juntos.

O interesse no olhar dele a pegou desprevenida. Espere aí. Ela pensou que ele sabia do jogo. Eles estavam brincando havia eras. Não era real. Dani não levara para o lado pessoal, não o levava a sério.

— Liam, acho você incrível, mas...

— Ah, que dor. — Ele fechou os olhos e cambaleou para trás com a mão no peito. — Assim você me machuca.

— Desculpa. Não achei que você estivesse falando sério.

— Tudo bem. Não estou triste. Acho que seríamos ótimos juntos. Mas é óbvio que você já está interessada em outra pessoa.

Ela arqueou uma sobrancelha perfeitamente delineada e preenchida.

— Do que você está falando?

— Eu soube desde o início que ele estava de olho em você — explicou Liam, gesticulando para onde Jameson estava com lady Imogen e a princesa Catherine.

Droga.

— Acho que não.

— O que eu não sabia era se era recíproco. Até a partida de tênis.

Aquilo não era bom. Ela pensou que eles tinham sido cuidadosos. Balançou a cabeça.

— Você está enganado.

— Não precisa se preocupar. Seu segredo está seguro comigo. — Ele encarou algo por sobre o ombro dela e suspirou. — Estão me chamando. Por favor, guarde uma dança para mim, linda.

Liam beijou a bochecha dela e partiu. Dani observou várias cabeças se virarem atrás dele, o seguindo.

Será que ela precisava se preocupar com aquilo? Ele disse que manteria segredo, embora ela não tivesse confirmado, mas mesmo assim...

— Acho que ele gosta mesmo de você — declarou Nyla em seu ouvido.

Oi, Eco.

Dani franziu o lábio.

— Eu sei. E ele sabe sobre o Jay.

Nyla deu de ombros.

— Ele não vai contar nada. Ele ainda quer ter uma chance com você.

— Ele já perdeu essa chance.

— Quem sabe o que pode acontecer quando você voltar para os Estados Unidos?

— Eu sei. Nada.

— Os comentários sobre vocês são ótimos e vocês dois formam um belo casal. Talvez...

— Nyla! — A agitação tomou conta do tom de voz dela. — Esquece isso!

Nyla fechou a boca e inclinou a cabeça para o lado. Observou a amiga com olhos semicerrados, e então disse...

— Sabe que não vai dar certo, não sabe?

Dani devia ter ignorado, mas não conseguiu. Suas preocupações estavam prestes a aparecer.

— Por quê? Porque sou norte-americana? Rapper? Negra?

— Sim — respondeu Nyla, arregalando os olhos de sombra azul. — Olha, eu entendo. O príncipe Jameson é inteligente, gentil e bonito, se você gosta do tipo alto, cabelo escuro e queixo quadrado. Mas ele é da família real. E, depois desta semana, todo mundo está atrás dele. Eles esperam que ele case com um certo tipo de mulher, alguém que o ajude com os deveres reais. Você está disposta a desistir da sua vida e do seu trabalho para ficar aqui com ele?

— Não vou me casar com ele! — Embora imaginar aquela suposta esposa a deixasse nervosa. — Ainda estamos nos conhecendo. Sabe... namorando.

Nyla se aproximou e apertou o braço dela.

— Você cresceu ouvindo sua avó falar da família real, mas nunca ouviu de verdade, não é? Sou sua amiga e só estou dizendo isso porque te amo. O que acha que vai acontecer se a história vazar?

— Não vai...

— Você se arriscou e deu sorte, Dani! Mas, se continuarem se encontrando, será apenas questão de tempo. Você acha mesmo que o Palácio vai aceitar? Que a imprensa não vai te infernizar mais do que a Banks? Está pronta para as coisas que vão dizer de você? Porque, olha ao redor! Há muitos rostos aqui e poucos se parecem com você ou comigo. E você está falando em se juntar a uma das instituições mais brancas da história.

Aquilo não era novidade. Em algum nível, Dani sabia que Nyla estava certa. Ela tinha pensado nas mesmas coisas, mas com menos franqueza. Ainda assim, quando colocou lado a lado os conselhos de sua amiga e o medo de deixar Jameson...

— Era para ser uma aventura. Ele é gostoso, sexy, solteiro, e até eu conseguia ver a tensão entre vocês lá de Los Angeles. Os dois são adultos e acabaram presos numa situação fora do normal. Não havia mal nisso. Mas agora está tentando transformar uma foda em um relacionamento. E não acho que esteja considerando que estar com ele significa deixar de ser quem você é. Se eles te aceitarem, sabe o controle sobre sua vida que você tem buscado? Eles vão acabar com isso. E você não vai poder fazer nada.

E lá estava. A verdade nua e crua nas palavras de Nyla. Dani tinha se esforçado bastante e chegado muito perto de ter tudo o que queria para no final ceder o controle de sua vida a outros?

Lógico que não.

Mas Nyla estava sendo exagerada. Não precisava ser tão séria. Dani assentiu.

— Estou bem.

O sorriso de Nyla tinha uma pontinha de tristeza.

— É óbvio que está. E não se preocupe, vamos nos divertir muito. Vamos beber champanhe caro, rir, dançar e tirar fotos incríveis. E, quando a noite acabar, você vai embora com seu poder e dignidade intactos. Pense um pouco sobre isso enquanto pego mais champanhe.

Dani deu as costas à multidão, espantando as lágrimas inesperadas que as palavras de Nyla trouxeram. Rhonda ficaria possessa se Dani estragasse a maquiagem, e de jeito nenhum ela seria vista chorando.

— Bem, você está diferente! — disse Rhys Barnes, ficando ao lado dela.

O amigo de Jay estava incrivelmente bonito de fraque e gravata branca, embora o traje formal pouco ajudasse a controlar sua energia indomável. Na verdade, apenas enfatizava seus músculos.

Se controle, garota. Finja agora, chore depois.

Ela jogou o cabelo para trás e sorriu.

— Professor Thor.

— Perdão?

— O deus viking alto que você está imitando. Jay não contou que eu te chamo assim?

— Não, não contou. — Rhys riu. — Mas vou perguntar a ele.

— Faça isso. Prazer em finalmente te conhecer. Ouvi falar muito de você.

— Eu também. — Ele a olhou de perto. — Sei que era você em Birmingham, mas estava muito diferente. Disfarce de ponta.

— Obrigada. Aprendi com os melhores.

— Espero que tenha dado algumas dicas ao nosso Jameson. Seria bom para ele ter outras maneiras de fugir da imprensa além de hibernar.

Nosso Jameson? Dificilmente.

— Você ainda vai ficar por aqui?

Ele fez a pergunta no mesmo tom jovial do resto da conversa, mas as linhas finas ao redor de sua boca ficaram mais profundas e o olhar mais intenso.

— Meu voo é em dois dias.

— Ah. Espero que mude de ideia. Você tem sido importante. Devo admitir que gosto do Jameson que foi influenciado pela Duquesa.

— Dani, acho que fui longe demais. Se quiser ir em frente, vou te apoiar... Ah! — Nyla parou de repente, fazendo o champanhe derramar das taças que estava carregando. O olhar dela pousou, e permaneceu, em Rhys. — Não quis interromper.

— Você não interrompeu. Este é o professor Thor, amigo de Jameson. Nyla Paterson.

— Prazer. E você pode me chamar de Rhys. — Ele pegou as taças de Nyla e as colocou na bandeja de um garçom que passava. Puxando o lenço do bolso do fraque, Rhys enxugou o líquido derramado da mão dela.

— O prazer é todo meu — respondeu Nyla, soando hipnotizada e desorientada. A pele acima de seu corpete sem alças corou, e sua língua apareceu para umedecer o lábio inferior.

O gesto passou de educado para íntimo em dois segundos! Dani mexeu na saia do vestido, ajustou o punho, qualquer coisa para evitar espionar o momento.

Ah, pelo amor de Deus! Se controlem!

Os acordes suaves da música clássica fundiram-se com o murmúrio das conversas quando a orquestra de cordas começou a tocar.

— Posso pegar outra bebida para você? — perguntou Rhys para Dani, embora o olhar estivesse em Nyla.

— Não, obrigada.

Rhys dobrou o lenço e o colocou no bolso.

— Srta. Patterson, gostaria de dançar?

Os olhos de Nyla brilharam.

— Adoraria.

— Se você nos der licença...

Enquanto Rhys levava Nyla para a pista de dança, ela se virou e murmurou "Ai, meu Deus!" antes de ser engolida pelo mar de convidados.

Apesar de tudo, Dani riu. Ela sabia que as palavras anteriores de Nyla não foram ditas para magoá-la. Dani não tinha dúvida de que a amiga a queria bem. Nyla era linda e solteira. Por que não viver a própria aventura? E sem todo o drama e complicações da família real.

— Você está deslumbrante.

Dani perdeu o ar. As palavras dele arrepiaram sua pele e nutriram sua alma. Ela se virou e lá estava Jameson.

— Você parece um príncipe encantado da vida real.

As bochechas dele coraram, e Jameson sorriu.

— E você parece um pedaço do paraíso, enviado para me tentar.

Como ela poderia resistir quando ele dizia coisas assim?

Ele estendeu a mão e tocou seu brinco.

— São lindos.

— Obrigada. Amo rubis. São minha pedra preciosa favorita.

— Não estou surpreso. São impecáveis, sexy e calorosos. Igual a você.

Dani inspirou fundo, seus mamilos ficaram duros e roçaram no tecido do vestido. Ela lançou um olhar furtivo por sobre o ombro de Jameson, e, por mais que a maioria não estivesse prestando atenção, vários olhares curiosos os observavam.

— Estamos sendo observados.

— Não me importo.

Tão doce...

— Você se importa, sim.

Os olhos azuis dele penetraram os dela.

— Não quero que acabe.

Dani sabia como se sentia, mas não tinha imaginado que ele também estava reconsiderando. Ela piscou.

— Quer continuar me vendo?

— Mais do que tudo no mundo. Você quer continuar me vendo?

O prazer tomou conta do peito dela. Toda a precaução e preocupação sumiu diante do sorriso dele.

— E se eu te encontrar em Primrose Park depois do baile? Posso adiar minha volta e podemos conversar. Descobrir como fazer isso longe dos curiosos.

Jameson se aproximou.

— Quero tanto te beijar.

— Também quero. — Dani se lembrou do que Nyla dissera. — Mais tarde. Você precisa ir agora. Não fomos pegos. Não vamos abusar da sorte.

— Aí está ela! A mulher do momento. — Príncipe Julian ficou ao lado de Jameson.

Vendo-os juntos, lado a lado em trajes parecidos, a semelhança era impressionante. Mas não havia nada no mais velho que a atraísse.

— Não sei se isso é verdade, mas obrigada — disse ela, educada.

Ele a olhou de cima a baixo, parando no decote.

— Acredito que as damas já se conhecem, mas Jameson, permita que eu lhe apresente Samantha Banks, uma cantora norte-americana.

Dani arregalou os olhos quando a cantora pop se juntou ao grupo, delicada em um vestido longo de chiffon, mangas compridas, com cores em tons de azul-petróleo, azul-escuro e violeta que combinavam com seu cabelo.

Não importava a aparência dela. Um rostinho bonito pode esconder uma mente maligna.

— Sua Alteza Real — disse Samantha, estendendo a mão.

A raiva tomou conta de Dani como um incêndio, acabando com seu bom humor. Ela estava muito cansada de jogar o jogo daquela mulher. Dani queria acabar com aquilo, acabar com aquela merda de uma vez por todas. Porém estava bem ciente de onde estava, do interesse crescente em torno deles e de tudo o que tinha a perder se não fosse esperta.

Calma, vadia!

— O que você está fazendo aqui?

Samantha franziu os lábios.

— Você acha que é a única com contatos na realeza?

As unhas stiletto ombré preto e vermelho de Dani apertaram suas palmas. Unhas longas de acrílico não eram boas para dar um soco.

— Isso não é um jogo nem uma das suas intriguinhas em redes sociais. É a minha vida. São os meus negócios.

— Você a trouxe aqui? — perguntou Jameson ao tio, a mão descansando de forma tranquilizadora e protetora na parte inferior das costas de Dani.

— Acho que a srta. Banks tem muito talento. Se você pode convidar a Duquesa, não vejo por que eu não poderia convidar Samantha. Principalmente depois das coisas que li sobre a sua convidada. Não foram muito elogiosas.

Dani congelou. Então o príncipe Julian era o motivo de Samantha Banks estar ali? Por que ele a convidaria? O que ele tinha a ganhar com aquilo?

— Você tinha conhecimento dessas informações quando a sugeriu? — Julian fez um som de desaprovação e balançou a cabeça. — Se minha mãe soubesse, não acho que aprovaria sua escolha.

— Julian...

— Com licença — interrompeu Louisa. Usando um vestido simples verde sálvia, ela parecia tensa. — Sua Majestade gostaria de falar com você.

— Vou conhecer a rainha? — arfou Samantha.

— Não — respondeu Louisa.

O desgosto desdenhoso em seu tom teria feito Dani rir se ela não estivesse furiosa.

— Será a oportunidade perfeita para contar a minha mãe o que descobri. Sabia que escolher você como o rosto do evento era uma má ideia. Seu julgamento está obviamente distorcido.

— Você não — declarou Louisa. — Apenas o príncipe Jameson e a Duquesa.

O rosto de Julian mostrou sua indignação. Dani olhou para Jameson, mas ele estava inexpressivo. Ele baixou a cabeça e fez sinal para que ela e Louisa o seguissem. De lábios franzidos, ela acompanhou a outra mulher. As pessoas olhavam, abrindo caminho para permitir que passassem, e Dani controlou as feições para não revelar sua agitação interior.

A rainha estava sentada na plataforma do outro lado da sala. Estava suntuosa e elegante em um vestido branco e uma faixa azul. Dani se perguntou se ela estava ciente de que sua mão descansava no braço do trono vazio ao lado em vez de no seu próprio. Embora houvesse cerca de duzentas pessoas presentes na plataforma sob o dossel, eles tinham uma privacidade que Dani não havia previsto.

— Sua Majestade — cumprimentou Dani, fazendo reverência.

— Estão todos falando da sua performance — disse a rainha, na voz educada que Dani se lembrava do jantar.

Dani não sabia como interpretar o comentário, se era um elogio ou reclamação, então respondeu no mesmo tom neutro.

— Fiquei honrada por ter sido convidada.

— Sim, bem, Jameson nitidamente viu algo que o resto de nós não viu.

Não havia ambiguidade naquele momento.

A rainha olhou para os convidados.

— Foi uma semana e tanto.

— Sim.

— Devo admitir que tinha dúvidas em relação a você no começo, mas você se provou bastante popular.

Primeiro Samantha e agora a rainha. Dani estava precisando morder a língua com tanta frequência que estava surpresa de não estar sem ela.

Não importa. Você sabe o que tem que fazer.

— Obrigada — conseguiu dizer entredentes.

— Sua presença trouxe a atenção de... bem, de um *novo* público, vamos apenas dizer, para uma causa que era importante para o meu John, e por isso sou grata.

Um novo público? Qual seria?

Não faça cena.

— É uma causa importante. Todos temos nosso papel.

A rainha enfim "presenteou" Dani com a força total de seu julgamento.

— Excelente argumento. Todos temos nosso papel. Incluindo Jameson. Esta semana foi importante para ele também.

— Ele foi um ótimo anfitrião — depois de um tempo — e fez um belo trabalho representando a família.

— De fato. Temos grandes planos para o futuro dele.

Dani franziu os lábios. Aquilo era mais do que uma conversa casual.

— Não sei por que está me dizendo isso, senhora.

— Ah, acho que sabe. Vocês conseguiram não ser pegos de novo, mas, se pretendem prolongar esse embaraço, é melhor mudarem de ideia agora.

Ser pegos?

De novo?

Dani olhou para Jameson brevemente, que, assim como os guardas de chapéu peludo do lado de fora do palácio, estava parado e em silêncio.

Exceto pelo músculo pulsando violentamente em seu maxilar.

— Com todo o respeito, a senhora não tem o direito de me dizer com quem eu posso me envolver ou como devo viver a minha vida.

A rainha suspirou e sua postura perfeita pareceu relaxar. Um pouco.

— Pode não acreditar nisso, mas eu te admiro. Você trabalha duro, é talentosa e parece ter um bom tino para negócios.

A surpresa de Dani deve ter sido visível, porque Marina disse:

— Ah, sim, eu sei sobre a sua empresa. E você está à beira de transformá-la em um império. Mas deve entender que, quando se está no comando, é necessário tomar as melhores decisões para a sua organização, mesmo as pouco populares. Você é uma mulher linda, adorada por milhões. Pode escolher quem você quiser. — A rainha se endireitou, e o breve momento de afinidade desapareceu. — Mas Jameson não. Não esta família. Não vou permitir.

— Vó! Chega!

Louisa arfou.

— Senhor! Mais respeito!

Porém, Dani mal percebeu a tentativa de Jameson de defendê-la. As palavras duras da rainha a levaram de volta à infância, e a quando se sentia indesejada, sem amor e desamparada após a morte da avó.

Não temos espaço.

Você pode ficar aqui uma semana, mas depois precisa ir embora.

Você pode ficar neste sofá. O que vai me dar em troca?

A bile queimou o fundo de sua garganta. O que havia de tão errado com ela?

Dani tinha tocado em palcos e locais no mundo todo. Recebeu inúmeros elogios, tinha dinheiro e prêmios. As mulheres queriam ser como ela. Os homens queriam fodê-la. Todos sabiam o seu nome.

Mas por que aquilo importava se ainda era rejeitada?

Sem dizer uma só palavra, Dani juntou o tecido volumoso de seu vestido em uma das mãos e desceu correndo os degraus da plataforma.

— Dani...

Ela o ouviu atrás dela, mas não parou. Conseguia sentir as lágrimas surgindo. Não ia conseguir salvar o lindo trabalho de Rhonda, mas de jeito nenhum ia estragá-lo ali.

Ela não conseguiria subir a enorme escadaria a tempo. Examinando o grande espaço, avistou uma porta perto da plataforma onde a orquestra tocava. Não fazia ideia de onde a levaria, mas tinha que ser melhor do que aquilo.

— Dani? Ei! — Liam agarrou a mão dela. — O que está acontecendo?

— Estou bem. Só preciso de um momento.

— Você não está bem. Espera, aonde você vai?

— Desculpe, não posso — respondeu ela, se afastando.

Dani se movia rapidamente, evitando as pessoas quando possível e murmurando desculpas sem sentido. Aquela porta era sua salvação. Ela só precisava chegar lá.

Quando enfim a alcançou, Dani entrou em um pequeno armário. Não era a mais luxuosa das acomodações, mas estava vazio e aquilo era tudo que ela precisava. Ela fechou a porta atrás de si e a trancou, escondendo-se na escuridão. Procurou por um interruptor e, ao encontrá-lo, o acionou e viu cadeiras, cobertas com o mesmo tecido vermelho e dourado que os assentos e o trono, empilhadas, junto a algumas mesas e peças de decoração antigas.

Ela caiu em uma cadeira vazia e pressionou os dedos na testa. O que estava pensando?

Não estava. Tinha sido dominada por hormônios e sentimentos.

Todos sabiam que um relacionamento entre ela e Jay nunca daria certo. Os dois eram os únicos que achavam que tinham uma chance.

Uma batida soou na porta.

— Dani?

— Vai embora!

— Não — retrucou Jameson, a voz tensa do outro lado.
— Olha, só preciso de um tempo para me recompor. Não esqueci minhas obrigações. Vou sair daqui a pouco.
— Não estou nem aí para as suas obrigações. Quero falar sobre o que aconteceu.
— Não temos mais nada a dizer um para o outro. A rainha está certa.
— Não está não. — Ele chacoalhou a maçaneta. — Dani, as pessoas já estão olhando. Se você não abrir a porta agora, vou chamar alguém para abrir e várias pessoas vão perceber o que está acontecendo.

Ele ia mesmo. Dani ouviu na voz dele. Jameson se transformara no professor, aquele com quem ela não falava havia semanas, embora parecessem meses.

Cedendo, ela levantou e destrancou a porta. Jameson estava lá, irritado, e mais sexy do que qualquer homem.

— Por que fugiu de mim?
— Não fugi — respondeu ela, se encolhendo por ser chamada atenção.
— Fugiu sim. — Ele entrou mais no espaço, fazendo-o parecer menor que ela.
— E por que isso importa? Você ouviu o que ela disse. Sua avó disse com todas as letras o que pensa sobre um relacionamento entre nós dois. — *Jameson não. Não esta família. Não vou permitir.* — Me recuso a estar onde não me querem. Não de novo.
— *Eu* te quero. E ela não pode me dizer com quem eu devo ficar. Ou amar. Ela não controla a minha vida.
— Quem você está tentando enganar? Eu? Ou você mesmo? Aquela mulher comanda a vida dos filhos, a sua vida, essa porra de país inteiro. Mas eu não. Não me inscrevi nisso! Tô fora.
— Droga, Dani — praguejou ele, puxando-a para perto e a beijando.

Ela se abriu, e o beijo se aprofundou imediatamente. Suas línguas se emaranharam, raspando uma contra a outra, e Dani gemeu, apertando as mãos em seus ombros largos, estremecendo enquanto ele se flexionava contra suas palmas. Jameson tinha um cheiro incrível e um gosto ainda melhor. Nunca mais experimentar aquilo? Era impensável. Não queria deixar seus braços. Ela nunca conseguiria se cansar de seus beijos.

Mas eles precisavam respirar.

Jameson ergueu a cabeça e focou nela com olhos febris. Dani não conseguia desviar o olhar.

— Isto. Você. Nós. É tudo que me importa. — Inspirando com força, ele encostou a testa na dela. — Diz que acredita em mim.

Ela tocou a bochecha dele.

— Acredito.

— Diz que sente isso também — exigiu ele.

O coração dela bateu freneticamente no peito. Ela pressionou um beijo suave em seus lábios.

— Sinto.

Alguém arfou... e não foi nenhum dos dois.

O medo revirou o estômago deles.

— Merda! — Jameson murmurou.

Juntos, eles se viraram para encontrar uma pequena multidão os observando da porta aberta.

Capítulo Vinte e Quatro

Eles devem ser família apenas no nome; ou, em todas as suas ações, serem verdadeiros ao nome?

— Platão

Se Jameson tinha dúvida de que foram descobertos, teve sua resposta quando viu as expressões no rosto dos convidados.

Choque no de Imogen.

Conformidade no de Liam Cooper.

Aprovação no de Kay Morgan.

Desgosto no da condessa von Habsburg.

Quase imediatamente, vários celulares apareceram, apontando em sua direção. Membros da imprensa convidados se apressaram, câmeras prontas.

Jameson apertou a mandíbula, frustrado pelas circunstâncias. Ele não tinha pedido por aquilo. Era apenas um homem que queria estar com sua mulher. Por que o mundo se importava?

Após o show, ele voltara para Primrose Park, porém, em vez de se orgulhar após o triunfo da celebração, ele se sentira solitário e mergulhado em tristeza. Houve um tempo em que dirigir pela longa entrada e ver a estrutura familiar de sua casa ancestral lhe dava imensa satisfação. Não mais.

Na verdade, desde que Dani se mudara para o hotel em Londres, levando seu brilho e vibração consigo, o lugar não tinha a alegria de sempre para ele. As lembranças dela permeavam tantos espaços: a cozinha, a antiga sala de estar, o escritório... a ideia de nunca mais vê-la, de nunca mais tocá-la ou ouvi-la rir, deixava um buraco no peito dele.

Jameson tinha mesmo se apaixonado por ela?

Não! Impossível. Foi muito rápido. Um mês antes ele nem a conhecia!

Mas, nas últimas semanas, ele tinha sido mais feliz do que nunca. Não conseguia imaginar voltar a uma vida sem Dani.

Ela sentia o mesmo?

A situação deles era complicada, cheia de deveres, trabalho e obrigações que exigiam muito foco e atenção. Porém, se fosse recíproco, Jameson faria qualquer coisa para convencê-la a tentar. O que eles viveram era especial, mereciam a oportunidade de explorar mais o que sentiam: à sua maneira, em seu próprio tempo e fora dos holofotes. Aquilo não era o que ele tinha em mente.

No meio da multidão, Jameson fez contato visual com Rhys, que estava ao lado de Nyla. A atriz observava a amiga, a preocupação nítida em seu rosto. Com um aceno, Rhys abriu caminho para a frente da multidão e fechou a porta.

— Saiam — Jameson ouviu Rhys dizer sobre as reclamações.

— O que ele está fazendo? — exigiu Dani. — Não podemos ficar aqui.

Jameson se sentou em uma cadeira próxima.

— Preciso de um momento para pensar.

— Sobre o quê? Eles nos viram. Eles sabem.

Não demoraria muito para que a história fosse divulgada. Ele imaginou a fofoca deliciosa percorrendo o salão de baile, como uma nota emitida por um instrumento musical.

— Vai ficar tudo bem. Só precisamos pensar em como lidar com isso — insistiu Dani, de pé perto dele.

Pior ainda, não demoraria muito para cair na internet.

A mãe dele!

Merda!

A última coisa que ele queria era que ela fosse pega de surpresa por uma história que o envolvia. Ele jurou que ela nunca mais sofreria com o assédio da imprensa.

A porta se abriu, e Jameson se levantou, tenso e pronto para a batalha, apenas para soltar o ar quando viu Roy, um de seus guardas.

— Senhor, venha comigo.

Jameson assentiu, então estendeu a mão para Dani. Ela aceitou, e seu aperto firme o acalmou. Eles precisavam encontrar um lugar privado onde pudessem conversar e descobrir o que fazer. Juntos.

Ele se virou para o guarda.

— Você pode encontrar minha mãe e trazê-la até aqui, por favor?

— Sua mãe? Jay, não é tão sério assim.

— Dani, por favor. Confie em mim.

— Sim, senhor — respondeu Roy. — Mas, primeiro, vamos tirar vocês daqui.

Em minutos, a multidão tinha triplicado. A imprensa e os convidados eram educados demais, mas ainda assim, a curiosidade era notável. Jameson e Dani seguiram Roy por uma saída oculta do salão de baile e andaram por vários corredores até uma das salas de estar privadas da família.

Ao atravessar a porta, Jameson parou quando percebeu que não estariam sozinhos na espaçosa câmara. A rainha, seu tio, suas tias e Louisa o esperavam. Então ele viu as cortinas de seda amarela e o retrato a óleo pendurado na parede.

O Antro da Melancolia. Perfeito.

Não gostando daquela reviravolta, ele olhou cautelosamente para a avó sentada na mesma cadeira amarela ornamentada.

Julian correu para Jameson, o rosto corado.

— Agora entendo por que ficou irritado quando mencionei foder ela. Você já estava fazendo isso. Parece que é farinha do mesmo saco, no fim das contas.

O aperto de Dani em sua mão aumentou.

— Mais uma palavra — disse Jameson, a raiva acabando com seu decoro habitual — e vou chutar a porra do seu rabo, sendo herdeiro do trono ou não.

— Chega — ordenou a rainha, a voz cortando a tensão. — Isso não está ajudando ninguém.

— Sorte sua que não estamos no meu país — declarou Dani. — Tenho conexões.

— Por que isto é necessário? Eu estava procurando Liam Cooper antes de ser chamada — perguntou Bettina. — Só algumas pessoas os viram. É fácil de controlar.

— Você é burra assim mesmo? — cuspiu Julian. — Todos viram, incluindo a imprensa e os funcionários. É questão de tempo para essa história sair do palácio.

— Vai viralizar antes — informou Louisa.

— É isso o que você quis dizer sobre sua família se intrometer? — murmurou Dani baixinho.

— É só o começo.

Dani riu e revirou os olhos.

— O quê? — perguntou Jameson.

— Agora a Genesis não vai ter que se preocupar comigo e Samantha Banks! Queria que fosse pelo meu comportamento esta semana, mas tenho certeza de que isto vai tomar conta da primeira página.

Julian parou de andar de um lado para o outro.

— É isso! Essa é a verdadeira motivação dela.

Dani olhou para o príncipe com o mesmo desdém que uma vez olhou para a cerveja Guinness de Jameson, antes de dizer:

— Eu devia ligar para a Bennie.

— Quem?

— Minha empresária.

— De jeito nenhum — interrompeu a rainha. — Ainda não tomei minha decisão.

— Não quero atrapalhar você — respondeu Dani. — Mas... cadê minha bolsa?

— Que decisão? — perguntou Bettina, ainda conseguindo fazer bico e parecer confusa. — Ela vai embora. É isso o que a senhora sempre quer dos homens que arrumo.

A rainha olhou feio para ela.

— É por isso que estamos nesta situação. Você, Julian... Calliope, Alcott! Todos tomaram péssimas decisões!

— Não é justo — soltou Julian.

— Vocês pensam que estão com a vida ganha, vivem como se nada pudesse mudar. Nada é garantido. Rumores sérios sobre a abolição da monarquia estão circulando. O que vai ser de vocês se isso acontecer?

Julian, Bettina e Catherine trocaram olhares assustados, e Jameson franziu a testa. Então só ele recebera aquela informação? Por quê?

— Em troca de suas vidas privilegiadas, eu só pedi que fossem discretos. Em vez disso, andam por aí reclamando de como a vida é difícil e ficam surpresos quando as pessoas se ressentem de vocês. As mesmas pessoas que começam a se perguntar se somos muito caros ou perpetuamos valores ultrapassados. — Ela balançou a cabeça, enojada. — Nunca pensei que diria isso, mas graças a Deus John não está vivo para ver o que se tornaram.

A boca de Bettina se abriu, a cor sumiu do rosto de Julian, e Catherine pressionou a mão trêmula no peito. Dani olhou para todos como se não pudesse acreditar que aquilo estava acontecendo.

Ele a avisara sobre sua família.

Mas Jameson nunca tinha ouvido a rainha falar com os filhos daquela maneira. Era uma prova do quanto estava abalada. O que significava que ela seria capaz de qualquer coisa.

E aquilo poderia ser catastrófico para ele. Precisava conversar com Dani. Sozinho. Tinha que contar a ela o que a avó havia ameaçado fazer. Ela deveria ouvir aquilo dele.

Porque Dani estava certa. Por mais que Jameson odiasse, a revelação da relação deles iria ofuscar qualquer outra história, incluindo os eventos do tributo real. Sua avó ficaria furiosa. E alguém seria o alvo de seu desagrado.

A rainha conseguiu se recompor.

— Trabalhei duro demais para terminar assim. Não tolerarei que a memória de John e sua vida sejam arruinadas. Vamos consertar isso.

Catherine enfim entrou na discussão.

— O que você sugere?

— A única coisa que pode conter isso. Confirmamos que os dois estão juntos. Nos apoiamos no conto de fadas. Funcionou para Julian e Fi.

— Que ridículo! — explodiu Julian, a pele pálida ficando vermelha. — Primeiro você inventa essa celebração para nosso pai, mas diz que não podemos nos envolver. Aí o escolhe e exibe na nossa frente como se fosse nosso substituto.

Catherine ergueu a mão.

— Julian...

— Fica fora disso, Cat! Todo mundo sabe que você está se divertindo.

— Você é doente — rebateu Catherine, cruzando os braços e indo até a janela.

— Por que a senhora precisa se manifestar sobre o nosso relacionamento? Tenho certeza de que não sou a primeira mulher que Jay namorou. Todas precisaram disso?

Jameson franziu os lábios.

— Não vamos anunciar nosso relacionamento. Isso não é um golpe publicitário a serviço da monarquia. É a nossa vida. Nossa vida privada.

— Mas você não a escondeu. Agora temos que falar do assunto.

— Está tudo bem, Jay. Acho que o fato de eu ser negra vale a notícia. — Dani revirou os olhos, e então deu tapinhas no braço dele. — Eles podem anunciar. Bennie provavelmente vai querer isso também. Só um simples "estamos aproveitando a companhia um do outro", blá blá blá...

Ele se virou para olhá-la.

— Dani, você não entende...

— Ao menos um de vocês está sendo razoável — afirmou a rainha. Ela inclinou o queixo. — Louisa, marque aulas de comportamento e etiqueta para ela e um encontro com a imprensa. Precisamos começar a incorporá-la na rotina de Jameson...

Dani inclinou a cabeça.

— Como é?

— Que rotina? — perguntou Jameson confuso.

— Sua nova rotina como um membro oficial da realeza — explicou a rainha, sem pestanejar. — E vamos precisar descobrir como lidar com as músicas e os clipes dela. Não podemos ter esse tipo de imagem associada à namorada do príncipe.

Dani balançou a cabeça como se o movimento fosse resolver sua confusão.

— O que está acontecendo? O que a senhora está fazendo?

— Exatamente o que falei. O Palácio emitirá uma nota confirmando o relacionamento, e vocês agirão de acordo até serem dispensados.

O sangue retumbou nos ouvidos dele.

— Isso está fora de questão!

Dani encarou a rainha.

— A senhora está louca se acha que vou concordar com isso.

— Tomei minha decisão. E você não tem escolha.

— Eu sempre tenho escolha. E não vou abrir mão disso porque estão com um problema de relações públicas.

— Como se você não fosse ganhar nada com isso — zombou Bettina.

Dani encarou a mulher.

— Sério? Você vai me encarar?

Bettina empalideceu e deu um passo para trás.

— Relações públicas? — A rainha apertou os braços de sua cadeira. — Estou tentando salvar séculos de tradição! Nós incorporamos os valores do nosso país. Representamos um ideal. Nós vamos sobreviver a isso e você vai fazer o que eu digo.

— Espera aí! — Dani enfim soltou a mão de Jameson, e ele sentiu a ausência. Profundamente. — Eu não me importo com o que espera deles, não sou um membro da sua família nem um de seus súditos. Não vou fazer isso. Lido com a imprensa há mais de dez anos. Minha equipe pode nos ajudar com isso.

Catherine deu um passo à frente.

— Lamento que isso esteja acontecendo com você, mas não faz ideia do que vai enfrentar. A imprensa é muito diferente aqui. Principalmente quando se trata de nós. Somos financiados pelo público, eles acham que são nossos donos, que têm direito de opinar em nossa vida e nem sempre aceitam quem entra nelas. Podem ser implacáveis. Somos preparados para isso desde o nascimento. Nada com o que você lidou até agora é parecido com isso. Não podemos permitir que você lide com esse assunto em nome de Jameson. Ele é um membro da família real. Devemos estar envolvidos.

— Nyla estava certa. — Dani virou-se para ele. — Vou embora e você deveria vir comigo.

Ele queria. Era naquilo que tinha se metido? O que ele teria que aguentar até que os filhos de Julian fossem maiores de idade?

— Qual o problema com os homens desta família? — perguntou a rainha, rindo consigo. — Vocês são apresentados a mulheres que seriam perfeitas para vocês e mesmo assim não conseguem ficar longe de mulheres... desse tipo. Eu avisei que isso ia acontecer. E avisei que, se não conseguisse fazer a coisa certa e ficar longe dela, eu ia lidar com a situação.

Jameson paralisou. *Merda!*

Dani parou e deu meia-volta.

— Do que ela está falando?

— Explico depois. Vamos.

— Ele não te contou? — perguntou a rainha. — Das fotos?

Dani se aproximou dele.

— Que fotos?

Jameson olhou feio para a avó.

— Não faça isso.

Ela arqueou a sobrancelha.

— Você não fez, então eu faço.

— Jay! — Dani cutucou o peito dele com o dedo. — Não fale com ela. Fale comigo. Que. Fotos?

Agora não. Assim não.

— Eu cuidei delas.

— Vocês não foram tão cuidadosos quanto pensa — informou a rainha. — A imprensa flagrou vocês dois se beijando durante seus passeiozinhos pelo interior.

— Jesus Cristo — exclamou Julian.

Dani focou em Jay, se recusando a olhar para a rainha.

— E isso é um problema por quê? O que não está me contando?

Jameson encarou seus lindos olhos, temendo o momento em que a confusão se transformaria em decepção, traição e então raiva.

— A história não seria sobre duas pessoas que se conheceram e estão "aproveitando a companhia uma da outra". Se eu não ficasse longe de você, ela ameaçou enviar as fotos para a imprensa norte-americana e plantar a ideia de que o relacionamento não era aprovado pela família.

Dani recuou, a expressão dolorosa, enquanto a informação era absorvida. Fotógrafos tinham conseguido fotos comprometedoras deles. A rainha sabia sobre eles antes daquela noite. E ele sabia de tudo, porque a rainha ameaçou manchar a reputação de Dani nos Estados Unidos se ele não ficasse longe dela.

E ele também não tinha feito aquilo.

— Você sabia que tudo isso poderia comprometer a Mela-Skin e não me contou?

Jameson podia senti-la se afastando dele, em todos os sentidos. Desesperado, ele a puxou em seus braços.

— Não quis te preocupar. Resolvi o problema.

— Não preciso de você para resolver nada para mim. Esse é o meu trabalho. Cuido de mim desde os quatorze anos.

Ele odiava aquilo. Ela não precisava mais ficar sozinha. Ele estava ali. Queria ajudá-la.

— Eu estava tentando te proteger.

Dani se afastou dele.

— Não. Estava mais interessado em continuar se divertindo. Você sabia o quanto isso era importante para mim. Se havia uma chance de isso vazar, você deveria ter me contado. Eu tinha o direito de saber.

A angústia dela o esmagou. Ele não podia acreditar na rapidez com que tudo desmoronou.

— Eu sei, amor. Desculpa.

Dani balançou a cabeça.

— Isso é demais. Não quero fazer parte disso. Estou indo para casa. Você pode ficar aqui. Problema resolvido.

Ela se afastou dele, cada passo a levando para mais perto da saída.

Jameson não podia deixá-la ir. Não assim. Se ao menos ele pudesse explicar...

— Dani...

— Não, Jameson. Acabou. Me deixe em paz!

Ela abriu a porta e esbarrou com a mãe dele, Rhys e Nyla, do outro lado. Jameson não tinha certeza se ela os reconheceu.

— Ótimo! — Julian jogou as mãos no ar. — Não temos privacidade? Se alguém pode ter acesso aos nossos quartos, por que não começar a cobrar pelos passeios? Isso deve ajudar a nos sustentar!

— Ah, dá um tempo — disse Catherine.

— Licença — pediu Dani, ignorando a amiga e se apressando para fora dali.

— Dani? — chamou Nyla antes de fazer cara feia para Jameson.

— O que você fez?

Ele balançou a cabeça.

— Você devia ir atrás dela.

Os lábios dela se apertaram até que praticamente desapareceram, e então foi atrás de Dani.

Quando Jameson avistou Roy, disse:

— Você pode...

— Já vou — respondeu o guarda, fechando a porta atrás de si.

Embora cada fibra do ser de Jameson gritasse para que fosse atrás dela e implorasse por perdão, ele tinha que lidar com alguns problemas ali. Começando pela mãe.

— Você está bem? — perguntou ele.

Calanthe, elegante em um vestido vinho simples, mas dramático, se aproximou e segurou suas mãos.

— Estou bem, mas estava preocupada. Todo mundo está falando de você e de Dani. Graças a Deus, Roy veio me buscar.

Ele inspirou fundo.

— Provavelmente vai piorar antes de melhorar. Desculpa. Não queria fazer você passar por isso outra vez.

— Jameson, não é culpa sua. Você se apaixonou, meu amor. Não fez nada errado.

— Calanthe — chamou a rainha.

A mãe dele acariciou sua bochecha antes de cumprimentar a monarca com uma reverência.

— Senhora.

— Que bom que está aqui. É hora de seu filho enfim colocar o dever acima dos interesses pessoais.

Calanthe cruzou as mãos à frente de si.

— Pelo que entendi, é o que ele está fazendo.

— Não estou me referindo a esta semana. — A rainha dispensou os esforços dele durante o tributo com um aceno de mão. — Estou falando em relação a essa mulher.

— Não tem a ver só com ela ou Jameson — reclamou Bettina. — Isso afeta a todos nós. Os tabloides vão enfiar gravadores na minha cara aonde quer que eu vá. Logo agora que os tirei das minhas costas.

— Então foi *você* que vazou a história sobre minha viagem de caça no Limpopo!

— Cala a boca, Julian! — Bettina voltou a atenção para a rainha. — Nada disso teria acontecido se você o tivesse deixado na biblioteca, aonde ele pertence, em vez de trazê-lo aqui como se ele fosse a resposta para seus problemas.

— Eu não queria estar aqui — explodiu Jameson, o peito subindo e descendo. — Parece até que eu pedi para fazer parte disso. Não é verdade. Eu estava feliz em Birmingham, dando minhas aulas. — Ele não mencionou que, se não tivesse sido convocado, nunca teria conhecido Dani. Não achava que eles mereciam crédito pela única coisa boa de tudo aquilo. — Fiz o que me pediram. Fiz minha parte do acordo.

— Você chama isso de fazer sua parte? — retrucou a rainha. — Ninguém vai elogiar John ou seu trabalho. Todo mundo vai estar muito ocupado fofocando sobre você e sua rapper.

— Você quer dizer que a cobertura da imprensa não beneficiará a monarquia, como queria — declarou Calanthe.

A mãe dele estava certa. A rainha tinha ficado aborrecida com a quantidade de atenção que Dani recebera durante toda a semana. Não por causa deles. Ninguém sabia deles. Mas por causa de quem Dani era. Seu entusiasmo, sua alegria e capacidade de se relacionar com as pessoas. Era a mesma presença que o avô dele tinha. Mas a avó, não.

A rainha trancou o maxilar.

— Você *vai* fazer isso, Jameson.

— Não. Dani não quer se envolver. E não vou forçá-la a fazer nada que não queira.

E Jameson se certificaria de que ela entendesse aquilo... assim que Dani aceitasse falar com ele outra vez.

— Então farei o que for necessário para proteger esta família. — A rainha virou-se para Louisa. — Faça uma declaração: "Chegou ao conhecimento do Palácio que estão circulando rumores sobre Sua Alteza Real príncipe Jameson estar envolvido com uma artista norte-americana conhecida como Duquesa. O Palácio nega a existência de tal relação e a aprovação da Casa

Real. Quaisquer alegações contrárias só podem ser vistas como manobras de alguém desesperado para se colocar no alto escalão da sociedade britânica."

A dor e a raiva deram um nó no estômago de Jameson. Aquela declaração permitiria que o Palácio lavasse as mãos de todo o caso e, talvez, até saísse como vítima, ao mesmo tempo em que colocava toda a culpa e suspeita em Dani.

Era diabólico. E brilhante.

— Então você está disposta a arruinar a vida dela? Para quê? As pessoas nem nos querem mais. E isso é com você no comando. — Jameson lançou um olhar de desgosto para Julian. — A senhora está fazendo tudo isso para salvar uma monarquia que entregará a Julian. Um filho em quem nem sequer confia?

— Vou te foder!

— Não, obrigado. Não sei onde você andou.

— Todos nós sabemos onde você andou e foi...

Jameson deu um soco nele.

Todos arfaram, e Julian gritou, agarrando o rosto.

— Acho que ele quebrou meu nariz!

A dor que irradiava pelo braço de Jameson era intensa, mas, a satisfação, imensurável. Tinha valido a pena.

A rainha se levantou da cadeira.

— Não por Julian. Pela família. Pelo nosso legado. Nossa linhagem tem governado por mais de mil anos! Não vai desmoronar no meu comando!

Ele balançou a cabeça, de repente percebendo como tudo aquilo era ridículo. Vender sua alma e felicidade não ajudaria a família.

E, certamente, não honraria seu avô, que o tinha encorajado a seguir o próprio caminho. Ele não iria querer aquilo para Jameson.

— Talvez devesse desmoronar.

As narinas da rainha se dilataram, e seu corpo estremeceu. Em voz baixa e fria, ela ordenou:

— Louisa, leve isso para a assessoria de imprensa. Diga que quero que seja emitido amanhã cedo.

— A senhora não pode fazer isso!

Rumores sobre eles se beijando, a declaração do Palácio e as fotos, que Jameson tinha certeza de que vazariam, transformariam tudo em um frenesi da mídia de proporções épicas. Dani seria pintada como uma vadia sedenta por atenção e alpinista social tentando seduzir um membro da família real.

E acabaria com qualquer oportunidade que ela e a Mela-Skin pudessem ter com uma grande empresa.

— Prometa que vai colaborar e não faço.

Jameson olhou para Louisa e pôde ver o conflito em seu rosto, mas não era justo da parte dele colocar o peso de seus erros nela. Suas mãos se fecharam em punhos ao lado do corpo e seus olhos dispararam pela sala enquanto ele lutava para pensar. *Use o seu cérebro!* Ele não podia deixá-la fazer aquilo!

Mas o que poderia fazer?

Jameson estava enfrentando o próprio momento da Alegoria da Caverna de Platão. Por toda a vida, ele acreditara na santidade da família real, mesmo enquanto fugia dela. Porém, Dani, tão diferente de tudo que ele já conhecera, havia o libertado. Mostrado a ele que existia algo mais. Ele ficaria ali e cumpriria seu dever? Voltaria para seu refúgio em Birmingham?

Ou ousaria ser corajoso?

Estaria ele disposto a deixar a familiaridade e o conforto da caverna e sair para o sol?

Calanthe pegou sua mão.

— Jameson, você a ama?

Ele assentiu.

— Mais do que eu imaginei que fosse possível.

— Justo ou não, você é membro desta família e, para você, o pessoal e o público sempre estarão em conflito. Mas você pode permanecer fiel a quem é, ao homem que eu e seu avô criamos para ser. Você a ama? Vá atrás dela. Vocês devem decidir juntos o que ambos estão dispostos a fazer. Eu te disse que não precisa sacrificar sua felicidade pela Coroa. Nunca ia querer isso para você. E, mesmo com seus defeitos, seu pai também não.

— Você está cometendo um erro, Calanthe.

— Acho que não, senhora. Richard e eu tivemos muitos problemas, mas nisso teríamos concordado.

Rhys, estranhamente quieto até aquele momento, se aproximou e deixou cair um molho de chaves na mão de Jameson. Batendo no ombro do amigo, ele confidenciou em voz baixa:

— Estou estacionado naquele espaço que você me mostrou que usava quando queria evitar a segurança e seus pais. Nyla me mandou mensagem dizendo que elas estavam indo para o aeroporto. Boa sorte!

— Obrigado.

— Jameson! — chamou a rainha às suas costas. — Não vá embora. Não terminamos aqui!

Ele abraçou a mãe, beijou a bochecha dela e fugiu.

Capítulo Vinte e Cinco

Gato, o que cê faz comigo / Me ama gostoso assim / Se esfrega devagar em mim / Vadia ocupada, muita coisa pra fazer / Mas essa vadia tá atrás de você...

— Duquesa, "Joguinhos"

À noite, Farnborough, um aeroporto privado fora de Londres, era de tirar o fôlego, com uma luz verde que iluminava a extremidade do projeto escultural premiado. Porém, Dani não estava com vontade de apreciar sua beleza. Ela se sentou na poltrona do avião particular que fretara, aconchegando-se sob o cobertor que tinha recebido, esperando para decolar.

Quanto mais cedo pudesse sair daquele maldito país, mais rápido poderia deixar tudo para trás e colocar sua vida de volta nos trilhos.

Diante dela, Nyla encerrou uma ligação.

— Contei a Bennie o que aconteceu. Ela e um publicitário vão nos encontrar na sua casa em Los Angeles amanhã à tarde.

— Obrigada. — Ela deu a sua amiga um sorriso agradecido, ainda que fraco.

Nyla alcançara Dani enquanto ela vagava pelo palácio gigante, procurando freneticamente por uma saída.

— Por que este lugar ainda existe? — ela se enfurecera, depois de sair de um espaço igual ao que havia entrado momentos antes. — Quem precisa de tantos cômodos, porra?

Quando o guarda-costas de Jameson aparecera, ela estava pronta para lutar, acreditando que iniciariam uma versão condensada e moderna de *Game of Thrones*. Mas ele não tinha feito aquilo. Ele escoltou as duas para fora do palácio, garantindo que evitassem quaisquer convidados ou membros da imprensa, e fornecera a elas um carro e motorista que fora instruído a levá-las a qualquer lugar que quisessem.

Dani tinha sido sincera quando dissera a Jameson para deixá-la em paz, mas o fato de que ele nem tinha tentado ir atrás dela...

— Tasha e o resto da equipe manterão seus planos de viagem originais — continuou Nyla.

A assistente havia feito milagres, garantindo assentos para ela e Nyla em um avião saindo de Londres para encontrar o dono em Nova York. De lá, elas pegariam outro voo fretado para Los Angeles. Tasha até mesmo enviara uma das dançarinas para encontrá-las com seus passaportes e outros itens essenciais. Dani estava disposta a lidar com a viagem turbulenta se isso significasse chegar em casa e planejar uma estratégia. Ela não poderia ter gastado todo aquele tempo e tido todo aquele trabalho para que a Genesis desistisse no último minuto.

Sim, o acordo com a Genesis. Essa é a razão pela qual você está encolhida em posição fetal, com o peito queimando como se alguém tivesse feito um buraco nele. Se você se concentrar no trabalho, não terá que se concentrar na dor que sente por Jameson e suas mentiras.

A dor era tão profunda que, se ela se permitisse pensar nisso, não conseguiria respirar.

Aquilo era culpa dela. Ela se abrira rápido demais e permitira que ele se aproximasse, não apenas de seu corpo, mas de seu coração, compartilhando pedaços de si mesma que ela mostrava apenas para poucas pessoas. Porém, tinha sido a rapidez e a força de sua conexão que a convencera de que era genuíno. Conforme seus sentimentos cresciam, ela pensava em todas as razões óbvias pelas quais eles não podiam ficar juntos — ele pertencer à realeza, ela ser uma artista, os dois morarem em continentes diferentes —, mas no fim das contas, tudo se resumira a algo que não tinha nada a ver com suas vidas conturbadas.

Ele havia traído sua confiança.

Irritada por deixar os pensamentos sobre Jameson a abalarem, Dani se inclinou para a frente e perguntou a um comissário que se aproximava:

— Com licença? Por que ainda estamos aqui?

O jovem franziu a testa.

— Vou conferir.

Alguns minutos depois, o piloto anunciou pelo alto-falante.

— Desculpe, Duquesa. Fomos autorizados a decolar, mas depois recebemos ordens para esperar. Aguardo mais instruções.

Nyla mordeu o lábio e se remexeu na cadeira, porém, quando Dani encontrou seu olhar, ela deu de ombros.

Dani apertou o cobertor sobre si e rearranjou as volumosas camadas de sua saia, amaldiçoando a impulsividade que a impedira de passar em sua suíte e trocar de roupa.

Ela poderia comprar uma roupa quando chegassem a Nova York, o que significava que ficaria cozinhando em um tule pelas próximas sete horas.

O telefone tocou. O comissário atendeu e apertou um botão para descer a escada.

Dani franziu a testa.

— O que está acontecendo? Tem algo de errado com o avião?

Passos trovejaram pelos degraus, e o corpo maciço dele preencheu a porta.

Jay.

Ainda vestido com o traje formal do baile, embora um pouco mais desgrenhado. Ainda capaz de diminuir qualquer espaço em que estivesse, até mesmo a cabine de um jato particular de luxo, com sua presença.

Maldito.

Nyla soltou o cinto e se levantou.

— Vou deixar vocês a sós.

Dani semicerrou os olhos para a amiga.

Traidora.

Ela expirou audivelmente.

— Você precisa ir embora.

Duas longas passadas o trouxeram para o assento de Nyla.

— Dani, me desculpe. Eu ia te contar.

Ela se virou e olhou pela pequena janela. Olhar para ele aumentava as chances de perdoá-lo e ela precisava permanecer firme.

— Dani, por favor. Cometi um erro, mas não foi de propósito. Eu te amo. Nunca mais vou te decepcionar.

A dor no peito dela uivou diante da declaração de amor. Por que ele tinha que dizer aquilo naquele momento, quando era tarde demais?

Jameson estendeu a mão e agarrou a dela.

— Eu deveria ter te contado das fotos e da chantagem da minha avó imediatamente. Senti que era um problema meu, que era minha responsabilidade. Eu deveria ter sido mais cuidadoso. E, quando você me contou por que concordou em fazer o show e o que estava em jogo para você... Não quis que você se preocupasse.

Não ceda, Dani.

Ela enfim o olhou. Droga, ele era lindo.

— Não era problema *seu*, porque *me* afetava.

— Eu sei, mas eu queria proteger você. Não porque não acho que seja capaz de cuidar de si mesma. Você é. Eu... — Ele fechou os olhos com força e baixou a cabeça. — Vi a imprensa perseguir minha mãe quando eu era mais novo. E não havia nada que eu pudesse fazer. Ela era a pessoa que eu mais amava neste mundo e eu... não pude fazer nada.

Seus olhos arderam com as lágrimas, e a garganta dela queimou ao imaginar um jovem indefeso diante de um obstáculo aparentemente esmagador. Uma parte de Dani entendia aquele sentimento, de querer fazer algo, mas saber que a solução estava fora de seu alcance.

— Quando minha avó te ameaçou, senti a mesma impotência. Mas minha situação é diferente agora. Eu não sou mais um menino. Sou um homem. Achei que poderia proteger a pessoa que eu amava e o que era mais importante para ela. — Ele saiu do assento e caiu de joelhos diante dela, apoiando a cabeça em seu colo. — Dani, me desculpe por não ter sido melhor nisso, mas não vou deixar que aconteça de novo. Eu prometo. Amor... por favor...

Enquanto Dani olhava para a cabeça abaixada dele, o aperto em seu peito aliviou. Ela o amava tanto. Ela acreditou nele, confiou em seus sentimentos por ela e que seu pedido de desculpas era sincero e genuíno.

Além disso, aquele homem, aquele príncipe, estava de joelhos! Como ela poderia não acreditar em suas palavras? A intensidade da tristeza de Jameson era visível. Era como uma música do Boyz II Men ganhando vida.

Ele tinha ido atrás dela, no fim das contas.

Dani passou os dedos pelo cabelo dele.

— Não é a coisa *mais* importante.

Jameson ficou boquiaberto, seus olhos azuis brilhando demais. Questionando.

Esperançosos.

— Você deveria ter me contado.

— Eu sei. E nunca mais vou esconder nada de você.

— É melhor não esconder mesmo — alertou Dani.

— Graças a Deus! — Ele se levantou e a ergueu em seus braços. — Eu te amo, Dani. Pensar que tinha perdido você estava me matando.

— Eu também.

Ela o segurou com força, seu coração batendo loucamente, trazido de volta à vida por sua presença.

Ele roçou seus lábios ternamente contra os dela antes de exalar em alívio e a pousar no chão.

— Como prometi a você, vou ser honesto. O Palácio planeja emitir uma declaração sobre nós. Já que você não concordou com o plano, a rainha vai negar nosso relacionamento e declarar que nunca o aprovaria.

Dani sorriu amargamente. Não ficou surpresa. A rainha não parecia uma mulher que não responderia à altura.

— Tudo bem. Então vamos lidar com isso. Quando eu chegar em casa, vou sentar com Bennie e meu publicitário e pensar em uma estratégia.

— O problema com o plano da minha avó sou eu. Nós vamos ficar juntos. Ela não pode negar a existência de nosso relacionamento se eu estiver com você. Você não tem que lidar com isso, ou qualquer outra coisa, sozinha. Nunca mais.

O coração dela disparou, e de repente se tornou importante para Dani que ele soubesse o que isso significava para ela também.

— Eu não recusei a oferta da rainha porque não te amo. Eu amo. E quero ficar com você. Mas nos nossos termos. Eles não deveriam ditar o que fazemos ou como fazemos. Ou opinar sobre a minha carreira.

Ela ainda estava irritada com o comentário de Marina sobre sua imagem não ser boa o suficiente para a família.

— Concordo. Mas, amor — ele tocou a bochecha dela —, eles não vão a lugar nenhum. Sempre serei um membro da família real. Precisamos descobrir como nossos mundos podem coexistir.

Então descobririam. Porque de jeito nenhum ela ia desistir daquele homem. Mas sabia que não seria fácil. A rainha não estava feliz com Dani. Ela seria um problema.

— Você sabe que o fato de estarmos juntos garante que você nunca mais viverá sua vida no anonimato, certo?

— Eu sei. Mas posso lidar com qualquer coisa, desde que você esteja ao meu lado.

Dani era rapper, porém era ele quem tinha jeito com as palavras. Ela o encarou, os olhos semicerrados.

— Você pode lidar com qualquer coisa quando estou em cima de você?

Jameson a puxou para o colo.

— Minha vista favorita.

— Licença, Duquesa? Desculpe interromper, mas o piloto quer saber se você ainda planeja ir? Precisamos avisar a torre.

— Um segundo — respondeu ela para o comissário.

— Claro. — Ele desapareceu de novo.

Dani riu.

— Você chegou na hora certa.

Jameson pressionou a testa na dela.

— Eu não podia deixar você ir embora acreditando que não me importo.

— O que fazemos agora? Preciso voltar.

Ele uniu as mãos.

— Vamos.

Dani olhou para o avião, procurando alguma mala. Mas nem sinal.

— Você não trouxe nada.

— Não tive tempo. Nada era mais importante que te alcançar.

Ela fez biquinho.

— Queria que você viesse, mas não pode. Precisa do seu passaporte.

Jameson suspirou.

— Provavelmente é melhor assim. Me dê uns dias para eu conversar com a minha mãe e Rhys, e então irei para Los Angeles.

— Tem certeza?

— Tenho certeza de que não quero ficar longe de você.

— Você é muito fofo — declarou Dani.

— Vamos fazer disso nosso segredinho. Venha. Melhor eu sair daqui antes que me vejam.

Eles se beijaram, e, daquela vez, a língua dele deslizou na boca de Dani, reivindicando-a com uma urgência selvagem e frenética que umedeceu a calcinha dela. A Duquesa agarrou seus ombros, amaldiçoando todo aquele tecido entre eles, querendo uma última chance de deslizar por seu pau duro e grosso antes que se separassem. Embora Dani já tivesse sentido a dor que seria deixá-lo, pelo menos agora, quando o avião decolasse, ela sabia que a separação não seria permanente.

Afastando-se relutantemente, Dani informou à tripulação de seus planos, e Jameson fez um gesto para o comissário de bordo, que mais uma vez abriu a porta. Um rugido soou da direita, e um milhão de flashes foram disparados.

— O que é isso? — Dani espiou pela janela.

— Então, quanto à ideia de chegar aqui sem ser visto...

— Devíamos ter previsto isso — disse ela, tristemente. — De jeito nenhum você ia parar meu avião e ninguém ia descobrir. Principalmente depois do que aconteceu no baile.

Ele endireitou as roupas e passou a mão pelo cabelo.

— Hora de encarar.

— Juntos. — Diante do olhar assustado dele, ela se levantou e afirmou: — Você também não tem que lidar com mais nada sozinho.

Jameson desceu os cinco degraus até a pista. Ele estendeu a mão para ajudá-la e deslizou o braço ao redor de sua cintura quando Dani se juntou a ele. A multidão de repórteres, mantida a trinta metros deles pela alta cerca de arame farpado que cercava o aeroporto, gritou uma enxurrada de perguntas.

— Os rumores são verdadeiros? Vocês dois estão namorando?

— Vocês estão apaixonados?

— Príncipe Jameson, como isso é diferente do seu pai?

Dani ficou tensa, e Jameson endireitou a postura, aquela última pergunta parecia ter acendido algo dentro dele.

— Darei uma declaração oficial. Vocês estão aqui porque ouviram os rumores que circulam sobre nosso possível envolvimento. Serei direto: os rumores são verdadeiros. Eu amo a Duquesa. Nós estamos em um relacionamento muito sério, do qual o Palácio tem pleno conhecimento, e os membros da família nos deram sua bênção. Como estamos no final desta semana em homenagem ao legado do príncipe John, também gostaria de afirmar que meu avô teria amado conhecê-la. Não tenho dúvida de que eles se dariam bem, e ele ficaria extremamente feliz por mim. Já que sei como essas coisas funcionam, permitam-me dizer ainda que quaisquer "fontes" alegando o contrário são simplesmente delírios de pessoas que querem atenção e que não sabem nada sobre minha família.

Dani arregalou os olhos ao se dar conta da importância do que ele dissera. Jameson não só reconhecera o relacionamento deles, como alegara que tinha sido aprovado pelo Palácio, colocando em dúvida qualquer um que dissesse o contrário.

Aquilo definitivamente a ajudaria em seus negócios, porém, o mais importante, o mundo tinha sido alertado: aquele homem pertencia a ela.

Enquanto mais flashes disparavam, Dani manteve-se próxima de Jameson.

— Ótimo. Essa foi uma excelente declaração. Talvez haja esperança para você ainda.

Jameson olhou para ela e, apesar das luzes ofuscantes, Dani podia ver que seus olhos estavam cheios de amor.

— Obrigado. Peguei a declaração que o Palácio pretendia fazer e alterei alguns detalhes.

Eles se beijaram novamente enquanto as perguntas continuavam.

— Há quanto tempo vocês namoram?

— Onde vão morar?

— Duquesa, o que isso significa para sua carreira musical?

— Sua Majestade concederá à Mela-Skin um mandado real?

— Isso é tudo por enquanto — decretou uma voz familiar. — Sua Alteza Real e Duquesa não têm mais comentários!

Dani achava que mais nada pudesse surpreendê-la, porém, ver a coordenadora sênior de eventos da Casa Real caminhando rapidamente pela pista para ficar ao lado deles provou que ela estava errada.

— Garota, espero que você receba pelas horas extras — murmurou ela para Louisa.

— Não recebo. Por quê? Você pode fazer melhor?

Dani sorriu largamente.

— Sim, acho que posso.

Talvez ajudasse ter alguém em sua equipe que entendesse a dinâmica da família real, considerando no que Dani tinha acabado de se meter.

Enquanto estavam na base do avião, sob o brilho do aeroporto e das luzes das câmeras, os paparazzi ignoraram o decreto de Louisa e continuaram gritando.

Só boas perguntas.

Tudo o que ela e Jay precisariam descobrir.

Depois.

Epílogo

Me pede uma pontinha? Quem é você sem mim?
— Duquesa, música sem título, ainda em desenvolvimento

N a mesa de cabeceira, um celular de capinha brilhante de arco-íris vibrou contra a superfície dura. Um segundo depois, aconteceu de novo. E de novo. E de novo.

Mas que droga?

Samantha Banks ergueu a cabeça do travesseiro de penas de ganso e alcançou o aparelho. Uma lista de notificações cobria a tela bloqueada.

People: "Ela é a escolhida? Príncipe fica caidinho pela Duquesa!"

Us Weekly: "Duquesa de verdade? A rapper desistirá de sua carreira pela monarquia britânica?"

TMZ: "Urgente! A Duquesa fisgou um príncipe!"

Bossip: "Palácio 'enlouquecido' com Duquesa e príncipe da vida real. #AmorReal."

O celular vibrou em sua mão, e uma mensagem de seu empresário apareceu. Abrindo o aplicativo, Samantha viu o que parecia ser um vídeo e clicou nele. Ao fundo de uma imagem do príncipe Jameson e da Duquesa, ainda usando o vestido do baile e perto dos degraus que levavam a um avião particular, luzes e câmeras piscando, o locutor disse:

— Se você acabou de ficar sabendo disso, onde você estava? O vídeo já tem um milhão de visualizações no Instagram e YouTube. Uma história de amor real entre Sua Alteza Real príncipe Jameson e a integrante da realeza norte-americana, Duquesa, rapper e empresária. Após o baile de encerramento do Tributo Real em Homenagem ao príncipe John, que durou uma semana, o príncipe confessou seus sentimentos por seu amor improvável.

— *Eu amo a Duquesa. Nós estamos em um relacionamento muito sério, do qual o Palácio tem pleno conhecimento, e os membros da família nos deram sua bênção.*

— Há quanto tempo eles estão namorando? Para onde vai o novo casal a partir daqui? Como a rainha se sente a respeito deles? Nada foi anunciado ainda, mas vamos acompanhar essa história de perto. Eles não responderam perguntas, mas Duquesa tinha uma mensagem para seus fãs.

O rosto de Duquesa encheu a tela, e Samantha odiou admitir que ela estava linda como sempre.

A vadia.

A rapper sorriu.

— Vocês têm nos apoiado tanto! Obrigada! Conhecer o príncipe Jameson e participar deste evento me ensinou algumas coisas. Primeiro, é importante se manter firme na sua verdade. Dois, se você fizer o bem, ele será devolvido dez vezes. E três, se garanta. Faça o próprio trabalho. É um caminho complicado tentar surfar na onda dos outros.

Samantha piscou.

A raiva a preencheu e ela sentiu a provocação. Jogando para trás o edredom, ela pulou da cama e torceu o nariz enquanto colocava o vestido da noite anterior. Precisava voltar para o hotel, tomar banho, trocar de roupa e ligar para o empresário. Tinha que haver uma maneira de capitalizar tudo aquilo. De usar aquela nova atenção para fortalecer a própria marca. Calçando os sapatos e vestindo o casaco, ela entrou nas redes sociais para ver o que as pessoas estavam dizendo.

#PríncipeAmaDuquesa estava em alta.

"AI MEU DEUS, uma duquesa da vida real! Ou princesa!!"

"Que exemplo!"

"Olha, Samantha Banks tem que parar de pegar no pé da Duquesa. Ponto final!"

Que merda!!!!

Olhando para o celular enquanto mudava do Twitter para o Instagram, ela abriu a porta da frente, trancou a fechadura e saiu da casa.

— Ai, meu Deus! É a Samantha Banks?

Embora ela não estivesse com a melhor das aparências, a expressão animada elevou o ânimo de Samantha. Ela adorava encontrar pessoas que a reconheciam e discretamente coagi-las a pedir que tirassem uma selfie. Ela ergueu a cabeça com um sorriso pronto e congelou quando viu o grupo de paparazzi bloqueando o caminho, câmeras prontas.

— Samantha Banks acabou mesmo de sair do apartamento do príncipe Julian usando o vestido de baile da noite anterior?

Ela estremeceu e fechou os olhos. Merda! Estava tão focada nas notícias sobre Duquesa que não seguiu os protocolos estabelecidos por Julian, que incluíam ligar para o número que ele tinha dado a ela para alertar a equipe de segurança que estava pronta para partir, e aí sair da casa pela porta dos fundos. Naquela manhã nublada e animada em Londres, as luzes das câmeras eram fortes e as perguntas gritadas soavam alto no bairro tranquilo.

— Você está envolvida com o príncipe Julian?

— Que vergonha, Samantha! O que seus Samanthinhos Brilhantes diriam?
— Você sabe que ele é casado? Como é ser a outra?
— Ficou sabendo da Duquesa e do príncipe Jameson? Está tentando descolar um príncipe também?
— Quando os fãs terão músicas novas?

NAQUELA TARDE, o Palácio de Buckingham emitiu uma declaração:

Chegou ao conhecimento do Palácio que circulam rumores sobre Sua Alteza Real, o príncipe de Gales, estar envolvido com uma artista norte-americana conhecida como Samantha Banks. O príncipe Julian é um homem casado e nega a existência de tal relacionamento. Quaisquer alegações contrárias só podem ser vistas como manobras de alguém desesperado para se colocar no alto escalão da sociedade britânica. Não haverá mais comentários.

Agradecimentos

Quando eu estava correndo atrás do sonho de ser escritora, só conseguia ver o objetivo final. Eu acreditava que, quando fosse publicada, a luta chegaria ao fim. Eu estava muito errada. A publicação é apenas o começo; o caminho que se segue é longo (espero), mas sinuoso e às vezes doloroso. Eu não conseguiria fazer isso sozinha, e este livro está agora em suas mãos por causa de uma série de pessoas:

Minha agente, Nalini Akolekar, que me guiou nessa jornada com a mistura perfeita de "Você é uma grande escritora, suas palavras são preciosas pepitas de ouro" e "Garota, recomponha-se e escreva!". É um equilíbrio delicado e, de alguma forma, ela consegue trazer a dose certa para cada ocasião.

Minha editora, Tessa Woodward, que sempre acreditou na minha voz e nas histórias que eu queria contar. Ela sempre me incentiva a ser melhor e nunca desistir.

O talentoso Erick Davila, que desenhou a capa original! Eu nunca vou superar como é linda e a perfeição com a qual ele capturou a Duquesa. Sua arte agora tem um lugar de honra na parede do meu escritório!

Kristin Dwyer, da LEO PR, cuja empolgação e experiência garantiram que os leitores em todos os lugares soubessem de *Dinastia americana*. Ela é uma profissional ímpar!

Toda a equipe da Avon, incluindo Alivia Lopez, Ronnie Kutys, Jes Lyons, DJ DeSmyter, Ashley Mitchell e Ploy Siripant, que ajudaram nos retoques finais e na divulgação deste livro.

Mia Sosa, a brilhante e talentosa autora que tenho a sorte de também chamar de amiga. Descer a rua principal da Romancelândia é muito melhor por causa de sua sabedoria, sagacidade e companheirismo.

Alleyne Dickens, que esteve presente desde o início com sua amizade incondicional e comentários honestos. O melhor de tudo é que, quando necessário, ela compartilha meu ocasional desejo por aquele delicioso Peter Chang's.

Sarah MacLean, cujo apoio e paciência nunca vacilaram durante horas e horas de telefonemas em que a questionei sobre realeza, protocolo e títulos britânicos. *suspiro* Foi demais, gente.

Meu grupo de escrita matinal, Alexis Daria, Adriana Herrera e Nisha Sharma. Eles não apenas tornam o início do meu dia divertido, mas eu também não teria conseguido terminar este livro sem seus incentivos e ouvidos dispostos.

As outras mulheres incríveis que tive a sorte de conhecer e que mostram continuamente o melhor desta comunidade e por que pode ser um lugar gratificante para passar meu tempo: Adriana Anders, Alexa Day, Tif Marcelo, Nina Crespo, Priscilla Oliveras, Michele Arris, LaQuette, Andie Christopher, Joanna Shupe e Jen Prokop. Há muitas outras mulheres que eu gostaria de citar, mas vocês, senhoras, sabem quem são. Vocês me ajudam a enfrentar o dia.

As mulheres graciosas e extremamente solícitas do grupo OSRBC no Facebook que tiveram a gentileza de responder às minhas perguntas sobre o mundo britânico: Talia Hibbert (que tirou um tempo da própria agenda cheia de escrita), Ali Williams, Sarah Cheung Johnson, Shanti Mercer, Angela Terhark Milton e Lucia Akard.

Dra. Toni Harris, uma das minhas mais antigas amigas, que me ensinou sobre a vida de um professor. "Professores recebem e-mails de quê?", foi uma mensagem real que enviei. E ela respondeu.

Meus filhos: Trey (meu universitário, de quem sinto muita saudade), Grayson (meu guru emocional) e Will (meu maior incentivador, que às vezes parece mais orgulhoso de mim do que eu mesma). Fico feliz em dizer que eles agora sabem a diferença entre mamãe com um prazo no futuro, mamãe cujo prazo é em uma semana e a louca que usa um roupão de banho e toma café quando o prazo foi "prorrogado". Esse conhecimento foi uma dádiva de Deus para mim e, quer percebam ou não, um salva-vidas para eles.

Por último — mas só porque, se eu tivesse começado com ele, não teria mencionado mais ninguém —, meu marido, James. Vinte e seis anos depois, e ele ainda me deixa em um estado constante de emoji com olho de coração. Ele é a razão pela qual escolhi e continuo a escrever as histórias que escrevo, onde heróis que se parecem com ele se apaixonam por heroínas que se parecem comigo. Quando estávamos namorando, era difícil encontrar nossa história refletida nas páginas dos livros que eu amava. Escrevo para mudar isso... e dar aos meus filhos, e a outros filhos de mães negras e pais brancos, histórias de amor positivas.

Até a próxima,
TL.

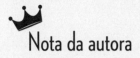
Nota da autora

Para encontrar a playlist que criei inspirada em *Dinastia americana*, acesse meu site: www.traceylivesay.com/books/american-royalty-series/american-royalty.

Criar Duquesa e escrever este livro reacendeu meu amor por mulheres do hip-hop. Eu amava quando eu era mais nova, porém, conforme fui envelhecendo, acho que deixei a misoginia me influenciar, e, como Duquesa disse, a indústria insiste nessa mentalidade de que só pode haver uma pessoa no topo. Admito que comprei brigas e até "escolhi lados" várias vezes. Mas não acredite no que diz a mídia: há muitas mulheres no rap.

Para mais informações, confira dois livros que achei extremamente úteis: *God Save the Queens: The Essential History of Women in Hip-Hop*, de Kathy Iandoli, e *The Motherlode: 100+ Women Who Made Hip-Hop*, de Clover Hope.

Observação: Para esses dois livros, havia pelo menos quinze escritos por homens que apresentavam predominantemente homens.

1ª edição	DEZEMBRO DE 2022
impressão	LIS GRÁFICA
papel de miolo	PÓLEN NATURAL 70G/M^2
papel de capa	CARTÃO SUPREMO ALTA ALVURA 250G/M^2
tipografia	MINION PRO